マリエル・クララックの蒼海

JN202243

桃 春花

illustration まろ

ICHIJINSHA IRIS NEO

CONTENTS

シメオン・フロベール
28歳。マリエルの夫。
名門フロベール伯爵家の嫡男で、近衛騎士団副団長。
有能だが生真面目すぎて融通が利かない面も。
部下からは尊敬されつつも恐れられているが、
マリエルには振り回され気味。
淡い金髪に水色の瞳の、貴公子然とした美貌の青年。
セヴラン・ユーグ・ド・ラグランジュ
28歳。ラグランジュ王国の王太子。
黒髪に黒い瞳の精悍な美青年。
王子らしい威厳の持ち主だが、マリエルを前にすると
ツッコミ役になってしまう。シメオンとは幼馴染にして親友。
Marriel Clarac XIII the blue water
character

マリエル・フロベール

20歳。クララック子爵家の長女。シメオンと結婚し
フロベール伯爵家の若夫人となった。
茶色い髪と瞳の、これといった特徴のない
地味な眼鏡女性。存在感を限りなく薄め
周囲に埋没するという特技を活かし、
人間観察や情報収集をしている。
流行小説家アニエス・ヴィヴィエという裏の顔を持つ。

ジュリエンヌ・シルヴェストル（旧姓ソレル）

19歳。マリエルの友人で本好き。
少々特殊な傾向をたしなむ。シルヴェストル公爵家の
養女になり、セヴラン王太子と婚約した。

シルヴェストル公爵

ラグランジュ王国三大公爵の一人で、
端正な容貌とはた迷惑な性格の人物。
その時々の気分で善にも悪にもなる。

ナイジェル・シャノン

隣国イーズデイルの大使で、大公爵の甥。
蜂蜜色の髪と瞳、金褐色の肌の持ち主。
南国シュルクの血を引いている。

ジェラール・クララック

クララック子爵家の嫡男で、マリエルの兄。
内務省に勤めている。園芸好き。

オレリア・カヴェニャック

カヴェニャック侯爵家令嬢。
金髪と緑の瞳の華やかな容貌の持ち主。

ミラ

フィッセルの王女で、次期女王となる王太子。
可愛い系の美女。

メース・ケッセル

ミラの側近。
有能で、真摯に主人に仕え支える人物。

ヒルベルト

ミラの従兄。王女の結婚相手として
有力視されている人物。

エルヴィン・ファン・レール

フィッセルの大使。
陽気で気さくな渋みのある紳士。

マリエル・クララックの蒼海

1

王家の末の姫君が隣国へ嫁がれ、その華やかな記憶も薄れぬうち、早くも次のおめでたい話題にラグランジュ国内は大盛り上がりだ。

九月には王太子セヴラン殿下がご結婚あそばされる。ついに、やっと、今度こそ！　不憫《ふびん》の星を返上し、物語の主役になられるのだ（予定）。

ご本人もさることながら国中が先行きを心配し、待ち焦がれていた。昨年の婚約でようやくお相手が決まったと安堵《あんど》したものの、殿下のことだから途中で破談になりそうな不安がぬぐえない。どんな不運に見舞われるかわからないお方だから、なんとしてもこのご縁は守り抜こうと、日頃《ひごろ》は反目し合う人々も一致団結してお支えしてきたものだ。

その甲斐《かい》あって、ようやくあと少しでご結婚という段階にまで漕《こ》ぎ着けた。さすがにもう婚約破棄なんてことにはならないだろう。ならないはず。なりませんよね？　ならないで！　と、一抹の不安を抱きながらも、なんだかんだでみんなソワソワお祭り気分である。

たくましい商人たちはこの慶事に便乗して儲《もう》けようと、さまざまな戦略を立てている。目抜き通りの店先はいつも以上に華やいでいる。

一方貴族街の方は、社交の季節真っ盛りということで、連日あちらこちらで人が集まっていた。王室の慶事についてもしきりに話題にされているが、それ以上に自分たちのご縁をさがす方が重要だ。

「ったく、こんなことで長官に頼むとか、なにを考えているんだ。一職員の勤怠に長官から命令が下るなんて、なにごとかと大騒ぎされたじゃないか」

とあるお家のお茶会に、わたしは兄ジェラール・クララックを連れて参加していた。ここの奥様は世話好きな方で、未婚の人をたくさん集めて出会いの場を提供していらっしゃる。お兄様にも目をつけられたものの、クララック家とは直接の交流がなかったため、わたしを通じて招待してくださったのだった。

「直属の上司の方とは面識がなかったのですもの。だから、たまには家に招待しておくべきだって何度も言いましたでしょう」

喜んでいたのは両親だけで、当の本人はまったく乗り気でない。それをなんとか引っ張り出すため、わたしは勤務先に手を回すようお母様から頼まれた。仕事を口実にして断るのが目に見えていたので、強制的にやすませるよう手配してもらったのだ。

お兄様は内務省に勤めている。まだ若く勤続年数も十年に届かないため、役職は下から数えた方が早い。当然上司の方もそれなりの役職で、わたしの交流範囲には含まれていなかった。

独身時代は誰にも存在を知られず、嫁げば一転して高位の方ばかりとのおつき合いという、われながら極端な経歴である。知人関係に中間層がポッカリ抜けていたため、今回は少しばかり悩むことになった。

こうなったら上司の上司にお願いしようと考え、嫁ぎ先の伝《つて》を使うことにした。物陰の虫が光の中に引っ張り出され、生存の危機に瀕しながらも社交を頑張ってきましたからね。今こそ成果を発揮する時でしょう！

さすがの名門伯爵家は、内務省のお偉いさんともつながりがあった。ちょっと偉すぎたかもしれないけれど、目的をはたすのに不都合はない。お義父《とう》様のお名前を使わせていただいて「私事で恐縮なのですが……」と丁重にお願いしたら、全力全速で協力してくださった。フロベール伯爵家の威光おそるべし。とても便利だけど、あまり頻繁に使うべきではないかもね。

そんなわけで、こうして無事お兄様を連れ出せたわけである。無理やり休暇を取らされた本人はブーブー文句を言い続けていた。

「おまけに知事の汚職なんてネタまで投下していきやがって」

「ささやかなお礼にと思いまして」

「そんな情報つかんでたなら俺《おれ》に、もっと早く、こっそり知らせろ。お前の妹は何者なんだと変に疑われたじゃないか」

「証拠まではつかんでいませんでしたし。それにこういう情報は、ここぞという時に使うものなのですわ」

「お前さんざんシメオン殿のことを鬼畜腹黒だなんだと言うが、自分がいちばんの腹黒だろう」

「わかっていませんね、腹黒い人はこんなに正直に話しませんのよ」

さわやかな季節を楽しもうと、テラスにテーブルが出されている。華やかな令嬢もたくさんいるのに、お兄様は見向きもせず庭園へ踏み出し、薔薇《ばら》の花壇へと足を進めた。

令嬢たちの方もお兄様には関心を持ってくれない。茶色いくせっ毛で目の半分も隠し、残りは黒縁眼鏡《めがね》で覆ったモッサリ男なんて、一瞬ちらりと見られて終わりだった。

本当は悪くない容姿なのに。せめて身なりをもっとすっきりさせれば反応も変わるでしょうに、本人にその気がないものだからお手上げである。

「もう、せっかく来ていますのに」

「好きで来ているんじゃない。花でも見ないとやってられん」

一般的に男性が「花」と言えば若い女性を指すものなのに、うちのお兄様の場合言葉どおり植物の花である。園芸が大好きで余暇をせっせと庭いじりに費やしている男は、当主ご自慢の薔薇だけが目当てで来ていた。

芝生《しばふ》を囲む形でぐるりと花壇がめぐらされ、その中を歩けるよう通路が造られている。六月も終わりのこの時季、一番花の盛りはすぎているが、遅咲きの品種がまだ咲いて甘い香りを漂わせていた。散ったら散ったで、株元に花びらを落としているさまもまた美しい。

うっかりわたしも楽しんでしまいそうだけど、庭園観賞だけで終わったのではお母様に叱《しか》られる。フロベール家の威光も無駄遣いだ。どうしたものかと、お兄様の後ろを歩きながら悩んだ。

一周したらテラスへ戻るし、お兄様も気が済むかしら……と前方へ目を向けると、ぽつんとたたずむ人の姿が目に入った。

生成り色のドレスが緑と花の中に優しくなじんでいる。同じように集団を避けてきたのだろうか。

ちょうどよいお相手が――と意気込みかけて、ドレスの背に流れる金髪にはっとなった。

あの輝き……！　控えめな装いをしてもけして地味にはならない、まばゆい後ろ姿は！

高鳴る胸を押さえて見つめるわたしの前で、ゆっくり進んでいた女性が急に立ち止まった。スカートを見下ろす動きに、レースかリボンが薔薇に引っかかったのだろうとわかった。

いけない、お助けしなくては！

と、わたしが行くより先に、お兄様が足を速める。あっという間に女性へ駆け寄り、その足元に膝《ひざ》をついた。

「ちょっと動かないでくれ……よし、取れた」

まあっ！　物語のような場面ではないの！　意外にやるわね、お兄様！

すかさず気配を消して見守りに徹しようとしたのに、続く言葉でだいなしだった。

「折れてはいないな。よしよし、よく頑張った。丈夫な子だ」

お兄様が心配していたのはドレスでなく、薔薇の方だった。枝が傷ついていないかを確認し、まるで子供に語りかけるように優しい声を出している。すぐそばに立つうるわしの存在には一瞥《いちべつ》もくれなかった。

あの、馬鹿《ばか》兄は……っ！

「相変わらずの植物狂ですわね。先に声をかけるのがそちらの方だなんて」

ひややかな声にようやくお兄様が顔を上げる。すっぱり無視されていた人は、美しいお顔にありありと呆《あき》れを浮かべていた。

宝石のごとき輝きを宿す緑の瞳《ひとみ》が、お兄様をしらじらと見下ろしている。返す男の表情もしらけていた。

「こういう時は、まず女性に大丈夫かと尋ねるものでしてよ」

「スカートに引っかかっただけじゃないか。とげにさわっていないのは見ていて知っている」

「ドレスが破れているかもしれないではありませんの」

「だとしたら、俺では役に立てないな」

お兄様は軽く膝をはたいて立ち上がった。

「あいにく裁縫の心得はないもので」

「ええ、そうね。あなたが針と糸を取り出したら怖いわ。そういう話ではないというのに」

花びらの唇がため息をこぼす。誰《だれ》もが注目せずにはいられない金の薔薇、社交界随一の美女と呼び名も高き、カヴェニャック侯爵家のオレリア様は、男の朴念仁ぶりに処置なしと首を振った。

申し訳ございません、女心のわからない馬鹿兄で！　本当に、わたしも呆れます。あまたの殿方を虜《とりこ》にし、同性すらときめかせる美貌《びぼう》の令嬢を前にしてこの態度。ある意味感心するけどあの後ろ頭をはたきたくてたまらない！

いくら子供の頃からの知り合いだからといって、あまりに失礼ではないかしら。もう少しオレリア様への敬意というか、配慮があってしかるべきでしょうに。

心配と憤慨、両方にやきもきしながら見守るわたしとは反対に、オレリア様は意外なほど冷静だった。ご自分より花を優先されて激怒するかと思いきや、別にそういう雰囲気はない。それだけお兄様が期待されていないということかしら。まあこいつはこういうやつだものね、というお顔でお兄様を見ていらした。

「あなたが参加しているなんてめずらしいこと。今日《きょう》のお茶会がどういう趣旨のものか、ご存じなかったの？」

「大いに承知の母親と妹に無理やり参加させられたんだよ。そういうそちらこそ、見合いに来るとは意外だな。どういう心境の変化だ？」

「ただのつき合いよ。断れなかっただけ」

「それで一人でこんなところにいるわけか」

「あなた同様にね。花でも愛《め》でている方がよほど有意義ですもの」

「気が合うな」

「花の話題の時だけね」

……なんというか、不思議と息が合ってはいる。

仲よしという雰囲気では全然ないのだけれど、さりとて険悪にもならない。そっけなかったり呆れたりしながらも、二人はそのまま話を続けていた。

これが他《ほか》の女性なら、いい雰囲気に持ち込めるのではと期待するところなのにね。さすがにオレリア様では無理がすぎる。家の格も違えば当人の格も段違い、とてもお兄様のお相手候補に数えられるお方ではない。

だからこそ、なのかしら。お互いに対象外の相手だから、逆に意識せず自然に向き合えているのかもしれなかった。

むう、お兄様がうらやましくもねたましい。わたしもオレリア様とおしゃべりしたい！　あの瞳に見つめられたい。呆れたお顔も、怒ったお顔も、どんな時にもオレリア様は美しい。くり出される嫌味にも萌《も》えてハアハアしちゃうのに！

でもわたしは物陰の虫。あそこへ割り込んでお邪魔虫になる気はない。たとえ色気のない単なる知人としての会話でも、そっと離れて見守ります。ええ、これもまた萌えですから。どの花よりも美しい金の薔薇を、存分に観賞させていただきますわ！

――そう、思っていたら。

「で、いつまであの珍獣を放置しておくつもり？　飼い主ならちゃんと綱をつかんでおきなさいよ」

オレリア様がいやそうにわたしへ目を向けてこられた。あら、お気づきで。

「アレはもうフロベール家へ譲渡済みだ。飼い主は俺じゃない」

オレリア様はいいけどお兄様にその表現は許さない。文句はあとでと呑《の》み込んで、呼吸を整えたわたしはオレリア様の近くへ歩いた。失礼のないよう、落ち着いて礼儀正しくご挨拶《あいさつ》をする。

「ごきげんよう、オレリア様。こちらでお会いできるとは思いませんでした。今日も本当にお美しい
……お屋敷の見事な薔薇園に敬意を表し、調和する色をまとわれるとはさすがです」

「ごきげんよう。夜会ではないのだから、こんなものでしょう」

「いや普段はもっと派手だろう。香水もつけてないし、薔薇を意識してるのは間違いないよな」

ツンと返される言葉に、意外にちゃんと気づいているお兄様がつっこんだ。オレリア様はさらにツ

ンツン言い返す。

「い、意識というか、花園に香水をつけていくなど野暮ったい真似《まね》をしたくないだけよ」

「ええ、それでこそオレリア様です。お姿だけでなく中身も一流の、最高の貴婦人！　あえての控えめな装いにいっそう心震わされます」

「これで意地悪をしなきゃたしかに立派なんだがな。まあ、向こうの連中よりはいくぶんましか」

「本当にお兄様はわかっていらっしゃらないのだから。オレリア様の意地悪には意味がありますの。社交界での暗黙のルールがわかっていない人に、大恥をかく前に教えてあげるためだったり、ちょっと勘違いしている人に軽くおしおきして、大きな問題を起こさないよう防いであげたり」

「いやそんな親切な性格じゃないだろう。気に入らない相手に攻撃していただけだと思うぞ。お前だっていじめられて」

「ええ、一生忘れられない素敵な思い出です。オレリア様の方からわたしを呼び止めてくださった、夢のようなあの夜。今でも鮮やかにまぶたに浮かびます。シメオン様と婚約した時のことも、最高にワクワクして」

「まあ、相手のためになっているのは間違いないか」

「いい加減にしなさいよ、この珍獣兄妹《きょうだい》！　人のことを好き勝手に解釈して喜ばないで！」

花よりも赤く頬《ほお》を染めて、オレリア様が声を張り上げる。可愛《かわい》らしい反応まで見せてくださってますますキュンキュンしちゃう。

「俺まで珍獣呼ばわりするなよ」

「自覚がないようだけど、あなたたち兄妹はよく似ていてよ。世間とずれまくってもおかまいなしに、わが道を突き進むところがそっくり！」

「君だって人のことは言えないと思うが」

「わたくしのどこがずれていると⁉」

――結局この日も、思うような成果は挙げられなかった。オレリア様は別として、誰一人お兄様と言葉を交わした令嬢はいず、報告を待っていたお母様をがっかりさせて終わったのだった。

「どうしてうちの子たちはこうなのかしら。あなたは奇跡的にシメオン様が求婚してくださったけどジェラールは……二度目の奇跡なんてないわよね……」

悩める母は頭を抱えながら、深々とため息をついていた。

苦労させる子供たちでごめんなさい。

二度目の奇跡、どこかに転がっていないかな。園芸好きな令嬢はいませんかー？


地味な中流子爵家に生まれたわたし、マリエル・クララックは、昨年結婚してマリエル・フロベールとなりました。少し前に結婚記念日を迎え、そろそろ若夫人として落ち着いてきた頃です。

なんて言いつつ、相も変わらず旦那《だんな》様に萌えまくりだけど。だって世界一素敵な人なんだもの！

わたしは女性向けの恋愛小説を書いている。社交界デビューする少し前に編集さんと出会い、作家デビューもめざして指導を受けていた。

そんなわたしにとって、社交界は取材の場。創作の糧とするため、あらゆる人間関係を観察させていただいていた。

ありふれた茶色い髪と瞳に特徴のない容姿という地味さを活《い》かし、風景に同化して人々を眺めていたあの頃。擬態して身を隠す虫のように気配を絶ち、誰にも存在を知られず取材を重ねていた。

だから、わたしに気づく人がいるなんて思ってもいなかった。

いえオレリア様だけはいつもわたしを見つけていびってくださったけど。ねえ本当に、愛を感じません？　誰もがわたしの前を素通りしていくのに、オレリア様だけはかならずにらんだり、フンと笑ったりしてくださったのよ。

そのたびオレリア様への愛と萌えは高まったものだ。でもまさか、他にもわたしを見ていた人がいたなんて。それも男性が。しかもとびっきりの美男子が。さらに名門伯爵家の跡取り様が。

わが最愛の夫シメオン様は、王太子殿下と幼なじみの親友で、近衛《このえ》騎士団の副団長を務めている。将来は伯爵にして、軍務大臣か元帥か。肩書も本人もきらびやかすぎて、わたしとは存在する次元が違うとしか言えない人だった。

わたしはただ、遠目にシメオン様を眺めては萌えていただけだった。色白な肌に淡い金髪、透き通る水色の瞳。すらりと背が高く、物語の王子様を思わせる繊細な美貌を持ちながら、鍛え抜かれた鋼の強さも宿している。そしてそして、なによりときめくのは、どんなに優雅にふるまっても優しく微《ほ》笑《え》んでも、どこか曲者《くせもの》っぽい雰囲気が漂うところよ！

彼が物語の登場人物なら、役どころは王子様ではなく腹黒参謀だ。鞭《むち》を手に黒く微笑む、鬼畜属性の脇役《わきやく》が昔からわたしの大好物だった。

物語そのままの存在が現実にもいると知った時の衝撃たるや。オレリア様とシメオン様、このお二人を眺めるのもまたわたしの楽しみだった。

——それが、向こうからも眺められていたなんて。

なぜ見初《みそ》められたのかいまだに理解できないけれど、求婚を受けて彼と結ばれた。すれ違ったりなんだりを乗り越えて、今のわたしたちはとっても幸せな夫婦だと自信を持って断言できるわ。

はじめは心配していた両親も落ち着いて、残る懸念はあとひとつ。お兄様の結婚がかなえば、もう言うことはないのにね。

ご縁以前に本人がまったくやる気を出してくれなくて、どうしたらいいのやら。クララック家はお兄様の代で終わりですか？　わたしが頑張ってたくさん子供を産めば、跡継ぎにできるかしら。でもできればお兄様にも素敵な伴侶《はんりょ》とめぐり合ってほしい。幸せな毎日を知ってほしいと思うのは、勝手な希望だろうか。

これればかりはフロベール家の威光をもってしても難しい。恋愛小説家としていろいろ思案をめぐらせても、現実の人の心はそう簡単に動かせるものではなかった。

お兄様……生涯独身のつもりなのかな……。

早くも縁組成立で祝福されている家もあれば、こうして悩む家もある。ラグランジュ王国の都サン＝テールは、今年も悲喜こもごもありながら、夏本番へと向かっていた。

2

模様も型押しもない真っ白なだけの便箋《びんせん》は、お仕事中の旦那《だんな》様から届いた証《あかし》だ。王宮内の近衛《このえ》騎士団官舎から、備品を使って手紙を書いてくださった。

「何日も帰れなくて申し訳ありません。家の方に問題はありませんか？　なにか困ったことが起きていないでしょうか。もし今、あなたが問題を抱えているなら、一人で悩まず誰《だれ》かに相談してください。あなたに頼られていやな顔をする人はいないはずです。くれぐれも、自分だけでどうにかしようとせず、冷静な第三者の意見を聞いてください。

それでも解決しないようでしたら、私に知らせてかまいません。ご承知のとおり今は持ち場を離れられませんが、合間に連絡をとるくらいはできます。歩いて行き来できるほどの距離なのですから、人を遣わすこともできる。ですから、とにかく絶対に一人で対処しようと考えないように」

出だしから相変わらずのお小言だ。わたしがなにか問題に遭遇していると決めつけているかのごとき調子で、どうしてこうも心配性なのだろうと呆《あき》れてしまう。

別になにも起きていませんよ。いつもどおりの生活です。締切が近づきつつあり、社交と執筆の両立に必死ですから、他《ほか》のことをする余裕なんてありません。

「こちらは大丈夫です。食事も睡眠もちゃんととっていますのでご心配なく。着替えと一緒に差し入れも届けてくださってありがとう。ベーコンとチーズを入れたエピも美味《おい》しかったが、具を詰めて揚げたパンが部下たちにも好評でした。あれはあなたの提案ですか？　話を聞きつけた団長までやってきて、皆でいただきました。あとでセヴラン殿下のお耳に入り、なぜ自分を呼んでくれなかったのかとご不満でしたので、また今度作っていただけますか」

作ってくれたのは料理人ですが、好評でなによりです。殿下はいつも美味しいものを食べていらっしゃるでしょうに子供っぽいことを。はいはい、追加をお願いしておきますよ。

婚約時代に戻ったような気分だった。あの頃も、会えない時はこうしてお手紙をくださったのよね。今でも変わらない彼の心遣いに幸せを噛《か》みしめる。でもだんだん妙な内容になっていった。

「予定どおり、昨日《きのう》ミラ王女が到着されました。晩餐会《ばんさんかい》に父上と母上も招かれていたので、聞いているでしょうね。われわれはいっそうの緊張とともに警備をしています。幸い予定からはずれるような事態も起きず、すべてがとどこおりなく進んでいます。このままなにごともなく滞在期間を終えられるよう、引き続きはげみます。

ただ、関心を持つ人の口からさまざまな噂《うわさ》が流れるでしょう。出先であなたの耳にも入ると思います。もしかすると不安にさせるような話があるかもしれませんが、どうか聞き流してください。噂がいかに無責任でいい加減か、あなたがいちばんよく知っているはずです。気になることを聞いたとしても、どうか私を信じてください。あなたの信頼を裏切るような真似《まね》は、絶対にしないと誓います」

……そんなことを言われたら、かえって気になってしまいますが。

なんですか、いきなり不穏なことを。噂されるような心当たりがあるわけ？　今のところなにも聞いていないけど……ということは、昨日到着された賓客に関わる話だろうか。

隣国の一つ、フィッセル王国の王太子であるミラ王女が、現在ラグランジュを公式訪問中だ。国賓として王宮に宿泊されている。

フィッセルは長子相続制なので、王女様にも継承権がある。政治もラグランジュと違い、完全に議会の管轄だった。王室はその補佐的な役割で、議会に助言をしたり、時に提案などもするが、直接政治に関与するわけではない。

次代の女王となられるミラ王女は、国の代表としてラビアの結婚式に参列された。そのあとイーズデイルへ行き、次にラグランジュへと歴訪してこられたのだ。

国賓待遇で迎えるとなれば、準備も期間中の対応もたいへんだ。晩餐会だって最上級のおもてなしにすべく、料理から出席者の選抜まで念入りに打ち合わせがされただろう。その他いろんな部署の人が大忙しなのは想像に難くない。特に警備担当の近衛たちは、誰よりも緊張が強いられているはずだった。

今ヴァンヴェール宮殿には、オルタ共和国の王子グラシウス公が仮住まいされている。革命によって亡命した王家の最後の一人で、オルタに王制を復活させるためラグランジュで保護されている。これに反発する勢力が常に彼の命を狙《ねら》っているというのに、さらにフィッセルの王太子まで訪問されるとなれば、シメオン様たちが王宮に詰めっぱなしになるのは当然だった。

ここで万一の事態が起きたら戦争の危機だものね。一つの事件が多国間の大戦に発展しかねないと、よく口にしていらっしゃる。間違ってもそんな事態を起こさないよう、近衛騎士団は総力を挙げて警備にあたっていた。

王女様の滞在期間は数日だし、無理に帰ってくるより王宮に泊まる方が楽だろう。そう思ってわたしは全面的に旦那様を応援していた。不在に文句なんて言わず、着替えだけでなく差し入れも届けてもらい、頑張ってねという気持ちを伝えているつもりなのに。

なんなのでしょうね。わざわざこんなことを言ってくるなんて。

おかげでかえって気になりながら、わたしは便箋を封筒に戻した。いいですよ、全部終わって帰っていらしたら説明していただきますから。

もちろんわたしはシメオン様を信じている。よくわからないけど、信じてと言われるなら信じて待つわ。

正直、今はそれどころでないし。

若夫人として社交を頑張りながら、小説家としての仕事にもはげむわたしである。最近ちょっぴり名前が売れてきた、アニエス・ヴィヴィエとはこのわたしです。貴族女性としては秘密だけど。

お世話になっているサティ出版も王家の慶事に便乗――もとい、あやかって、九月にたくさん新刊を予定していた。雑誌に、各作家の単行本、さらに短編をいくつも収録した合同本と、企画が目白押しだ。

この短編集にわたしも原稿を依頼されていた。王子様特集ということで、王子様との素敵な恋を書かなければならない。

自分の単行本作業もあるので、じつはけっこう厳しい状況だった。ラビアに行ったり、その前もいろいろあってなかなかとりかかれなかったから、そろそろお尻《しり》に火がつきそうでただいま必死に執筆中だ。

時間があればひたすら書斎にこもっている。シメオン様がいないとさみしがるより、今は小説の方が頭の大半を占めている。旦那様は帰っていらしたらうんとねぎらうことにして、今はお互い頑張る時と考えていた。

手紙を片づけてペンを取る。今日《きょう》もやるぞと気合を入れて執筆開始だ。

そんなわたしのもとへ、しばらくしてまた侍女のジョアンナが手紙を届けにきた。今度は誰からかと思えば、

「王太子殿下から至急のお知らせだそうです。すぐに目を通して返事をくださるようにと、使者の方がお待ちです」

などと言うので開いてみれば、今夜王宮で開かれる舞踏会に出席せよとの内容だった。

「これのどこが至急なのよ。たしかに急ぎのお誘いではあるけれど！」

シメオン様の身になにか起きたのかと心配した分、脱力と憤慨はひとしおだ。わたしは手紙を放り出してジョアンナに言った。

「忙しいのでお断りしますとお伝えして」

「ですが、王太子殿下からのお達しですよ」

あっさり却下するわたしに、ジョアンナが困った顔になる。

「どうせまたジュリエンヌと上手《うま》くいかなくて、手助けを頼もうとしていらっしゃるのよ。あいにくそんな暇はないから、ご自分でどうにかしていただきたいわ」

「そうとはかぎらないのでは」

「なら自分だけ食べられなかったパンに未練を？」

「殿下がそれはないでしょう」

わたしは首を振って原稿に目を戻した。

「王女様の歓迎会には、お義父《とう》様とお義母《かあ》様が出席されるわ。せっかくお留守番を許されたのにわざわざ時間を割いて出向きたくありません。断ってきて」

言うことを言って執筆に戻る。ジョアンナは諦《あきら》めて書斎を出ていった。

まったく、この忙しい時に。申し訳ないけど殿下のお願いを聞いてさしあげる余裕はないのよ。ジュリエンヌだってなんだかんだ言いつつ殿下をお慕いしているのだから、あの二人は放っておいても大丈夫よ。

使者はごねずに帰ったようで、わたしはすぐに忘れて執筆に没頭した。

そのまま午《ひる》になり、書きながら食べられる昼食を用意してもらい、相変わらず書斎にこもっていると、またも訪問の知らせが飛び込んできた。今度はジュリエンヌが直接来たとのことだった。

「なんなのよ二人して……ジュリエンヌならこちらへ通して」

ため息をつきながら、わたしはジョアンナに指示した。互いの母親が従姉妹《いとこ》であり、年も同じなので、ジュリエンヌとは生まれた時からのつき合いだ。親族にして親友な彼女に気取った対応は不要と、向こうから書斎へ来てもらうよう頼んだ。

「それが、ジュリエンヌ様お一人ではなく」

ジョアンナの言葉にわたしは眉《まゆ》をひそめる。

「まさか殿下もご一緒なの？」

「いえ、殿下ではなく……」

ジョアンナも少し意外そうに、同行者の名前を告げる。聞いたわたしの口が開いた。思わず机の下に隠れたくなったけどそういうわけにもいかず、わたしは渋々応接間へ向かった。

ジョアンナに連れていかれたのは、いくつかある応接間の中でいちばん格式の高い部屋だった。そこに通すべき客人というわけだ……わたしは扉の前で深呼吸し、覚悟を決めてジョアンナに合図する。彼女が扉を開いてくれ、室内にいる人の姿が見えた。

一度に十人入ってもまだ余裕の広い部屋の中、絹サテンを張った椅子《いす》にジュリエンヌと、ほかに三人の男性がいる。一人はお義父様で、わたしが来るまでお客様の相手をしてくださっていたようだ。

向かいに座っているのはお義父様より若い人物だった。お義父様がやたらと童顔なのでともすれば同年代にも見えるが、あちらは正真正銘三十代なかばだ。王家の方に共通の黒髪を長く伸ばし、品のよい装いに身を包んでいる。灰色の瞳《ひとみ》が入ってきたわたしを映し、なにを考えているのかわからない笑みを浮かべた。

「お、お待たしぇいたしました」

気合を入れたのに少し噛んでしまった。咳払《せきばら》いして気を取り直し、わたしはおじぎした。

「少々おひさしぶりですが、お変わりないようでなによりです。本日は急のご来訪をたまわり、いささか驚きました。公爵様がわざわざお越しとは、なにごとにございましょうか」

ちょっぴり文句を言いたい気持ちも込めてご挨拶《あいさつ》する。いつものごとく眠たげな声が答えた。

「ああ、約束もなしにすまぬな……なに、義娘《むすめ》のつき添いで来ただけだ。用をことづかってきたのは義娘の方だ」

どういうことよ!? と、わたしは彼の隣に座るジュリエンヌをにらむ。親友は答えず肩をすくめただけだった。

彼女を伴って――本人の言を取るなら伴われて訪れたのは、国王様の従弟《いとこ》たるシルヴェストル公爵だった。現在セヴラン殿下に次いで第二位の王位継承者である。貴族公爵とは別格の、やんごとなきお方である。

ジュリエンヌが殿下に嫁ぐため、養女にしてくださった恩人でもあった。しかしそれ以前の、出会いの時の記憶があまりに強烈で、その後のゴタゴタもあってわたしはすっかり公爵が苦手になっていた。水面《みなも》に映る月を思わせる、とらえどころのないまなざしが怖くてたまらない。見つめられると無性に不安になってくる。

もっと凶悪な、命を狙ってくるような相手と遭遇したこともあって、それを思えば公爵は無害寄りの有害くらいだ。なのに怖い。自分でも不思議だけど、きっと前世の天敵なのだろう。もしかしたら公爵蛇に食べられたカエルなのかもしれなかった。

「では、私はこれで失礼いたします。閣下、どうぞごゆっくりなさっていってください」

お義父様が挨拶して席を立った。行かないで、と視線で訴えるわたしにわかっているのかいないのか、ほんわか笑い返して応接間を出ていかれる。わたしは肩を落として見送った。

王族が急にやってきても動じないあの笑顔、さすが名門フロベール伯爵家の当主です……。

「いつまで立っている。それでは話ができぬ。座れ」

内心涙するわたしに公爵が言った。示されているのは当然ながら彼の向かい、さきほどまでお義父様がいた席だ。ええい、ビクビクしていてもしかたない。やけくそ気分で自分を叱《しか》り、わたしは腰を下ろした。

「……で、ジュリエンヌはともかく、どうしてお兄様までご一緒ですの」

一人別の席に離れて座る人へ、やつあたり気味に目を向ける。同行者はもう一人いた。なぜかわが兄ジェラール・クララックが、疲れた顔で椅子の背にもたれていた。

お兄様はなげやりな調子で答えた。

「それは俺が聞きたいくらいだ。仕事中にいきなり呼び出しくらって、そのまま問答無用で連れてこられたんだ。多分この中でいちばん状況がわからない人間だと思うぞ」

「いえわたしもさっぱりわかりません」

わたしはまた公爵に目を戻した。気まぐれに人を振り回すのが大好きなこのお方は、きっとわざと説明せずにお兄様を連れてきたのだろう。わたしたちを見る灰色の瞳には、あきらかに面白がる気配があった。

「……それで、本日のご用件は」

たじろいだらますますいじめられる。わたしは平静を装って尋ねた。

「それは当人から伝えてもらおう」

公爵は隣のジュリエンヌをちらりと見る。わたしと違って公爵を怖がらないジュリエンヌは、ごく普通に「はい」とうなずいてわたしに説明した。

「お昼前にセヴラン殿下から遣いがあったでしょう？　あなたが取りつく島もないからと、わたしに説得を頼んでこられたのよ」

「いつもの痴話げんかではなかったの？」

「あなたとシメオン様じゃあるまいし」

公爵の前でもおかまいなしに、ジュリエンヌはいつもどおりに言い返す。

「わたしはけんかなんてしないわよ。たまに殿下があまりにうっとうし……面倒くさ……いえ、ちょっと困らされて頭を冷やしていただくこともあるけど、あなたたちみたいに大騒ぎしないわ」

「殿下は騒いでいらっしゃるけどね。てっきり今回もわたしに泣きついてこられたのだと思ったのよ。

違うなら、いったいなんだっていうの？　どうしてわたしが今日の舞踏会に出ないといけないのよ」

「ものすごく端的に言うと、シメオン様に近寄る虫を追い払うため、かしら」

「はあ？」

思わず声が高くなってしまった。いえ虫がうんぬんは別に驚く話ではないの。だってあんなに美しくてかっこいい人ですもの、もてるに決まっている。いつだって熱い視線を集めていたし、わたしと婚約してからも秋波を送る女性はあとを絶たなかった。結婚したってまだどうにかなると、諦めきれない人もいるみたいだ。

ただ、殿下が気を回されるほど困ってはいなかった。わたしが悩む以前に、そもそもシメオン様がそういった女性たちを相手にしないから。くそ真面目《まじめ》と言われるほどの堅物で、結婚生活を続けながら浮気も楽しめるほど器用な人ではない。わたしと出会う前だってまともにつき合った相手はいないらしい。どんなにもてても意に介さない、仕事第一の朴念仁だった。

殿下は幼い頃《ころ》からのつき合いなのだから、誰よりよくご存じのはずだ。なのになぜ、と思ってしまったのだった。

「虫……いちばんの虫はわたしよね。え、わたしを追い払うの？」

「どうしてそっちへ行っちゃうのよ」

首をひねっているとジュリエンヌに呆れられた。

「違うに決まってるでしょ。あなたという妻がいるのに、かまわずシメオン様に近づく女のことよ」

やはりそちらの方向でしたか。ですよねーと思いつつ、さらに疑問が深まる。

「どうして今さら。別にそんなの気にしなくても、シメオン様は浮気なんてなさらないわ」

「寛大なのか、余裕なのか、あるいはただの馬鹿《ばか》なのか。あなたのそういうところ嫌いじゃないけど、もう少し危機感を持つべきだと思うわよ」

「シメオン様が浮気しちゃうと？」

「……というわけでもないのだけどね」

話がさっぱり見えない。ますます困惑するわたしに、ジュリエンヌはため息まじりに教えてくれた。

「今王宮に、フィッセルの王女様がご滞在中よね」

「ええ……って、その方が？」

「そうよ。二十四歳独身、結婚相手募集中。おまけにたいへんな美女で、黙っていても男性の方から群がってきそうよね」

「知っているわ、ラビアでお見かけしたもの」

遠目ながら結婚式と披露宴でミラ王女のお姿は拝見していた。ジュリエンヌの言うとおり、素晴らしく美しい方だった。オレリア様と張り合えるほどだと感心した覚えがある。

オレリア様が気高く存在感にあふれた薔薇《ばら》ならば、ミラ王女は可憐《かれん》な鈴蘭《すずらん》だ。清楚《せいそ》で愛らしく、かぐわしい。ええもう、周囲の男性が熱く注目していたわよ。

「お話はしていないけど、既婚者だと承知の上で誘いをかけるような、奔放な方には見えなかったなあ」

わたしが鈴蘭にたとえると、まさしくそれだとジュリエンヌは同意した。

「見た目は可憐でも毒を持つ花よね。無邪気なふりして曲者《くせもの》よ」

「そうなの？」

王太子の婚約者として、すでに対面を済ませているのだろう。ジュリエンヌは歯に衣着せず言いきった。

義娘をたしなめもせず、公爵は面白そうな顔で聞いている。お兄様の方は相変わらずなぜ自分がここにという顔だ。面倒な話にくわわりたくないようで、口を挟んでくる気配はなかった。

「フィッセルの王女様が、シメオン様に……」

わたしの頭に浮かんだのは、言うまでもなくシメオン様からの手紙だった。噂に乗せられないで、信じてと書いていたのは、つまりそういうことだったのか。

「そんなに気にすることかしらね？　シメオン様がもてるのなんて今にはじまった話ではないのに。いくら美人で可愛《かわい》くふるまうのが上手でも、シメオン様がだまされるとは思わないわ」

「そうね、だまされてはいないでしょう。でも相手が相手だから、シメオン様もあまり無碍《むげ》にはできないのよ。それをいいことにガンガン押しまくってくるので、対処に困っているというわけ」

「だからって、わたしが行ってどうなるというの。シメオン様はお仕事中で話もできないでしょうし、わたしから王女様になにかできるはずもないし」

セヴラン殿下の意図がわかってきたけど、わたしは乗り気になれなかった。

「王女様はすぐに帰国されるでしょう？　ほんのいっときなのだから、適当にやりすごしていればよくない？　多少距離が近くなっても、しかたないと認めるわ」

「一時的な話なら殿下だってなにもおっしゃらないわよ。そうはいきそうにないからなの」

帰国されてもまだ続くと？　そこまで熱烈に惚《ほ》れ込んでしまわれたのだろうか。……いつ？　シメオン様とそんなに接点があったかしら。ラビアで特に関わったような話は聞いていない。ラグランジュへいらしてからなら、あまりに展開が速すぎる。

「王女が結婚相手をさがしていると言ったではないか」

公爵がまた口を開いた。

「夫をお相手にというのは、無理がありすぎるかと」

わたしは落ち着いて返す。

「王女様は王太子、いずれ女王とおなりあそばすお方です。そのご結婚が略奪婚というのはあまりに外聞が悪く、国民も受け入れがたいでしょう。王室不要論はあちらにもございますのに、そんなことをしてはお立場を悪くするだけです」

「他人《ひと》ごとのように言う。お前の夫が奪われるかもしれぬというのに、そんな言葉しか出てこないのか」

「夫を信じておりますので。その上で、そもそも不可能な話でしょうと申しているのです」

「さて、不可能かどうか、わからぬな」

わたしが動揺しないのがつまらないのか、それとも本当に可能性があるからなのか、公爵は負けずにつっこんでくる。わたしは少し息をついた。

「舞踏会へ行ってなにをするのですか。お聞きしたかぎりでは、王女様は妻が出てきたからといって怯《ひる》むようなお方ではなさそうですが」

「お前たちの仲を見せつけて諦めさせたいと、殿下はお考えのようだな」

なんですか、その作戦は。そのくらいでどうにかなる気が全然しない。

「見せつけると仰せになりましても」

「有効かどうかはさておき、ここで顔も出さぬのは妻としていかがなものかな」

「…………」

これには言い返せなかった。シメオン様を信じているし、いちいちヤキモチを妬《や》く女にはなりたくない。そして締切が気になる……と、胸の中にはいろいろ浮かんでくるが、喉《のど》に上がる前に止まってしまう。知らん顔で放置しているのが妻として正しいのかどうか、自信はなかった。

迷うわたしにジュリエンヌがとどめを刺す。

「殿下から伝言。『シメオンが大分疲れている。放っていないで助けてやれ』ですって」

――ううっ！

そう言われちゃうと断れないじゃないの。本当にシメオン様がお困りなの？　殿下が言っているだけでなく？　本当なら、行くしかないけれど……。

わたしは観念して答えた。

「承知しました。ともかく一度、夫のようすを見にまいります」

承諾すると公爵が満足げな顔になった。あー、うれしそう……退屈しのぎにもってこいなのですね。殿下が頼ったのはジュリエンヌだけのはず。まさか公爵に説得を頼まれはしないだろう。それを横で聞いて興味を持ち、一緒に乗り込んでいらしたのだ。わたしたちがあたふたしているさまを、ただ面白く見物するために。

そういう方ですよね！　知っていました！

見物するのはいいけど、わざと引っかき回さないでくださいよ。もしそんなことをされたら王妃様に訴えますからね。

話がまとまったところで、わたしはあらためてお兄様を見た。

「兄を連れてこられたのは、もしかしてわたしに同行させるためですか？」

「ああ。エスコートが必要だろう」

別にいなくても行けるけど、せっかくだ。これも一つの機会と、わたしはありがたく配慮を受け入れた。

「よろしくお願いしますね、お兄様」

「はっ？　なんで俺まで」

「妹と義弟《おとうと》の危機ですよ。助けてくださいな」

「お前さっきまで全然気にしていなかっただろう！　なにが危機だ、あるかそんなもの」

「あるかもしれないってお話だったでしょう。ついでに素敵な女性との出会いもありますよ。頑張って見つけましょう！」

「ないって。国賓の歓迎会だぞ？　招かれているのは高位の貴族や議員たちで、うちみたいな木っ端貴族はお呼びじゃない。釣り合う相手がいるものか」

「そう卑下したものではなかろう。いずれお前はフロベール伯爵の義兄《あに》となり、さらに王妃の又従兄《またいとこ》ともなる。今、注目されている立場なのを知らぬのか」

「……そんな理由で注目されてもありがたくないですね」

むっつりと言い返し、お兄様はそっぽを向く。公爵相手に度胸のあることだ。

「大丈夫、どんなに条件がよくたって本人を気に入ってもらえなければお話は進みません。結局決め手はお兄様ご自身の魅力ですから」

「それ全然大丈夫じゃないと思うわよ」

「見た目が整えば少しは可能性も上がるはずよ。このモッサリさえどうにかすれば！　というわけでお義母様ー、ご助力をお願いしまーす」

わたしは席を立って扉を開け放った。おしゃれ関係ならお義母様を頼るにかぎる。きっと最強の助っ人になってくださるわ。

「ねえ、本題はあなたの方よ、わかってる？　ちゃんと気合を入れておしゃれするのよ」

「待てって、勝手に話を進めるな！」

「まあ、せいぜい頑張るのだな……楽しみにさせてもらおう」

後ろでごちゃごちゃ言っている人たちは無視無視。なにごとかと集まってきたみんなに協力をお願いする。お義母様がノリノリで腕をふるってくださったのは、言うまでもない。

3

フィッセルは北の海に面した国だ。南北両方の海岸を持つラグランジュと、部分的に国境を接している。

北方諸国は歴史の中でどんどん形を変えていき、だいたい今の状態になったのは百年くらい前のこと。その頃《ころ》フィッセルとの間にあった小国がラグランジュに併合され、両国はお隣さんになった。

併合には反発もあったようで、百年以上たってもまだ忘れられたわけではない。それでもまずまず良好な関係が保たれてきた。

王女様歓迎の舞踏会は規模が小さいので、夏の大舞踏会の会場となる大広間ではなく、別の広間で行われていた。お義父《とう》様たちと一緒に入れば、そうそうたる顔ぶれが集まっている。ほとんどはラグランジュの高位貴族や大臣たちだが、外国の大使も何人か見かけた。

フィッセルのファン・レール大使の姿も、もちろんある。夫人のフレーチェ様とご一緒だ。挨拶がてら王女様について事前情報を得たかったが、他《ほか》の人と歓談中なのですぐには行けなかった。

壁際や出入り口には近衛《このえ》が立ち、会場の警備をしている。常より多く配備され、油断なく監視の目を光らせている。しばしば他の軍から揶揄《やゆ》される華麗な白の制服も、こういう時は場になじむという利点を発揮していた。おかげであまり威圧感を与えない。単なる見栄え重視でなく、ちゃんと考えられた制服なのよね。

彼らの中にシメオン様の姿はなかった。多分殿下たちと一緒にいるのだろう。

いったんお義父様たちと別れ、落ち着いて会場内を見渡せる場所を物色していると、艶《つや》めいた声に呼び止められた。

「やあ、こんばんは。今日《きょう》はずいぶん可愛《かわい》くしているね」

ひときわ目立つ、華やかな美貌《びぼう》の男性だった。甘い蜂蜜《はちみつ》色の巻き毛と南の血を窺《うかが》わせる金褐色の肌に、若い令嬢だけでなく年配のご婦人も目を奪われる。抜きんでた長身はシメオン様よりさらに高いほどで、優雅な貴公子に見えてじつは騎士の強さを持つ人だった。

西のイーズデイルから来た、ナイジェル・シャノン大使だ。なにかにつけてご縁がある。シメオン様より一つ年上の彼とは、いい友人関係を築けていた。

「ごきげんよう、ナイジェル卿。お越しでしたのね」

「ああ、ご招待いただいてね。先日はうちの伯父がお世話になったそうで、ありがとう」

ラビアでの結婚式に、イーズデイルからはシャノン公爵が参列されていた。ほがらかで優しい素敵な紳士で、そして血気盛んな筋肉脳だった。捕り物にも率先して飛び出したりして護衛の騎士を困らせていたなあ。

「とんでもない、お世話になったのはこちらの方です。さすがナイジェル卿の伯父様だけあって、頼もしいお方でしたね」

「オリヴァーから報告を受けているよ。年甲斐《としがい》もなく暴れたんだってね。腰を痛めていないといいんだけど」

笑いながら軽く受け流し、ナイジェル卿はわたしのそばに立つ人へ目を向ける。

「今夜のお連れは見かけない人だね。副団長が妬《や》かないかな」

「ああ、ちゃんとご紹介したことはありませんでしたね。披露宴にもいたのですが、ナイジェル卿とはご挨拶《あいさつ》していなかったかしら」

「……どうも。兄のジェラール・クララックです」

お兄様はやる気のない顔で挨拶した。

「おや、兄君だったか。これは失礼」

ナイジェル卿は目を丸くする。

「そうそう、覚えているよ。でもあの時とはずいぶん印象が変わられた」

「はは……フロベール伯夫人のおかげでね」

ナイジェル卿がわからなかったのも無理はない。お義母《かあ》様の手によって、お兄様はまるきり別人に生まれ変わっていた。

前髪を切るのはいやがったので、整髪料を使って額をすっきり出している。眉《まゆ》の形も整えられ、野暮ったい黒縁眼鏡《めがね》は没収だ。おかげで五割増しくらい男振りが上がっていた。

モッサリでも姿勢は悪くないので、こうして身なりを整えれば印象はぐんと変わる。ナイジェル卿とはくらぶべくもないが、わが兄ながらけっこうかっこよかった。

さすがです、お義母様！　おしゃれ関連では誰《だれ》よりも頼りになるお方です。

ついでにわたしも飾り立てられましたが……まあ、今夜ばかりはしかたない。

「兄妹《きょうだい》そろって気合が入っていることだ。もしや、ミラ殿下を意識しているのかな」

少しからかう表情になってナイジェル卿は言う。わたしは苦笑した。

「ナイジェル卿のお耳にも？」

「多少は聞こえてくるかな。ちょっと別方向に気がかりがあって、王女様の動向にも注目しているのでね」

「気がかりとは」

「うん……不粋になるから、ここではやめておこう」

外交関係かな。あるいは本来のお仕事方面かしら。

諸事情で一時的に離れているが、シャノン公爵家の私設騎士団を束ねる団長というのが、ナイジェル卿の本当の姿だ。公爵様をお守りするだけでなく、女王様や議会の要請を受けて動くこともあるらしい。そのお仕事に関係しているのだとしたら、なるほどきな臭くなりそうだ。

宴《うたげ》の話題にはふさわしくないと、彼は話さなかった。つまり緊迫した状況でもないわけで、わたしが心配しなくてもよいのだろう。そう解釈しておく。

「セヴラン殿下から出席するよう厳命が下りまして。正直なところ、そこまで気にする必要があるのかしらと思うのですけどね」

「ああ、王太子殿下か。相変わらずの苦労人だ」

おかしそうにナイジェル卿は笑う。

「ナイジェル卿は王女様と面識がおありで？」

「いや、あいにくまだだ。たいそうな美女と評判だから、今夜は楽しみでね」

女性にとても友好的な彼らしい言葉だ。

「はい、それはもう美しいお方ですよ。そうね、ナイジェル卿なら独身だし、シメオン様に負けない美男だし、王女様のお眼鏡にかなうのではないかしら。ちょっと口説いてくださいません？」

思いつきを口にすると、横からお兄様が「おい」と小突いてきた。

「わたしが頑張るよりずっと効果がありそうですもの」

「だからって、そんなことを外国の大使に」

「ナイジェル卿なら放っておいても口説きそうですけど」

美貌の大使は困る顔も見せず、愉快そうに聞いていた。でもわたしの提案はきっぱりと断られてしまった。

「申し訳ないが、遊びで済まない相手には手を出さないよ。あとが面倒だからね」

「ああ、お国を追い出される原因になりましたものね」

「あれは向こうが勝手に熱を上げただけで、私はどちらにも手を出していないよ。って、聞いたんだ。オリヴァーかい？」

「いえ公爵様からです。女王様まで困らせたそうですね」

「うんまあ、もっと気をつけろと叱《しか》られた……そういうわけで、ミラ殿下にも下手《へた》な真似《まね》はできないな。フィッセルへ婿入りするつもりはないのでね」

こんなふうでも、本命の女性がいることをわたしは知っている。だから婿入りしてほしいとまでは思っていなかった。王女様が他にも目移りしてくれればいいなと思っただけだ。

口説かなくてもナイジェル卿が姿を見せるだけで効果があるかも……と、他力本願なことを考える。

「シルヴェストル公爵といい、うちの妹はいつの間にこんな大物たちと親しくなったんだ……さすがフロベール家ということか」

「本当にね、結婚するまでは世界が違いましたのにね。せっかくだからグラシウス公様にもお兄様を紹介させていただこうかしら。あ、お仕事的には議会の方も……ラファール侯爵様はどちらに」

貴人たちの姿をさがしたら、お兄様はあわててわたしを制止した。

「いらん！　もういいから、お前は自分の目的に専念しろ！」

「まだ相手がおでましになりませんもの」

「いや、そろそろみたいだよ」

ナイジェル卿が目線で示す。奥の扉が開いていた。時間だ。主催者と主賓が登場し、宴がはじまる。

ざわめいていた会場が静まった。扉の脇《わき》に立つ役人がおでましを告げる。

先頭で入ってきたのは国王様と王妃様だった。会場内の女性がいっせいにおじぎし、男性も胸に手を当てて礼をとる。わたしも人々と一緒におじぎした。

あれ？　国王様がミラ王女をエスコートされてくると思ったのにな。

主賓はその次に姿を現した。さわやかな青のドレスに身を包んだミラ王女が、可憐《かれん》な笑顔で入ってきた。

「……え」

彼女の姿を認めた瞬間、わたしは小さく声を漏らしてしまった。

わたしだけでなく、会場のあちこちで驚く気配がある。特に女性陣が反応しているようだ。

「おやおや」

ナイジェル卿も小さくつぶやいた。面白がっているようでもあり、呆《あき》れているようでもある。

ミラ王女に腕を貸して一緒に歩いているのは、他でもないシメオン様だった。数日ぶりに見る旦那《だんな》様――と、喜べる光景ではない。彼は王子様のように姫君をエスコートしていた。白と青の制服は王女様のドレスとよく合い、互いを引き立てていた。

まあ、なんとも、見とれてしまいそうな美男美女ですこと。おとぎ話そのものだ。このまま絵にしたいほどの……って。

いえいえいえ！

なぜにここでシメオン様が⁉　だからエスコートは国王様か、でなくばセヴラン殿下でしょう！

シメオン様は、言ってみれば警備員ですよ？　身分とかそういうのは置くとして、彼の立場上ありえない。控えて見守るべきで、主賓の隣に並ぶ立場ではないでしょうに。

まさかしょっぱなからこんな光景を見せられるとは予想もせず、わたしはしばらく思考が停止してしまった。気のせいか周囲から視線を感じるような。シメオン様の妻がここにいると知っている人たちが、こっそり好奇心を向けていた。

国王様が挨拶をされ、主賓を紹介する間もミラ王女はシメオン様から手を離さない。下品に抱きつくようなことはさすがにないが、自分のパートナーだと宣言するかのごとく、ぴたりと彼に寄り添っていた。

う、ううーん……これは……うん。

シメオン様は人形のような無表情を保っている。顔だけでなく姿勢もピシリと正したまま、どこかに視線を固定している。ミラ王女へはまったく目を向けず、本当に人形が立っているようだった。

あれで浮気を疑う気にはなれないわ。ものすごく不本意なのだとわたしにはわかる。でも周りの人はどう受け取っただろう。会場の雰囲気がますます微妙になっている。国王様や王妃様も、どことなく気まずそうだった。

誰か止めなかったのかなあ……止められなかったのね。

王女様のずっと後方に、フィッセルの随行員とおぼしき人たちの姿がある。近衛と一緒に離れて控える彼らも、居心地悪そうな顔をしていた。

「おい」

お兄様がささやいてまたわたしを小突いてきた。なんですか、こんな時に。

「眼鏡返せよ」

「我慢してください。かけなくても歩けないほどではないでしょう」

「どういう顔しているのか見えないんだよ。確認させろ」

お兄様も一応気にしてくれているらしい。わたしは手提げから眼鏡を取り出して返した。

「……いやそうだな」

「いやそうですね」

シメオン様のようすを確認したお兄様は、一発で彼の内心を見抜く。

「これでデレデレしていたら殴ってやるところだったが、まああれなら許すか」

「殴ったりしたらお兄様の方がけがしますよ。心配しなくても、シメオン様が喜ぶはずありません。浮気とかより、まず職務に反しますから」

あの石頭が役得と喜ぶはずないのよ。いくら王女様のお望みだとしても、よく受け入れたものだ。

出席者とのご挨拶がはじまっている。まずは王族や大臣などが王女様と言葉を交わしている。にこやかに話しながら、やはり彼女はシメオン様を放さなかった。

「はは、すごい姫君だ」

ナイジェル卿がいっそ感心すると笑った。

「どういう目を向けられるかわからないはずもなかろうに、じつに堂々としているね。見た目に反して中身は強そうだ」

「未来の女王様が気弱では困りますから、お強いのはよいことですが……」

「この場にかぎってはよくないぞ。非常識だろう」

お兄様の言うこともっともだ。とはいえ、わたしたちがどうにかできる話でもない。壁際からただ眺めているしかない。するとシメオン様の近くからセヴラン殿下がこちらを見ていることに気づいた。ああ、いらっしゃいましたか。多分ミラ王女に続いてジュリエンヌと入られたのね。全然気づきませんでしたわ。もう王女様の衝撃がすごすぎて、視界に入りませんでした。

わたしが反応したのを見て、殿下はこちらへ来いというしぐさをした。えー、いやですよお。

わたしは顔の前で腕を交差し、バツを作る。「阿呆《あほう》！」と殿下の口が動いていた。

だってえ。わたしがそこへ行ったら修羅場ではありませんか。

衆人環視の中でやり合ってどうするのですか。ここで変な騒ぎになったら国際問題だし、おとなしくしているのが正解だと思う。

わたしはそっぽを向いて殿下を無視した。でも気になって、また王女様たちに目を戻す。シメオン様はやはりどこかを見て動かない……と思ったら、一瞬わたしと目が合った。

笑いかけるべきかな、それとも、と迷ううちにまた視線がはずれてしまう。むくれかけたわたしは、彼の身体《からだ》がますます固くなっているのに気づいた。

ああ、わたしの反応を見るのが怖いわけですね。

別に怒っていませんよ。でもお話はしたいな。衝立《ついたて》の向こうで楽団が演奏をはじめている。国王様が王女様をダンスに誘われるだろうから、その間に彼のところへ行こうかな。

――と思ったら、ミラ王女がシメオン様の腕を引いてなにごとか話しかけた。さすがにそれを無視できず、シメオン様は彼女を見下ろす。なんだろう、少しもめているような。シメオン様が首を振っている。でも王女様は引き下がらない。シメオン様が国王様に顔を向けて――あ、負けた。

国王様にもうながされ、渋々彼は王女様に向き直った。

さし出された手を取り、王女様は会場の中央、人々が空けた場所へ踏み出す。

えええー……ダンスまでシメオン様と？

もう好奇心どころではない。みんなあぜんとしている。そこまでやるかと驚く顔ばかりだった。

ミラ王女のための歓迎会ですからね、好きな相手と踊ってくださってよいのですけどね。

けど……。

たおやかな腕をシメオン様に伸ばし、ほっそりしているのに出るところは出た、まろやかな身体を寄せている。鍛えられた騎士と可憐なお姫様が踊る姿は、本当に美しく素敵な眺めなのだけど。

うん、ちょっぴりモヤモヤしてきた。わたし以外の女性とは踊らないでほしい、とまでは思わないが、この流れは気に入らない。二人があまりにお似合いで、見ているのが少しつらかった。

シメオン様もお仕事でしかたなくつき合っているだけ。わかっている。だから落ち込む必要も、ヤキモチを妬く必要もない。

――って、わかっていてもモヤモヤするー！

早くも帰りたくなってきた。これ以上見ていたくない。

完全に戦意喪失して二人から目をそらすと、壁際にいるフィッセル人の一人がふと気になった。

まだ若い男性だ。シメオン様と同じくらいかな。普通に礼服姿で見た目は役人っぽいけど、軍人のように体格がよく姿勢もよい。もしかすると、目立たないように控えている護衛かもしれない。

フィッセル人には明るい色の髪が多く、ミラ王女もきれいなアッシュブロンドだ。随行員にも金髪や茶髪が多い中、壁際の彼はめずらしく暗い色の髪をしていた。

髪だけでなく表情も暗くして、彼は踊る王女様をじっと見つめていた。距離があってわたしの視力では自信がないけれど、どこか悲しげに見える。王女様の奔放ぶりを心配しているのかしら……。

「なんなのよあれは！　どういうことなの⁉」

もっと近くへ行ってみようかと動きそうになった時、すぐそばから怒りの声が上がった。

――なんと、わたしとしたことがとんだ不覚を！

いつの間にかオレリア様がいらしていた。先日とは打って変わって華やかな装いだ。ビーズ刺繍《ししゅう》とレースに飾られた真紅《しんく》のドレスに、金の髪が流れている。一気に目の前がまぶしくなった。

「あ、ごきげんよう。ああ、この輝きに心癒される……」

「ボケている場合ではないでしょう！　説明しなさい！　いったいあれはなにごとなの⁉」

なぜかオレリア様はお怒りだ。閉じた扇でシメオン様たちを示しながらわたしに詰め寄った。

「なんなのでしょうねえ」

「……聞く相手を間違えたわ！」

ペシン、と扇で頭をはたかれる。あん、オレリア様からそんな。ご褒美を。

「ねえ、なにが起きているの？」

オレリア様はお兄様とナイジェル卿に尋ねる。悶《もだ》えるわたしは無視されてしまった。

「知らん。こっちも呆れているんだ」

お兄様はまともに答えない。ナイジェル卿が彼女をなだめてくれた。

「落ち着きなさい、レディ。誰と踊っても別にいいじゃないか」

「最初のダンスでなければね。好きな相手と踊るのは、まず国王陛下が踊られてからだわ。本来陛下

がお誘いになる予定だったはずよ」

「それだと王后陛下があぶれてしまうしね」

「苦しい言い訳ね。こうした場の慣例でしょう。それを無視して目をつけた男に相手をねだるなんて、王女ともあろう方がずいぶん不作法な真似をなさること」

憤懣《ふんまん》やるかたないといった調子でオレリア様は言い放つ。お声が高くなりがちで、王女様に聞こえてしまわないかとハラハラした。

「どうして君がそんなに怒るんだい？」

「別に……っ」

反射的に言い返しかけて、オレリア様は言葉に詰まる。そう、多少慣例からはずれているにしても、オレリア様が怒る必要はないのにね。

「このわたくしを袖《そで》にしておきながら、あんなぶりっ子王女の相手をしているシメオン様が不愉快なのよ」

なんて言葉を、お兄様もナイジェル卿も本音だとは思わなかっただろう。

オレリア様のおかげでモヤモヤが吹き飛んだ。んもう、本当に可愛いし、いちばん根っこの部分は純粋な方なのだから。

「愛しています、オレリア様！」

「衝撃のあまり気がふれたの。人間に理解できる言語を話してちょうだい」

「わたしがないがしろにされているかのような、この状況に怒ってくださっているのですよね。友のために怒るオレリア様がまぶしくてたまりません。大好き！」

「友ではないしわたくしは大嫌いよ！　単に不誠実な浮気者が不愉快なだけだから！」

「そうだわ、わたしたち二人で踊りません？　女同士で踊るのも楽しいですよね」

「どちらが男役――ではなくて、あなたなんかと踊りたくないから！」

「前からけっこう仲よしかもと思っていたが、この二人ってどういう関係なんだい？」

「……幼なじみ、みたいなものかな……仲よしではないと思いますが」

国王様が二番手になるわけにはいかないので、ミラ王女と同時に踊っていらした。セヴラン殿下も同じくフロアの中央に出ている。ジュリエンヌ、ダンスが上手になったなあ。公爵家でしごかれたのね。

やがて曲が終わり、貴き三組が足を止める。人々から大きな拍手が上がった。

「ほら、行くなら今よ。シメオン様を取り返しなさい」

オレリア様がわたしをせっつく。

「だめですよ、シメオン様はお仕事で警備をしていらっしゃるのですから」

「そんなボケたことを言っているからぶりっ子に好き勝手されるのでしょう」

「王女様がぶりっ子かどうか、まだわかりませんよ」

「そこが問題ではないのよ！」

言い合うわたしたちに、ナイジェル卿が「やれやれ」と苦笑した。

「協力してあげるから、その間に行っておいで」

え、と聞き返す間もなく彼は歩きだし、長い脚で人々の間を通り抜ける。まっすぐにミラ王女へ向かっていった。

もう一曲と言っているのだろうか、またシメオン様になにか訴えていた彼女に声をかけ、少し話したあと手をさし出す。すかさずシメオン様が王女様から離れて数歩下がった。横からセヴラン殿下にもうながされ、王女様はナイジェル卿の手をとってふたたび踊りの場へ出られた。

オレリア様の手がわたしの背中をどつく。わたしはスカートをつかみ、壁伝いにシメオン様のいる方へ急いだ。ナイジェル卿みたいに真ん中を突っきる勇気はありません。虫はコソコソと隅っこを動かねば。

急ぎながらも足音と気配を抑え、わたしは会場を移動した。自由に踊れる時間になって人々が動いているので、まぎれるには好都合だった。ほとんど注目されずに目的地へたどり着いたが、いざ来てみればシメオン様が見当たらない。あれ？　外に出ちゃったのかな。

近くの扉というと、国王様たちが入っていらした場所だ。通ってもよいかしら……と、そっと覗《のぞ》くと、扉の陰から伸びた腕に引っ張られた。

「ひゃっ」

驚くわたしを大きな身体が抱きしめる。

痛いくらいの力で腕の中に閉じ込め、すがるように頭をすり寄せてくるのは、よく知るぬくもりと匂いだ。さらさらした髪を頬《ほお》に感じ、わたしは回しきれない広い背中に腕を伸ばした。背中というか、ここは腰。きつく抱きしめられて身動きが取りにくい。

「マリエル……」

「大丈夫ですか？」

よしよしと届く場所をなでる。大きく開かれた扉と壁の間に身をひそめ、わたしたちは数日ぶりに互いの存在をたしかめ合った。

「……怒って、いますか」

「海の見えるお城を買ってくださったら許します」

「城でも要塞でも。いくらでも買います」

「要塞かあ。王子様らしい発想かな。でも要塞をもらってヒロインどうする？」

「はい？」

シメオン様が顔を上げる。腕の力がゆるんだので、わたしはとりあえず今の台詞《せりふ》を手帳に書きとめた。

「ご協力ありがとうございます。新作に活用させていただきますね」

「…………」

シメオン様は無言で息をつき、眼鏡の位置を整える。気を取り直したようで、冷徹な鬼副長の顔に戻った。

わたしは隠しポケットに手帳を戻し、愛する夫の姿をあらためて確認した。

ほんの少ししか離れていなかったのに、ずいぶんひさしぶりのような気がする。

近くで見た彼はさらに美しかった。色彩だけなら弱々しい印象を与えそうなところを、厳しい訓練によって作られた肉体と、瞳《ひとみ》に宿る鋭い光がまったくそうは見せない。白百合《しらゆり》のごとき美しさを持つ一方で、猛獣の強さしなやかさもそなえている。そして硬質な眼鏡が知性を知らしめ、曲者《くせもの》っぽさを増している。美と力と頭脳、三つの要素が最高のバランスでまざり合い、シメオン・フロベールという人を形作っていた。

王女様がお気に召すのも当然だわ。こんな人にそば近くで守られたら、誰だってうっとりしちゃうに決まっている。

それはともかく、手紙のとおりお元気そうでなによりだった。よかった、いつもの凛々《りり》しくかっこいいシメオン様だわ。

「シメオン様がお疲れだなんて殿下が伝言を寄越されるものですから、心配しましたの。なにかご不便はありませんか？　必要なものがありましたらすぐに届けさせます」

「ありがとう。特に不自由していませんので大丈夫です。あなたこそ、ちゃんと寝ていますか？　朝から晩までずっと机の前に座りっぱなしは身体に悪い。できれば午前と午後一度ずつ、庭に出て歩きなさい」

うん、いつものシメオン様だ。しっかりお小言を聞かされる。わたしはおかしくなってくすりと笑った。

「何日も家に戻らない上にあんなところを見せて、さぞ不愉快だったでしょう。申し訳ありません」

「別に怒っていませんよ。疑って乗り込んだのではありません。殿下のご命令に応じただけです。シメオン様が喜んで王女様のお相手をしていたようにも見えませんでしたわ」

まず、わたしはちゃんと信じていますよといちばん大事なことを伝える。シメオン様から不安そうなようすが消え、きれいなお顔がほっとやわらいだ。

「でも驚きましたね。ラビアでお見かけした時は、あんなに奔放な方だとは思いませんでした」

「そうですね……」

シメオン様は腕を組んで壁にもたれ、大きく息を吐いた。

ここは隣の控室、近衛が数名警備している。会場内からは死角でも彼らにはわたしたちの姿が見えている。目の前で上官が仕事を抜け出して妻と話し込んでいるわけだけど、不満や呆れの表情はなかった。むしろ同情されているような雰囲気だ。

「王女様は、シメオン様だけに？　かっこいい人に目がないとかではなく？」

「ええまあ……ご本人いわく、ラビアで私を見かけてお気に召したのだそうです。リベルト公子の計画に協力していたこともお耳に入ったようで、見目だけでなく能力もあるところがよいとか、そんなことを」

「ああ、なるほど」

ラグランジュに着いてからではなく、それ以前から見初《みそ》められていたのね。うん、アンリエット様たちのパレードを守る近衛は、最高にかっこよかったものね。その指揮官に多くの女性が注目していた。ミラ王女もどこかから見ていたのだろう。

でも直接の関わりはなかったはず。つまり、一目惚《ぼ》れなのかしら……？

「シメオン様が既婚者だとは、ご存じなのですよね？」

「最初に言ってあります。しかし気になさらないようで」

眉間《みけん》にしわを寄せてシメオン様は首を振る。

「ラグランジュに着くや身辺警護の担当として私を指名してきました。むろん指揮官として警護にくわわるつもりでしたが、常にそばに控えることを要求されまして」

「で、断れず？」

「くだらないとは思いましたが、少しの間ですので。ラグランジュの印象を悪くするのもと思い、受け入れました。どのみち警護はしますし、たしかにそばにいた方が都合がよい面もある。……警護だけなら、問題はなかったのですが」

ここでまた大きな息が吐き出される。まさかこうまで振り回されるとは思わなかったのね。

「はっきり拒否できず、不甲斐ないと思うでしょう。本当にあなたには謝るしかありません」

「いえ謝らなくても。団長様や国王様からもご指示があったのでしょう？　数日後にはお国へ帰られるのですから、深刻にならなくてもよろしいのでは。あと少しと思って頑張ってくださいませ」

「……いや、もうしばらく続きます」

はげまそうとしたら、逆にシメオン様の表情が暗くなった。

「まっすぐ帰国されるわけではなく、テラザントに立ち寄られるのです。そこまではセヴラン殿下が同行されます。当然、警護も続くわけで」

国境に接する、北の海岸沿いの地域だ。フィッセルとの関わりも深い土地なので、通過するだけでなく宿泊の予定があるらしい。

「でしたら、当分シメオン様は帰ってこられませんのね」

「はい」

うーん、それはさみしいなあ。あと半月くらい？　お仕事だからしかたないか。

「ご苦労様です。道中に問題がありませんように。できればお土産《みやげ》があるとうれしいですね。わたし北へは行ったことがありませんので、なにか名産品を買ってきてくださいな」

おねだりするとシメオン様がくすりと笑った。

「どんな？　食べ物ですか。それともレースの工芸品とか？」

「んー、めずらしいものならなんでもよいけど、なければお菓子かな」

それから、とわたしは旦那様に身を寄せる。

「ちょっとだけ、シメオン様を補充させてください。しばらく会えなくても大丈夫なように」

踵《かかと》を上げて高い場所にあるお顔にできるだけ近づく。すぐに察してシメオン様は身をかがめ、わたしの腰を抱き寄せた。

部下の皆さん、ごめんなさい。少しだけ見逃してくださいね。

「そろそろ戻った方がよさそうだが」

「んにゃっ⁉」

あと少しでぬくもりが、というところで、すぐ近くから声をかけられた。とても聞き覚えのある声に跳び上がったわたしはシメオン様にすがりつく。扉のそばにシルヴェストル公爵が立ち、いつもの不気味な笑みでわたしたちを見ていた。

「公爵閣下」

シメオン様がわたしをかばってくださる。

「夫婦げんかにはならなかったか」

「ええ、私の妻は状況を理解できる頭と、思いやりの心を持っていますので」

シメオン様は胸を張って言い返す。けんかならしょっちゅうしていますが、今回はけんかの原因にはなりませんね。ええ、わたしヤキモチなんて妬きませんから（ちょっぴり嘘《うそ》）。

「けっこうなことだな。だが、あちらはそうはいかぬようだ。放置していてよいのか、護衛官殿？」

公爵は扉の向こう、会場内へ視線を流す。中でなにか起きているのだろうか。わたしたちは扉の陰から頭を出して、広間を覗き込んだ。

「ひえ」

比較的近くにいたので、すぐにわかった。予想外の光景に思わず声が出る。シメオン様の身体にも驚きが走った。

青と真紅、対照的なドレスが向かい合っている。

甲乙つけがたきうるわしの花、鈴蘭《すずらん》と薔薇《ばら》が笑顔でにらみ合っていた。

4

歓談する人々の間をすり抜けて、わたしはおそるおそる二人に近づいた。

国賓相手に、さすがに声を荒らげての口論にはなっていない。オレリア様は落ち着いた調子で話されていた。

「次代のフィッセルは美しい女王陛下を戴《いただ》いて華やぎそうですね。国民の皆様もさぞ鼻が高いことにございましょう」

「おそれいります。オレリアさんこそ華やいでいらして、まぶしさに圧倒されそうですわ。求婚者が引きも切らないのではありません？　もうお相手は決まっていらっしゃいますの？」

「残念ながら、まだですの。こちらが乗り気な時にかぎって相手がそうではなく。上手《うま》くいかないものですね」

「あら、オレリアさんのような方を断る殿方がいらっしゃるなんて、信じがたいお話ですこと」

王女様は流暢《りゅうちょう》なラグランジュ語を話されていた。王族の方らしく外国語に堪能なごようすだ。

表面的には礼儀正しく相手を持ち上げる、問題のない会話だった。でも近くの人たちは緊張して見守っている。お二人の間に漂う空気は、表情や言葉とは反対であると誰《だれ》もが感じ取っていた。

「人にはそれぞれ好みがありますもの。あまり華やかだと逆に敬遠してしまうという殿方もいらっしゃいます。フロベール中佐などその最たる例ですね」

オレリア様がシメオン様を引き合いに出す。もちろんわざとだろう。ミラ王女はどう感じたのか、見事に表情を変えないのでわからない。

「彼は中身を重視する人で、わたくしでは中身が足りないのかと落胆もしましたが……足りる足りないではなく、好みの問題でした。彼の奥方とわたくしとは、まるで違うタイプでしたの。なるほど、あのような方が好みならしかたないと納得しましたわ」

ホホホとオレリア様は扇で口元を隠し、優雅に笑われる。これが言いたくて話を誘導したのだと悟り、わたしはしびれる思いだった。

自分を下げるような言い方を、普段のオレリア様はしない。わざとらしい謙遜《けんそん》はかえって見苦しいと言いきるお方だ。それなのに振られたと受け取られる話をしたのは、ここへつなげるためだったのだ。

「あなたはなかなか美しいけど、彼にとってはなんの意味もないのよ。このわたくしになびかない男が、あなたになびくとでも？　調子に乗るのもたいがいになさい。美貌《びぼう》だけがご自慢のぶりっ子王女なんてお呼びでなくてよ」

――と、言葉の裏で言っている。国賓に対して非礼になるような言葉はくり出さず、あくまでも世間話の体裁をとりながら、そのじつ強烈な攻撃を決めていた。

さすが社交界の金の薔薇《ばら》。一流の貴婦人はこう戦うのだと、素晴らしいお手本を見せてくださった。

それでこそオレリア様です！　スタンディングオベーションを送りたい！　もう立ってるけど！

そしてシメオン様の好みは珍獣だった、資質や容姿とは別次元の話だったと言ってらっしゃるわけですね。そこはもう、わかる人だけわかればよい話で。

でも正直、ちょっときわどいやりとりだ。王女様の反応しだいでは国際問題に……いえ、これで腹を立てたらかえって恥をかくけど、ラグランジュへの印象が悪くなったらのちのち引きずってしまうかも。

萌《も》えに震えたりハラハラしたりとたいへんなわたしの前で、美女たちの会話は続く。

「そうお聞きすると、奥方様にとても興味がわいてきますね。どのようなお方なのでしょう」

ミラ王女も簡単には余裕を崩さなかった。無邪気を装いながらさぐりを入れてくる。この流れだとそうなりますよね……って、わたしまずいかも。

「そうですね……」

オレリア様はつと王女様から目をそらし、周囲を見回した。わたしをさがしていらっしゃるのはあきらかだ。もちろんわたしは全力で気配を絶ち、人の陰に隠れてソロソロとあとずさっていた。無理無理無理、あそこへは行けません。このままそーっと逃げ……ようとしたら、後ろからドンと背中を突き飛ばされた。

「ひゃっ」

転びそうになってあわてて足を出す。裾《すそ》、裾踏んでる！　よけいに転びそう！

あたふたするわたしに視線が集まった。もうう、今の誰よ、ジュリエンヌ!?

なんとか体勢を立て直して振り向けば、セヴラン殿下とシルヴェストル公爵がいた。どっち!? どちらであってもひどいですね！

お二人の表情は違えど、ともに視線で「行け」とわたしに命じていた。やめてくださいよう。

シメオン様をさがせば、向こうで団長様につかまっている。部下たちが命じられ、彼を会場から連れ出していった。

……わたし一人で、どうしろと。

「ああ、そこにいらしたのね。せっかくですから、あなたもご挨拶《あいさつ》させていただきなさいな、マリエルさん」

歌うような声がわたしを呼んでいる。無視して逃げるわけにはいかず、わたしは泣く泣くオレリア様たちに向き直った。

「ご、ごきげんよう」

なんとか笑顔を作っておじぎすれば、オレリア様がギロリとにらみ「早く来なさい！」と伝えてくる。ううう、殿下には逆らえてもオレリア様には逆らえない……。

重い足を引きずってそばへ行くと、グイッと前へ押し出された。

「こちらがフロベール中佐の奥方、マリエルさんです。昨年結婚されて、この間結婚記念日を迎えたばかりよね？」

「そ、そうですね。なにかと忙しくしておりましたので、内々にお祝いしただけで終わりましたが」

「シメオン様のことだから、なにか贈り物をいただいたのではなくて？」

「ええと、その前月が誕生日でしたので、贈り物はもう十分ですと辞退して……かわりにヴァイオリンを弾いていただきました」

「あら素敵。あなたからはなにをさしあげたの？」

「パンを焼きました」

「……はい？」

シメオン様との仲よしアピールをしなさいとうながしていたオレリア様が、妙なお顔になって言葉を失う。わたしはえへへと照れ笑いをした。

「時々練習しておりまして。オーブンの火加減も自分で調節できるようになったのですよ。二回に一度は焦がしちゃいますが」

「そ、そう」

ああ、宝石の瞳《ひとみ》が言っている。「おかしな女だと見せるにはよいけど、なぜパンなの」と。

ふっ、わたしも日々進化しています。パンだけではありませんよ。

「来月の彼の誕生日には、ほかのお料理も作ります。なんと、最近包丁を持たせてもらえるようになったのですよ！　監視つきですが」

「監視つきでないと許されないって、あなたなにしたのよ」

思わずつっこんできたオレリア様は、すぐに咳払《せきばら》いしてミラ王女に顔を向けた。

「オホホ、可愛《かわい》らしい方でしょう？」

「ええ、本当に」

微笑《ほほえ》ましげに答える王女様は、深い青の瞳でわたしを見ている。可憐《かれん》な笑顔の中でそこだけ温度がない。品定めでもしているのか、冷徹にわたしを観察してくる。

わたしは覚悟を決め、あらためておじぎした。

「失礼いたしました、マリエル・フロベールにございます。ようこそラグランジュへ。王女殿下を心より歓迎いたします」

「ありがとうございます」

返る声は甘い。鈴蘭《すずらん》にふさわしい、可憐な響きだ。

「オレリアさんのおっしゃるとおり、可愛らしくていらっしゃること。そのドレス、とてもおしゃれで素敵ですね。ラグランジュはなにもかもが華やかでうらやましく思います」

服は素敵ね、服だけは――という皮肉でもなさそうな。王女様の目にわたしへの敵意は見当たらない。さりとて好意も感じないから、たんなる社交辞令かな。

「おそれいります。義母《はは》が着道楽な人で、わたしの服も選んでくれるのです。おかげで頭を悩ませずに済み助かっております」

「まあ、よいお姑《しゅうとめ》様ですのね」

敵意を持つほどの相手でもないということかな。オレリア様の次に出たからなおのこと、この程度の女かと思われただろう。セヴラン殿下のご期待には添えなそうだ。

興味津々に注目している周りの皆さんも、わたしでは勝負にならないと思っただろう。ここでわたしが落ち込んで帰れば、お約束どおりの展開だ。

「フロベール中佐にはお世話になっております。頼もしく優しい方で、なにかと気配りしてくださるのがうれしいかぎりです。わたくしのわがままにもつき合ってくださって、おかげで楽しい時間をすごせています」

「光栄なお言葉にございます。殿下にお喜びいただけて、夫も報われましょう」

続く言葉も聞きようによっては妻への宣戦布告と受け取れた。強力な恋敵が現れ、格の差を見せつけられて打ちのめされるという、いかにもな場面である。

でもなー。なんだかなー。そうじゃなくて、こう、もっと……。

「ありがとうございます。では、失礼します」

内心もどかしく思うわたしを置いて、王女様は軽く会釈をして背を向ける。離れていくアッシュブロンドをどうすることもできず見送っていると、またも扇が頭に落ちてきた。

「なにをしているのよ⁉　もっといつもの変人ぶりを見せつけてやりなさいよ！」

「このような場でそれは……お見せしたところで意味もないでしょう」

「あれではただのつまらない女としか思われないわ。同じ次元でくらべることが不可能な、そもそも生き物としての分類が違うのだと思い知らせないと。そういう珍獣しかシメオン様の気を引けないと教える以外、あの王女を追い払う方法はないのに！」

「ええと、わたしも一応人間ですというか、それだとシメオン様が変態みたいに聞こえるのですが」

わたしの反論は聞いていらっしゃらない。オレリア様は一人でプンプンと腹を立てていらした。

セヴラン殿下に合図されて、また控室に戻る。誘っていないのにシルヴェストル公爵もついてくる。

控室ではシメオン様が心配そうに待っていた。

内輪だけになって、殿下もオレリア様と同じような文句を言ってこられた。

「こうなると予想できたはずですが？　わたしに対抗できるはずないでしょう」

「そこをなんとか頑張らんか！　そなた、自分の夫に手出しされて腹が立たぬのか⁉」

「立つか立たないかはシメオン様しだいです」

「断じて血迷った真似《まね》はしません！　私にはあなただけです！」

「という方ですから、腹の立てようもなく」

深い愛と固い信頼で結ばれているのですよとお答えする。なのに不満そうなうなり声が上がる。

そんなわたしたちのやりとりを、公爵が面白そうに見物していた。下手《へた》に刺激するとかえって危険なので、お好きにどうぞと放置しておく。シメオン様もわざとらしいほど無視していた。

「王女様には、たしかに不満を感じましたが」

「そうだろう？　そうだろうとも！」

「お約束をはずすのもよいのですが、意外性を狙《ねら》うというより、なにかずれているだけな感じがして気持ち悪くて」

「うむ！　……うん？」

「こういう場合はですね、『彼の妻ってこんな女なの？　なぁんだ、全然たいしたことないじゃない。わざわざ見るまでもなかったわね、ふふん』という反応があってしかるべきで」

「いらん、そんな反応」

「まず基本があってこそです。『うらむなら魅力のない自分をうらむのね。あなたとわたし、どちらが選ばれるかなんて決まってるでしょう？　かわいそうだけど諦《あきら》めてね』となるところまでがお約束で」

「あなたがいちばん魅力的に決まっています。私はあなたしか選びません」

「シメオン様は黙っていてください。表面的にはお約束を踏襲しているようでありながら、王女様にそれらしい気配がないのが違和感なのです。わざとはずしているのとも違う、気持ちの悪いちぐはぐさがあります」

王女様と対面して感じたことを真面目《まじめ》に報告しているのに、なぜかシメオン様は肩を落とし、殿下も同情的な目を向けていた。

ちゃんと聞いてくださいよと、わたしは結論を述べる。

「王女様がなにをお考えなのかよくわかりませんが、あまり気にしなくてよろしいのでは。多分、本気でシメオン様を略奪しようなんて考えていらっしゃいませんよ」

「考えていたらどうする」

「どうします？」

投げられた質問をシメオン様に流す。彼は眉間《みけん》を押さえ、疲れた声で答えた。

「どうもこうも、私にはあなただけだと言っているでしょう」

「でも王女様の要求は聞いていらっしゃいますよね。いつもならきっぱり断るのに」

「それは……」

別に責めるつもりではなかったが、そんなふうに聞こえたのだろうか。殿下がシメオン様をかばって答えた。

「すまぬ、それはこちらの責任だ。エスコートもダンスも、シメオンは断っていた。向こうの随行員も止めてくれたのだが、王女が引かなかったのだ。つまらぬことでもめたくなかったので、シメオンには折れてもらった」

「まあ、こんなことでけんかをしても、な話ですよね。外交に関わるほどでもありませんし」

「うむ。国の体面をつぶされるとまではいかぬしな。少しばかり慣例からはずれただけだ。未来の女王のきげんをそこねて、関係を悪くする方がまずい」

ですよねーと同意しつつ、少しだけ疑問が残った。ラグランジュ側としてはそうだけど、フィッセル側は？

少しばかりと殿下はおっしゃったが、歓待の意をもってエスコートするはずだった招待主《国王様》をさしおいて、ほかの男性の手を取ったのはけっこう非礼である。これで評価を下げたのは王女様の方だ。陰口の一つや二つは叩《たた》かれているだろうし、随行員たちからも呆《あき》れられそうだ。フィッセルの人たちにしてみれば、恥をかかされたと思うのでは。

そこがまた違和感なのよね……シメオン様が気に入ったにしても、普通もっと個人的な場面で迫らない？　公式の場では控えるでしょう。知性も品性もある方だと感じたのにな。

「フィッセルとはテラザントの件でも遺恨が残っているゆえ、慎重な対応が必要だ。それで王女自身が諦める方向へ持っていきたかった」

「申し訳ありません。オレリア様のおっしゃるとおり、奇人変人アピールで対抗すべきでしたね」

「……その方向で勝ってもな」

それぞれのため息が同時に落とされる。結局、どう対応するのが正解なのだろう。

「殿下」

束《つか》の間落ちた沈黙を破ったのは、シメオン様だった。

「ミラ王女の希望には、もう十分つき合いました。そろそろよろしいでしょう？」

「わかっている。断ってやりたいと私も考えている。しかし断るにしても方法がな」

「体調不良で警護からはずれたことにして、裏で指揮をとります」

「ついさっきまでピンピンしていたのに、そんな言い訳が通用すると思うか？」

「妻の顔を見て気がゆるんだとでも言いましょう。甘えられる人が現れて、これまでの疲れが一気に出たと。殿下のお言葉どおり、仲を見せつけられます」

「あまりに違和感すぎて鳥肌が立つな。誰の話だ」

「いいじゃないですか、効果がありそうですよ」

笑い含みの声が割って入る。扉の向こうからナイジェル卿が中を覗《のぞ》き込んでいた。

「ナイジェル殿」

「横から失礼。多少は気をそらせないかと王女殿下に声をかけてみたのですが、私はお呼びでないようで。どうもイーズデイルにいる間に評判を聞いていらしたようで、相手にされませんでした」

あっけらかんと笑いながら入ってくる。そうだろうなーと全員の顔に納得が浮かんだ。

「こうなっては問答無用で距離を取るしかないでしょう。副団長の案でいけばよいのでは？」

「ううむ……」

しばらく考え込んだ殿下は、そうだな、とうなずかれた。

「わざとらしい言い訳だが、それがいちばん角が立たぬな。病人と言っているものを無理に連れてこいとは、向こうも言えまい」

お見舞いに行くとか言われちゃったらどうしよう、と考えていたわたしは、ふとシルヴェストル公爵がなにか身振りで伝えてくるのに気づいた。はい？　なんですか？

「陛下やポワソンにも伝えて、上手く口裏を合わせねばな」

後ろ？　後ろになにが……。

「もちろん、部下の諸君にもね。あの副長が体調不良なんてありえない、とか言わないように」

「絶対に言うな」

「至急伝達します」

「あの……」

「よし、このまま下がれ。なんなら一晩くらい帰宅してもよいぞ。じっさいにマリエルと帰っておけば、少しは説得力が増す」

「あの、殿下」

「マリエル、そなたもだ。伯爵夫妻には私から伝えておくから、シメオンと一緒に……」

「そ、その前に、そちらを」

てきぱき指示する殿下に、わたしは扉の方を示す。なんだ？　とそろって振り向いた男性陣が、全員ピシリと固まった。

「うふふ、ここにいましたのね、中佐」

青いドレスが可愛らしく扉の陰から顔を出している。妖精《ようせい》のように可憐な美女は、シメオン様たちが気づくと軽やかな足どりで控室へ入ってきた。

「護衛対象を放り出してしまうなんて、職務怠慢ではありません？　どこであろうと油断せず、きちんと守っていただきたいわ」

「は……」

シメオン様がなにか言いかけた時、その脇腹《わきばら》にズドッと殿下の肘《ひじ》がめり込んだ。

「そうか、そんなに具合が悪いのか！　すまぬな、シメオン。ついお前にいろいろと頼りすぎてしまった」

「は？」

「大丈夫か、立っていられぬならそこの長椅子《ながいす》で寝ろ。すぐに医師を呼んでやる」

大きな声で言いながら、殿下はシメオン様を押す。自身が口にした作戦を思い出し、シメオン様はヨロヨロと長椅子に倒れ込んだ。

「ああ……こ、腰が限界で。痛い、痛いです」

「えっ腰？　腰なのか……いや、腰も疲れるよな、うむ！」

「そう、いささか無理をしすぎたようで。情けない姿をお見せして申し訳ありません」

「むう、これはいかん。そこの者、医師を呼んでまいれ！」

……え、ええと……。

わたしは反応に困って動けなかった。シメオン様、あなたもっと嘘《うそ》が上手ではありませんでした？ 急に振られるとだめなのですか。弱った演技は苦手ですか。

シメオン様の腰をさすりながら、殿下がしきりにわたしに目配せしてくる。しかたなくわたしはシメオン様に飛びついた。

「しっかりなさって、旦那《だんな》様！ 腰痛には体操ですよ！ 動いてほぐすしかありません！」

「それは机仕事で凝った時だから！ 病人に無理をさせるな！」

「あっ、そうでした！ ええとヒッヒッフー？」

「うむ！ ヒッヒッ――その痛みでもなーい！」

「旦那様が病気なんてはじめてですから、わたしどうしたらよいのかわかりませんわあ。わーん、死なないでえ」

ナイジェル卿が壁に張りつき、シルヴェストル公爵も口元を押さえてうつむいている。プルプル震える彼らと苦しい演技をするわたしたち、混沌《こんとん》と化す室内をミラ王女は不思議そうに眺めていたが、

「うーん？ それってなんのお芝居ですの？」

と可愛らしく首をかしげた。

ですよね……どう考えてもこれでだませるはずありませんよね。

クスクス笑いながら王女様はこちらへやってきて、身を起こしたシメオン様の腕を引っ張った。

「それも面白いけど、わたくしもう一曲踊りたいわ。ね、中佐、お相手してくださいな」

「お待ちください、王女殿下。私の役目は会場警備です。部下の報告も聞かねばなりませんので、ダンスのお相手は出席者の方々に」

「護衛官だからこそ、わたくしのそばにいるべきでしょう。あなたが踊ってくだされば、誰よりも近くで警備できて安心ではありませんの。さ、まいりましょう」

シメオン様が断りたがっているのはわかるだろうに、意に介さず王女様は彼を引っ張る。ため息をついたシメオン様は彼女とともに会場へ戻りながら、わたしに申し訳なさそうな目を向けてきた。

大丈夫、わかっていますよ。

わたしは微笑みで返す。拗《す》ねたり怒ったりしませんから。もちろんいじけたりも。

でもお二人のダンスを見るとモヤモヤしちゃうから、このままここにいようかな。

そう思っていると、ミラ王女も振り向いてわたしと目が合った。

かすかに目礼をして去っていく。やはり対抗心も優越感も見せてこない。でも少しだけ、複雑な色があったような……。

「ぬあああ！　体調不良は通じぬか！」

「本気で演技されていましたの」

「そなたはふざけすぎだ！」

「真面目にやっても無理がありすぎましたよ」

出ていった二人と入れ替わりに心配そうな顔のジュリエンヌが入ってくる。なにも聞かずとも、わたしたちのようすを見てだいたい察したようだ。しょうがないわねと言いたげに肩をすくめていた。

「うーん、困ったね。別の作戦を考えるしかないか。はてさて、どうすればよいものやら」

そう言いながらナイジェル卿はまだ笑っている。シルヴェストル公爵も、

「なかなかの一幕だった。予想以上に楽しめたぞ」

とご満悦だった。

お楽しみいただけてなによりです。これで当分はおとなしくしてくださるだろうか。もうからんでこないでくださいね！

——結局この夜、ミラ王女は退出されるまでシメオン様を放さなかった。随行員が何度もやめさせようとしていたのに、全部きれいに聞き流していた。

シメオン様があんな手紙を書いたのは無理もない。きっと明日《あす》には噂《うわさ》が広がっているだろう。

5

舞踏会のあともシメオン様は王宮にとどまり、元どおりわたしとは離ればなれになった翌日のこと。連日届けられる大量の招待状の中に、フィッセル大使館からのものがあった。差出人はファン・レール大使、宛て先はわたしだ。フロベール伯爵家に対してではなく、わたし個人をお茶会に招きたいという内容だった。

遣いが返事を待っているので、ジョアンナが急いで知らせにやってきた。目を通してみれば、急な話で申し訳ないが本日午後にお時間をいただきたいとある。

届いたその日の招待なんて、予定があるからと断っても失礼にはならない。じっさいわたしは忙しいのだが、ただのお茶会でないのはあきらかだ。大使には恩もあるので、お招きにあずかりますと返事を書いて遣いの人に託した。

お義母《かあ》様に相談してドレスを選び、なるべく控えめな装いにしてでかける。昨夜のできごとはもちろんお義母様たちも見ていらしたけれど、わたしが落ち着いているからかあれこれ言ってはこなかった。二人が納得しているならよいと、信頼してくださっている。

実家の方はどうなっているかな。お兄様は呆《あき》れただけで、特に怒りもせず帰っていった。はじめから面倒そうだったから、お母様たちに報告はしていないかも。噂《うわさ》がクララック家に届く頃《ころ》には尾ひれがつきまくったトンデモ話になって、かえって信用されず大丈夫な気がする。

いちばん怒っていたオレリア様も、まさか国賓に意地悪はなさらない……というか、その機会もないので心配ないだろう。皮肉も嫌味も相手が目の前にいればこそ。いない場所で悪口を言いふらしたりなさらない。話題に上れば辛辣《しんらつ》な評価を下すくらいかな。

周りの人たちについては、なにも問題ないと安心していられた。周りはね。

わたし自身にはどうやらもうひと波乱ありそうだ。今度はなんだろうと思いながらやってきたのは、貴族街と商業街の中間にあたる地区だった。

近くにはイーズデイルの大使館もある。このあたりにはお役所関連の施設が多く、商業街のにぎわいとは別種の活気がある。平日の午後なので人通りもそこそこ多く、領事業務の窓口には旅行者や事業者たちが並んでいた。

フィッセル大使館は赤レンガの外壁に白く塗った木の窓枠、緑色の三角屋根と、可愛《かわい》らしい外観の建物だ。よく目立つので迷わずにたどり着ける。おしゃれであると同時に親切な大使館だ。

一般受付とは別の入り口から中へ通された。案内された応接間はふんだんに木材が使われた、ぬくもりを感じる空間だった。大きな掃き出し窓から光が入り、とても明るい雰囲気だ。窓の向こうには小さな庭園があり、聞くところによるとチューリップが何百株も植えられているのだとか。どうせなら春の花の時季に訪れたかった。

お茶会といっても大勢を招いたものではなく、室内にいるのは二人だけだった。おなじみの渋いおじ様、エルヴィン・ファン・レール大使がわたしを出迎える。

「ようこそ、フロベール夫人。今日《きょう》は急なお願いをしまして、申し訳ございませんでした」

陽気で気さくなおじ様がわたしは大好きだ。恩人というだけでなく彼の人間性に好感を持っている。

「ごきげんよう、ファン・レール大使。お招きありがとうございます。昨夜はご挨拶《あいさつ》しそびれてしまいましたので、ちょうどよい機会でしたわ」

わたしの手を取り、大使は紳士的にお茶のテーブルへとエスコートしてくださる。わたしは椅子《いす》が引かれる前に、先客に丁重なおじぎをした。昨夜はラグランジュ語で話したが、ここは相手に合わせようとフィッセル語でご挨拶する。

「ふたたびお目もじかないまして、光栄に存じます。ごきげんよう、王女殿下」

「ごきげんよう、マリエルさん。フィッセル語がお上手なのですね。どうぞお気遣いなく、ラグランジュ語で大丈夫ですよ」

テーブルについてわたしを待ち受けていたのは、王宮にいるはずの国賓だった。最初だけフィッセル語で答え、そのあとはやはり流暢《りゅうちょう》なラグランジュ語で続けた。

今日のドレスは明るいエメラルドグリーンだ。淡い銀色のカッティングレースがデコルテや袖口《そでぐち》を飾り、やわらかな布地が身体《からだ》の線に沿ってさらりと流れ落ちている。そこに豊かなアッシュブロンドが映え、彼女をいっそう妖精《ようせい》めいて見せていた。

対するわたしは水色と白のドレスで、この季節にはありふれた取り合わせだ。装飾が少なくシンプルな型なので、地味と言ってもよいデザインだった。

わたしが観察しているように、ミラ王女もさっとわたしの全身を見回したのがわかった。深い青の瞳《ひとみ》に浮かぶものはなんだろう。彼女がわたしにどんな感情を向けているのか、いまだによくつかめない。

表面的には穏やかに、ミラ王女は微笑《ほほえ》んで言った。

「あなたとはきちんとお話がしたいと思っていました。昨夜は人がたくさんいてかないませんでしたから、大使に協力してもらって場を設けたのです。来てくださって感謝します」

「おそれいります」

わたしに動揺はなかった。あのできごとの直後にフィッセル側から名指しで招待となれば、なんとなく察しはつく。多分王女様がいらっしゃるのだろうと思っていた。

シメオン様をはじめとして、近衛《このえ》たちの姿は見当たらない。わたしと会うことをラグランジュ側には知らせていないようだ。

「どうぞ、お座りください。お呼び立てしておきながら申し訳ないのですが、あまり時間がありませんの。予定が詰まっているなか無理に抜け出してきましたので、すぐにはじめさせてくださいな」

「はい、失礼いたします」

大使が椅子を引いてくれ、わたしはミラ王女の向かいに腰を下ろす。すぐに大使館の職員が入ってきて、お茶とお菓子を置いていった。大使も席につき、お茶で口を湿した王女様がふたたび切り出す。

「少しも驚かれていませんね。わたくしがここにいると、ご承知でしたか」

「もしかしたら、というくらいですが」

「昨夜はとても華やかでいらしたのに、今日はずいぶんおとなしいお姿で。わざとそんなふうに？」

わたしは答えず黙って微笑む。王女様を刺激しないよう控えめにしてきたことを、あっさり見抜かれていた。

「わたくしに会うことを予想されていたのなら、もっと張り合おうとされるものではないのかしら。不思議な方ね。昨夜もでしたけど、あなたのご夫君にまとわりつくわたくしに、少しも不愉快そうなお顔をなさらない。諦《あきら》めているというふうにも見えないけれど……なにをお考えなのかしら」

「無礼を承知で申し上げますなら、わたしの方も同じ気持ちにございます。夫をお気に召し、周りの目も気にせず言い寄るふうでいらっしゃりながら、そのわりに妻に対して敵意をお見せになりませんね。対抗心を抱くなり勝ち誇ってみせるなりするのが、一般的な態度ではないかと思うのですが」

遠慮なく言い返すと、王女様は目を丸くした。わたしがズバズバ言うとは思わなかったのかな。少し驚いたあと、クスリと笑いがこぼされた。

「おっとりぼんやりした方かと思ったら、とんだ勘違いでしたね。人をよく観察されていること」

「お互い様、といったところでしょうか」

わたしも少し笑い、お茶のカップを取り上げた。どうなることかと思ったけれど、この王女様、やはりわたしと対立する気はなさそうだ。こんなふうに言っても気を悪くしたようすはない。奔放どころか落ち着きと聡明さを感じさせる。変にごまかすより本音で話した方がよい相手だろう。

「本日わたしと面会なさいましたのは、どのような目的にございましょう？　夫に関することではありましょうが、ごようすを拝見するかぎり、女の戦いをするためでもないようですね」

「女の戦い？　……そうね、そうなるのかしら」

さらに王女様はクスクスと笑い続ける。

「わたくしは、あなたに謝っておきたかったのです。どう考えてもわたくしが悪いに決まっていますもの。あなたには……中佐にも、失礼なことばかりして。申し訳ありません」

目を伏せて謝罪され、わたしは戸惑《とまど》った。敵意はないと感じていても、まさか謝られるとは思わなかった。

昨夜とはまるで別人みたいだ。でもすんなり納得する気分もある。奔放にふるまう彼女より、こちらの方が本物だと感じられた。ラビアではじめてお見かけした時の印象どおりだ。

「いえ、わたしは別に……まあ、客観的にはそういう立場かもしれませんが、殿下が本気で夫を奪おうとされているようには思えませんでしたので。なにか別の理由がおありではございませんか？　よろしければお聞かせ願えますでしょうか」

踏み込んでみたが、王女様は答えをずらした。

「いいえ、あなたをとてもうらやましく思います。愛する人と結ばれて、きっと幸せな結婚生活でしょうね」

どうお答えすればよいのだろう。はいもちろんです、とは言いにくい。

「妬《ねた》ましくすらあります。ただの言いがかりでしかありませんが、わたくしが手に入れられないものを持っているあなたが、うらやましくて、妬ましい」

可憐《かれん》な顔が苦笑する。誰《だれ》からもうらやまれそうな人が、痛みをこらえる顔でそんなことを口にする。

この方が抱えているものはなんなのだろうと気になった。

「王女殿下、なにかお悩みがおありなのでしたらお聞かせくださいませ。僭越《せんえつ》ながら、お力添えをしたく存じます。わたしがお役に立てることはございませんでしょうか」

深い青の瞳がまっすぐわたしに向けられた。年上の、わたしよりずっと美しく、身分も地位もはるかに高いお方だ。対抗なんてできるはずもない格上の女性なのに、まなざしの中にあるのは逆にこちらを見上げてくるものだった。

わたしに嫉妬《しっと》して、その事実に傷ついていてもいらっしゃる。

ずっと引っかかっていた違和感の原因はこれだった。彼女が上でわたしは下だという前提が間違っていた。少なくとも王女様の中では、わたしの方が羨望《せんぼう》の対象だったのだ。

……でもどうして？　シメオン様が好きだから？　彼を奪いたいのに奪えないから？

そう考えるのが自然な状況だけど、わたしには納得できない。恋敵へ向ける嫉妬とは別なものに思えてしかたない。

「殿下」

黙ってわたしたちのやりとりを見守っていたファン・レール大使が、そっと口を挟んだ。

「フロベール夫人にご相談なさってはいかがです？　彼女は信頼できる人だと保証しますよ。私も殿下のお考えを伺いたく存じます。私の知っている姫様は、人に迷惑をかけたり礼を失したふるまいをなさるような、わがままなお方ではなかったはずです」

かっこよくて渋い、ちょっと悪い大人《おとな》の雰囲気もあるおじ様に優しく言われたら、どんな女性もグラリときそうだ。わたしは今ときめきましたよ！　相変わらずの色男なんだから。

しかし硬い表情のまま、王女様は首を振った。

「いいえ、マリエルさんにお願いしたいのは、ただ黙認してほしいということだけです。中佐のようすからして、わたくしがなにをしようとなびくことはないでしょう。任務を終えればあなたのもとへ帰ります。なのでそれまで、なにを見ても聞いても、黙って許していただきたいのです」

「殿下」

「ごめんなさい。勝手なお願いなのは百も承知です。失礼なことを言っているとわかっています。中佐にも申し訳ないけれど……わたくしが国へ帰るまでの間だけと約束しますので、どうか目をつぶっていてください。お願いします」

王女様はそんなふうに頼み込んでくる。やはり出会ったばかりで簡単には話してもらえない。他国の王太子殿下に食い下がるわけにはいかず、わたしはひとまず受け入れた。

「承知いたしました。もともとわたしは怒っていたわけでも、不安になっていたわけでもございませんので、ご心配にはおよびません。やむをえないご事情がおありなのだと心得ます。夫にもそう説明しましょう」

「……余裕なのね」

喜んでくださるかと思ったら、また違う反応をされる。美しいお顔にかすかな不快感が浮かんだ。

「愛されていると、自信があるのね」

むむ、自慢に聞こえたかしら。恋敵に言われたらたしかに腹が立つかも……でも本当に恋敵なの？

わたしの返事を待たず、王女様は立ち上がった。美しい顔から感情をきれいに消し去り、そっけないほど事務的に告げる。

「ありがとうございます。許してくださって安堵《あんど》しました。では、よろしくお願いいたします。なにかお詫《わ》びの方法も考えておきますので」

「いえ、おかまいなく」

もう話をしたくないと、拒絶されちゃったのかな。内心しょんぼりしながらわたしも立った。

あわただしく挨拶を終え、王女様は外へ向かう。大使と一緒にわたしもあとに続いた。ご出発までお見送りすべく玄関へ向かう。

しかしそこで、ちょっとした問題が起こった。わたしたちが出ていくと、男性が一人駆け寄ってきた。

なんとなく見覚えがあるようなと思い、すぐに気づく。昨夜の舞踏会で見かけた人だ。あの、心配そうな、あるいは悲しそうな顔をしていた人だ。

近くで見ればやはり若く、シメオン様と同年代だった。肩くらいまでの髪は濃い灰色だ。近くで見るとなおさらがっしり立派な体格と感じる。

出口近くで大使館職員たちと話していた彼は、こちらに気づくと急いでやってきた。

「殿下、もうお帰りですか？」

「ええ……なにかあったの？」

男性の表情には焦りの色があった。集まっている職員たちも、ただおしゃべりをしていただけではないようだ。

「申し訳ありません、待機中に馬車を点検しましたところ、車輪の取りつけ部分に不具合が見つかりました」

目立つ美形ではないが、真面目《まじめ》そうな顔を凛々《りり》しく引き締めて、彼はきびきびと報告した。

さすが王太子殿下の随行員だけあって常に安全確認を怠らないようだ。おかげでいち早く故障が発見された。乗る前でよかったとわたしは感心したが、王女様は美しい顔を曇らせた。

「すぐに直せないの？」

「頼んではいますが、どうしても時間がかかります」

「そう……」

のんびり待っていられないのだろう。王女様は大使を振り返った。

「ファン・レール大使、大使館《ここ》の馬車を貸してください。修理を待つ時間はないの。急いで帰らないと」

「……ええと」

大使は少し考え、続いてやってきた職員に尋ねた。

「ないんだったよね、今」

「はい」

どういうことかと視線で問われ、大使は説明した。

「申し訳ございません、二台とも使用中でして。参事官たちがでかけているんです」

「二台しかないの？　他《ほか》は？」

「ございません」

「そんな……」

自前の建物を持つ大使館に馬車が二台しかないというのは、少なく感じるかもしれない。でもこれで普通だ。馬車は維持費がかかるし、場所を取る。車を引く馬は生き物だから、毎日世話をして体調管理もしなければいけない。お金と場所と人手を必要とする、たいへんな贅沢品《ぜいたくひん》なのである。

外国から派遣されて一時的に駐在しているだけの職員が、個人で馬車を所有なんてしていられない。住居だって仮住まいの賃貸だ。だから出勤には乗合馬車を使い、公務ででかける時だけ大使館の馬車を使う。もし予定が重なって馬車が足りなくなれば、貸し馬車屋に手配を頼んだり、場合によっては辻《つじ》馬車を使ったりもする。

ちなみにファン・レール大使が出勤する時は、約束した時間にお迎えが来るらしい。つまり、彼個人の馬車もないというわけだ。

「困ったわ、どうしたらいいの」

現地の事情を教えられて、王女様はうろたえた。

「黙って抜け出してきたのに、時間に間に合わなかったらたいへんな非礼になってしまうわ。メース、故障っていってもここまで来られたのだから、動かせない状態ではないのよね？　なんとか帰れないかしら」

家族にお願いするような、わがままというか少し甘えの含まれた調子で、王女様はお供の男性に訴えた。彼はメースさんというのか。特に親しい、腹心の部下なのかな。

「王宮までもつかどうか、わかりません。途中で動けなくなるのがいちばん困ります。状況しだいでは危険も考えられますから、あの馬車は使えません」

「そんな」

時間がないというのは本当らしい。王女様は心底困った顔になる。ファン・レール大使が大丈夫と彼女をなだめた。

「貸し馬車を手配しましょう。近くに店がありますから、すぐに借りてこられますよ」

「いえ、それよりも、フロベール夫人の馬車に乗せていただいてはどうでしょうか」

メースさんの言葉に、忘れかけていたわたしの存在をみんなが思い出した。一斉に振り返って注目され、ビクリとたじろいでしまった。

「どこから殿下のことが知られるかわかりませんので、できれば貸し馬車は使いたくありません。それに夫人の馬車なら今すぐ出発できます。お願いできませんか」

暗い色の瞳がわたしをまっすぐに射抜く。肌の色も濃いめだし、本当にフィッセル人にしては色素の濃い人だな。視線の強さに少し気圧《けお》されながらわたしは答えた。

「それはかまいませんが、二人乗りのクペなのでお供の方は一人しか同乗できません。大丈夫でしょうか」

一人ででかけるのに大型の箱馬車を使うまでもないと、今日は一頭立ての小型馬車に乗ってきた。そんなもので王女様の一行に足りるだろうかと心配したら、

「殿下の同行者は私だけです」

「え、護衛の方は？」

「メースは軍に在籍していたことがあるので、護衛も兼ねています」

横から王女様が言い添えた。

「さようにございますか」

ああ、やはり従軍経験者だったか。

という話はさておき、それでいいのとつっこみたい気分だった。いくらお忍びとはいえ王女様のお供が一人だけだなんて、大丈夫なの。馬車は問題なくても別の心配がわいてくる。

部下の皆さんから人外扱いされるシメオン様ですら、王族の護衛を一人で引き受けたりしないというのに。

こっそり大使を窺《うかが》うと、向こうもこっそり苦笑を返してきた。うん、大使も驚いたのですね。可憐な外見に反して大胆な行動をされる姫君だ。

ともあれ、話し込んでいる暇はない。

「では問題ございませんね。すぐに馬車をこちらへ回させます」

わたしは待たせていた下男を呼んでもらった。

こんなに早く帰るとは思わなかったのだろう、下男は控室でお茶とお菓子にありついていた。急いで駆けつけるほっぺたがリスのようにふくらんでいた。

「いい待遇だったみたいね」

「えへ、馬車のそばで待ってたら、こっちにおいでって呼んでくれたんです」

まだ十代なかばの少年は、口の中のものを飲み込んでけろりと笑う。

「せっかくのところを悪いけど、急いで馬車を用意してちょうだい」

「はいっ」

顔にお菓子のかすをつけたまま、不満も言わずに下男は飛び出していった。

「あの、ありがとう……マリエルさんはどうなさいますの」

あとでわたしもお菓子をあげようと見送っていたら、王女様が尋ねてきた。

「辻馬車で帰ります。このあたりならすぐに拾えますので」

「さすがにそれは申し訳ないわ。よかったら一緒に帰りましょう。フロベール家も方向は同じでしょう?」

「はい、王宮の近くですが、それだとメースさんが乗れなくなってしまいます」

「私は駁者台《ぎょしゃ》に乗ります」

すかさずメースさんが言った。

「駁者台も二人は無理かと」

「さきほどの彼には申し訳ありませんが、一人で帰らせていただけませんか。私が手綱を取ります」

そうか、お供が彼だけということは、ここへ来る時も駁者台に座ったのよね。

だったらいいかなと、わたしは承知した。馬車を貸すだけであとは知りませんと放り出すのも気がかりだ。どうせならちゃんと王宮へ戻られるまで見届ける方がいい。

馬車を引いて戻ってきた下男に軽く説明し、わたしはお金を取り出した。

「これで辻馬車を拾って」

「ここからなら歩いて帰れますよ」

「歩くには遠いわよ？」

「のんびりぶらぶら歩きますよ。仕事サボる口実にちょうどいいや」

「それをわたしに言うって」

頼んだことはよくやってくれるけれど、こういうお茶目なところもある子だ。わたしは笑いながらお金を渡した。

「まあいいわ、好きになさい。馬車を使わないならこれはお小遣いにして」

「ありがとうございます！　若奥様は話がわかるから好きだな」

「はいはい。でも遅くなるとあぶないから、なるべく寄り道しないのよ」

「はーい」

話をしている間にメースさんがさっと車輪周りを確認していた。

「整備点検はされていますよね？」

「もちろんですよ！　今日も出る前にちゃんと点検しました」

下男は胸を張って保証する。フロベール家の使用人たちはみんな働き者だから、いいかげんな仕事はしませんよ。

わたしと王女様は馬車に乗り込み、メースさんも身軽に馭者台に上がって慣れたようすで手綱を握った。元気に手を振る下男と大使たちに見送られながら、馬車はすぐに出発した。

「あの子、ずいぶんあなたと仲がよいのね」

門をくぐり外へ出ていく。離れていく建物を窓から見ながら、王女様がぽつりとこぼした。

わたしと下男のやりとりが彼女には不思議だったようだ。微笑ましいという表情ではなく、戸惑いのようなものがお顔に浮かんでいた。

「誰とでも屈託なく話す、明るい子なんです。サボるなんて言っていましたが、よく働いてくれるよい子ですよ」

「そう……」

メースさんは馬を急がせているようで、どんどん速度が上がっていく。馬車は北への道をひた走った。

「主人にあんな口を利くなんて驚いたのだけど、あなたを舐《な》めているという雰囲気ではなかったから、仲がよいのかしらと思って」

「そうですね、当家はみんな仲よしです。人数が多いとまったくもめごとなしというわけにはまいりませんが、執事や女中頭が上手《うま》くまとめてくれています。義母《はは》も家の中に目配りを忘れず、なにかあればきちんと対応しています。とても立派な女主人で、学ばされることばかりです」

「そう。よいお家なのね」

この狭い空間でさきほどの話の続きはしたくなかったのか、シメオン様のことは口にされなかった。気まずいだろうとはお察しする。勢いよく別れたつもりだったのに、結局一緒に帰るなんてね。

王女様の行動の理由は気になるが、無理につっこむまいとわたしは問い詰めなかった。知らん顔であたりさわりのない話をする。はじめは硬い表情だった彼女も、話をするうちに少しはうちとけてくださったのか、明るい雰囲気になってきた。

「フロベール邸はどのあたりなのかしら。近くなったらメースに言ってね」

「あ、寄っていただかなくて大丈夫です。王宮までお送りしてから帰ります」

「……呆れさせたのね。そうね、メースしか連れずに内緒で抜け出すなんて、ラグランジュに対してとても非礼な行動だものね」

「そういうつもりで申し上げたのではございませんが」

別に非難する気はない。単に落ち着かないから最後まで見届けたいだけだ。途中で放り出したらシメオン様も顔をしかめるだろう。

「その方が早く到着できますでしょう？　このあとのご予定に間に合いそうですか？」

「ええ、この調子なら。本当にありがとう、助かりました」

早くも馬車は郊外へ出ていた。すでに役所や事業所はなくなり、視界が開けている。基本は住宅地だけどこのあたりはあまり立て込まず、自然の風景も見られる。道は丘を登っていき、反対側へ下るとお屋敷街になる。

いったん落ちた速度が、下りにさしかかってまた上がっていった。普段のんびり通る道なので、ぐんぐん通りすぎていく景色が少し怖い。いくら急いでいるからといって飛ばしすぎではないかしら。

「メース、もう少しゆっくりでいいわ」

王女様も気になったのか窓から声をかけた。「はい」と馭者台から答えが返るが、いっこうに速度が落ちない。この先に川があり、橋の幅はあまり広くないので、もっと速度を落とさないと危険だろう。

「メースさん、この勢いで橋へ向かうのは危険です。ブレーキをかけてください」

「はい――いえ、さきほどからかけているのですが」

焦りを含んだ声が返る。

「利かないんです。まったく手応えがなくて、速度が落ちません」

「……え?」

一瞬のんびり聞きかけて、あとから理解が追いついた。

ブレーキが利かない――速度が落とせない!?

今この状況でそれは、非常におそろしい話だった。

ゆっくり進む分にはブレーキはあまり必要ない。たいていはなくても止まれる。けれどここは坂道で、おまけに勢いがつきすぎている。

わたしは窓から乗り出して前方を見た。橋が近い。そして間の悪いことに、対向車が来ていた。もう橋を渡りかけていて道をゆずれない状態だ。きっと向こうもあわてている。こちらが方向を変えようにも、道の両脇《りょうわき》に建物や障害物があってまっすぐ進むしかない状態だ。

ブレーキが利かないなら馬に頼るしかなく、メースさんは手綱を引いていた。この勢いで急に止まったら横転するため、少しずつ速度を落とさせている。加減のしかたは上手だった。ただ橋までもう距離がない。間に合わない可能性が高い。

「メースさん、川沿いに空き地があります！　いちばん奥の建物をすぎたら、左へ曲がってくださ
い！」

とっさに判断して指示をする。無理な方向転換も危ないが、対向車へつっこむよりはましだろう。

川へ落ちずに済むよう祈りながら座席に身を戻し、わたしは王女様の頭を抱え込んだ。

「マリ……」

「もっと身を丸めてください！」

彼女を座席に押しつけるように、わたしの全身でかばって衝撃にそなえる。

直後、馬車が左へ曲がった。遠心力で右の壁に押しつけられる。続けて激しい揺れに襲われ、馬の悲鳴じみたいななきが響いた。わたしは歯を食いしばり、必死に王女様を抱きしめる。狭い空間の中で跳ねてあちこちをぶつけてしまう。痛みと恐怖に涙がにじんだ。止まって、お願い止まって！

ひときわ大きく跳ねたかと思ったら、ぐらりと車体が傾いた。やっぱり横転してしまうか――それとも川へ!?

さらなる衝撃を覚悟した時、ドンと車体の壁が大きな音を立てた。今のは外からなにかがぶつかった音だ。そちらへ倒れかけていた車体が反対側へ揺れた。今度は反対へ倒れるかと思ったが、そこまではいかなかった。振り子のように左右へガクガクと震え、それが徐々におさまっていく。やがて静かになった馬車の中でわたしはおそるおそる顔を上げた。

「と……止まっ……た？」

もう揺れていない。窓の外に見える景色も動いていない。馬車は横転をまぬがれ、なんとか無事に停車していた。

「ミ、ミラ殿下、大丈夫ですか」

王女様から身を離し、けががないかたしかめる。彼女も顔を上げ、震えた声で答えた。

「ええ……あなたこそ。わたくしをかばってけがをしませんでしたか」

「大丈夫です」

よ、よかったあああぁ。安堵に腰が抜けそうだ。死ぬかもしれないと思った。助かった。神様ありがとう！

「無事ですか⁉」

「はい……って、え？」

外から呼ばれて振り返る。メースさんだと思ったら違う声だった。窓から見える顔は、眼鏡をかけたきれいな人で。

「シメオン様⁉」

「マリエル⁉」

――もう、さっきから驚いてばかりで気が遠くなりそうだ。

なぜかここにいる旦那《だんな》様が、わたしたちの姿にやはり驚いていた。

6

即座に驚きから立ち直ったのはシメオン様の方だった。

「二人ともけがはありませんか」

「は、はい……」

彼はすぐに扉を開いた。わたしが降りないと奥の王女様も降りられないので、失礼して先に腰を上げる。ずれた眼鏡《めがね》を直して外へ出ようとしたら、シメオン様がさっさと腰を持ち上げて降ろしてくださった。

「殿下も」

わたしを立たせ、彼はまた中へ腕を伸ばす。ミラ王女も同じように降ろされ、わたしたちは外の空気にほっと息をついた。

ああ、まだ揺れているような気がする。膝《ひざ》の力が抜けそうだ。

落ち着いて見回せば、馬車は川のすぐそばで止まっていた。もし横転したらそのまま勢いで転がり落ちていただろう。気がついてぞっとなる。

「メースさんはご無事ですか？　あとロキシー！　大丈夫⁉」

わたしは急いで馬車の前へ回った。まさか川に⁉　駅者台《ぎょしゃ》にメースさんの姿はなかった。王女様も血相を変えて彼を呼ぶ。

「メース⁉　どこ⁉」

「こちらです、殿下」

案外すぐに、別の場所から声が返った。後方から近衛騎士《このえ》に支えられて、メースさんがやってきた。

よかった。落ちていなかった。わたしも王女様も緊張を解く。

「途中で振り落とされてしまいまして。おけがはございませんか」

「大丈夫よ」

「……よかった」

自分の足で立つ王女様の姿に、メースさんもまた深々と安堵《あんど》の息を吐いた。

「まことに、申し訳ございません。殿下をこのような目に遭わせてしまうなど、お詫《わ》びのしようもなく……」

近衛の腕から離れ、王女様の前に膝をつく。平伏に近いほどメースさんは頭を下げて謝罪した。

見たところ彼も大きなけがはなさそうだ。少し足を引いていたが、骨折まではしていないだろう。

「あなたこそ、どこかけがをしたのではなくて」

「たいしたことはありません。御身に大事がなく、なによりにございます」

いちばんほっとしているのは彼かもしれないな。王女様の身に万一のことがあったらたいへんだった。

わたしたちの周囲を何騎もの近衛が囲んでいた。さきほどの馬車に指示を出して通過させている人もいる。シメオン様の副官アランさんが、馬のようすを見てくれていた。

「けがをしていませんかしら」

「大丈夫、四本とも折れてません。無事ですよ」

「よかった……ごめんね、ロキシー」

わたしはまだ荒い息をしている馬の首をなで、寄せられた顔に頬《ほお》ずりした。

「怖かったわね、ごめんなさいね……よしよし、あの、髪を食べるのはやめてね」

甘えてくる馬をなだめて、シメオン様を振り返る。

「で、なにからお聞きすればよいのかしら……ええと、もしかして、馬車は自然に止まったのではなく、止めてくださったのですか？」

「そうですよー、副長の離れわざです。さすが人外――でっ」

明るく言うアランさんの頭をシメオン様がはたく。

「叩《たた》かなくても……いやあの、倒れかけた車体を蹴《け》り返したんです」

「蹴り返した」

「完全に傾いてしまう前でしたから。これは車体も軽いので」

なんでもないようにシメオン様は言う。あまりに平然としているものだから、ミラ王女やメースさんも、なに言ってんだコイツという顔になっていた。

信じがたいお気持ちはよーくわかります。でもこの人ならやりかねませんよ。こんな顔してゴリラですから。

対向車の後ろから来ていたシメオン様たちは、暴走馬車に気づいて駆け寄ってきたらしい。真っ先にたどり着いたのがシメオン様で、馬車の横につけた直後に倒れかかってきた。とっさに馬の背から飛び出し、その勢いと体重を利用して蹴り返したのだとか。

――と、言葉にすれば簡単そうだけど、失敗すれば下敷きになるか、彼が川に落ちるところで、なにごともなく切り抜けるのがさすがです。どんな光景かこの目で見たかったな。気づく余裕もなかったわ、残念。

「ここにいらっしゃる理由は？」

「むろん、王女殿下を迎えにきたのです。この馬車にお乗りとは思いませんでしたが」

シメオン様の目がミラ王女へ向かう。水色の瞳《ひとみ》に浮かぶのは国賓への敬意ではなく、冷たい叱責《しっせき》だった。鋭いまなざしからミラ王女が目をそらし、メースさんが前に立って彼女をかばった。

「ファン・レール大使から連絡をもらい、急ぎ出てきたところでした。こちらもお尋ねしたいことが山ほどありますが、まずはご無事でなによりです。ご説明は王宮へ帰ってから伺います。馬車を道に戻せ」

王女様たちの返事を待たず、シメオン様は部下に命じる。近衛が馬を引いて馬車を移動させた。

「歩けますか？　行きますよ」

わたしの肩を抱いてシメオン様は歩かせる。王女様にはメースさんが寄り添い、さらに近衛たちが囲んで護衛する。

足元の草が伸び放題なため歩きにくかった。スカートに草の汁がつかないかしら。気にしながら踏み分けていると、走ってくる蹄《ひづめ》の音が聞こえた。

坂の上から三騎ばかり下りてくる。近衛の制服ではなく、私服の人たちだ。

でも無関係な通行人でもなかった。

「殿下！　ご無事ですか⁉」

彼らは近くで馬を止めた。先頭の人に見覚えがある。彼もフィッセルの随行員だ。やはり昨日《きのう》の舞踏会でメースさんとともに控えていた。

この人もフィッセル人にしては色素が濃い。完全に黒髪だし、肌の色も日焼けではなく生まれつきだろう。案外こういう人も多いのかな？　わたしの認識が偏っていたのかも。

追いかける二人ははじめて見る顔だった。体格や雰囲気からして、多分軍人かなと感じる。

「マイヤーさん……大丈夫、なんともありません。どうしてあなたがここにいるのです？」

「護衛が一人だけでは、いくらなんでも少なすぎますから。殿下のご希望ではありましたが、われわれも離れて見守っておりました」

マイヤーさんという黒髪の男性は、三十代だろうか。シメオン様やメースさんより少し年上に見える。驚いているせいか厳しい表情をしていた。

「大使館の外でお待ちしていたのですが、一向に出てこられず妙に思い、確認に向かえばもうお帰りになったと。まさか馬車を取り替えていたとは……。それであわてて追いかけてきたのです」

「そう、ごめんなさい。故障が見つかって、そのまま乗って帰るのは危険だからフロベール夫人の馬車をお借りしたのです」

「そう聞きましたが……ケッセル！」

マイヤーさんはメースさんに向かって厳しい声を出した。

「なにを考えてあんなに速度を出していたんだ⁉　危険だと思わなかったのか！　殿下がお乗りだというのにどういうつもりで」

「申し訳ありません、遅れてはいけないと急《せ》いてしまいまして……抑えようと思ったらブレーキが利かず」

「言い訳をするな！」

彼の方が上役なのだろうか。激しくメースさんを叱責している。どうしようとわたしはひそかに焦った。

たしかに飛ばしすぎではあったけど、うちの馬車のせいでもあるのよね。

言った方がいいかな。言ったら今度はこちらが責められそう。でも全部メースさんのせいにするわけにはいかない。

口を挟む隙《すき》を窺《うかが》っていると、シメオン様が身をかがめて耳元にささやいてきた。

「ブレーキの故障ですか？」

「はい、そのようです」

「うちの馭者は？」

「定員超過なので、一人で帰ってもらっています。歩いて帰ると言っていましたから、当分追いつかないでしょう」

「ジョゼフですか」

「いえ、レミにお願いして。行きはゆっくりだったので、まさかブレーキが故障しているとは気づきませんでした」

シメオン様は軽くうなずき、フィッセル人たちに目を戻す。王女様になだめられてもマイヤーさんはまだ収まらなかった。

「落ち着いて、マイヤーさん。とにかくこうして無事だったのだから、もうよいでしょう」

「とんでもないことです。奇跡的に助かっただけで、最悪の事態もありえました。それをもうよいで済まされますか」

「そうはいっても、こんなことになると誰《だれ》にも予測できなかったのだから、しかたないでしょう」

「十分に予測できた事態です。いくら急いでいるからといって」

「あ、あの」

なかなか割り込む隙がない。もう無理やりにでもと口を開きかけたら、肩に置かれた手にぐっと力が入った。わたしを止めてシメオン様が声をかける。

「話は王宮へ戻ってからにしてください。まずは移動すべきかと」

マイヤーさんが彼にも怒った目を向ける。

「呑気《のんき》なことを。そもそも、そちらの……」

「あなた方のために言っていますが？　このまま、ここで言い争いを続けた方がよいと？」

シメオン様は落ち着いた口調で言う。静かな迫力にようやくマイヤーさんの勢いが落ちた。

こんな道端でいつまでも騒いでいたら、困るのは彼らの方だ。めったに人が通らない場所ではない。近くには民家が並んでいるし、今も道を馬車が通りすぎていく。騒ぎを聞きつけて見にきた人もいるみたいだ。おかしな場所に止められた馬車や、その周囲に集まった人々――しかも近衛の制服を着た軍人たちは、なにごとかと関心を引くのに十分すぎる。王女様の存在に気づく人がいたら、また噂《うわさ》になってしまう。

ようやく状況を思い出したようで、マイヤーさんはくやしそうに口を閉じた。

ふたたび移動して、もとの道へ馬車が戻される。ブレーキ以外に問題がないことを確認してから乗ってよいと許可された。

故障があると聞いてマイヤーさんが難色を示したが、

「強制はしません。好きになさってください」

冷たく言ってシメオン様は取り合わなかった。

かわりの手段も出さず、いやなら自分たちでどうにかしろと突き放している。ますますマイヤーさんは憤慨していたが、王女様にたしなめられて渋々引き下がった。

これ以上目立つわけにはいかないと、彼もわかってはいるだろう。ものすごく不満そうな顔をしながらも、ふたたび乗り込む王女様を見守っていた。

近衛たちに守られて動きだした馬車の中、王女様はしょげていた。

「中佐、怒っているわね……」

あはは……わかりますよね、やっぱり。

「これまでは、わたくしのわがままに困った顔をしながらもつき合ってくれていたのに……あんなに冷たい目を向けられたのは、はじめてよ」

「あー……その、まあ、少しは怒っているかも……？　で、でもそれは、心配の裏返しでして。ええ、そう、あれは優しさと思いやりゆえの怒りです。そっけない態度を取ったのは話を長引かせないためで、別に殿下を見放したわけではなく」

わたしは苦しく弁護する。王女様は妙な顔でわたしを見返した。

「あなたも不思議な人ね。ご自分の旦那《だんな》様が他《ほか》の女を心配しても平気なの」

……うーん、どうなのだろう？

わたしは首をひねった。

「心配するのは人として当然ではございませんか？　思いやりのない冷酷な夫より、優しい人だと自慢できる方がようございますが」

「……そう」

王女様はかすかに笑い、また目をそらす。窓へ向けられた顔はもうこちらへ戻されなかった。

ほんのり浮かんでいた苦さの理由はなんだろう。

なんとなく声をかけるのもためらわれ、そのまま王宮に着くまでわたしたちの間には沈黙が続いた。

予定に少し遅れながらミラ王女が行事に出られている間、わたしは事情聴取を受けることになった。まず大使館を出るところからはじまり、なぜわたしの馬車にミラ王女やメースさんが乗っていたのか、そしてあの坂でなにが起きたのかをあらためて説明した。

考えてみればシメオン様たちは、なにも事情がわからないまま対処していたのだ。ファン・レール大使のおかげでミラ王女が抜け出したことを知り、迎えにいく途中で暴走馬車に出くわした。助けにいってみればうちの馬車で、わたしだけでなくミラ王女まで乗っていた。シメオン様にしてみればどういうことなんだと頭を抱えたかっただろう。

疑問も驚きも腹立ちもすべて抑え、とにかく移動を優先した彼は、さすがの冷静沈着鬼副長である。おかげで行事に大きな変更はなく、一連の騒動はほとんど外に知られずに済んだ。

そうしてようやく落ち着いて、王女様のかわりにわたしが聴取を受けているわけである。

「ブレーキは、はじめから利かなかったのか？　坂道で負荷をかけすぎて壊れたわけではなく？」

一緒に聴取を受けているメースさんに、セヴラン殿下が問われる。メースさんは迷わず「はい」と答えた。

「そう思います。特に変な衝撃や音はありませんでした。たしかに少し飛ばしすぎてしまいましたが、制御できる範囲に抑えていました。ブレーキが壊れるほどの負荷ではなかったはずです」

彼はちゃんと頃合いを見て減速するつもりだった。対向車の存在にも早い段階で気づいていたらしい。

速度の出しすぎと馬車の故障、二つが重なって起きた事故だ。飛ばさずゆっくり進んでいれば起きなかったことだけど、すべてがメースさんの責任とも言いきれない。

「ふむ……となると、はじめから故障していたわけだが」

殿下の目がわたしに向かう。

「申し訳ございませんが、それは当家の下男にたしかめなければわかりません」

「往路では問題なかったのだな？」

「はい。ただ、ブレーキを使ったかどうかは、わたしにはわかりませんので」

夏なので日暮れが遅い。下男はのんびり帰るだろう。彼から話を聞くのはもう少しあとになりそうだ。

「ミラ殿下が使っていた馬車に故障があり、マリエルの馬車も故障していた……か。いささか引っかかるが、偶然の可能性もないとは言いきれぬな」

腕を組んで殿下がうなっていると、アランさんが部屋に入ってきた。まずシメオン様に耳打ちしたあと、全員に向かって報告してくれた。

「調べた結果、部品が欠損していました。壊れたのではなく、はじめから利かない状態になっていたようです」

わたしは驚きに口を開けてしまった。故障ではなく欠損？　さすがにそれは……ありえない、と言いきってよいのだろうか。

「そんな馬車を使っていたのですか」

同席していたマイヤーさんがわたしをにらんだ。

「整備不良の馬車に殿下をお乗せするなど」

「…………」

どう答えればよいのかとっさにわからず、わたしは口ごもる。反論できずにいると、マイヤーさんはさらに責め立ててきた。

「いいかげんな管理でご自分が事故に遭われるのは勝手ですが、他人を巻き込むなどあってはならない話でしょう。無責任きわまりない！」

きつい口調にわたしは首をすくめた。いいかげんな管理ではなかったと、言いたいけれど……。でもじっさいに事故が起きてしまっているわけで。

「マイヤー殿、こちらから頼み込んで乗せてもらったのです。そのようにおっしゃるのは」

メースさんがかばってくれる。が、そのくらいで納得してくれるマイヤーさんでもなく、

「頼まれたとて、乗せられない馬車ならそう言うべきだ」

「いや、そんな状態だと誰も知らなかったからで」

「管理不足の責任を言っているんだ！　それから、お前の失態も許したわけではないぞ！」

「……はい、申し訳ございません」

隣に座るシメオン様が、わたしの手を握ってくださる。見上げれば大丈夫と視線でわたしに伝えてきた。

うん、シメオン様がそばにいるから怖くない。

でも本当に、どうしてこんな事態になってしまったのだろう。頭の中は疑問でいっぱいだ。

マイヤーさんは嫌味たらたら文句を言って引き上げていった。メースさんも席を立ったもののすぐには出ていかず、わたしたちに謝った。

「彼の非礼をお詫びいたします。まだ原因は不明なのに、あの態度はない。……それに、私が速度を出しすぎたのがいけませんでした。申し訳ございません」

「いえ……その、王女様がおっしゃったように、無事に済んだのですから」

どちらが謝るべきなのか、どちらも謝らなくてよいのか、悩ましい状況だ。

複雑な気分で言葉をにごすわたしと反対に、シメオン様は淡々と尋ねた。

「彼らが離れて護衛していたことは、あなたもご承知で？」

「いえ、聞いておりませんでした。私に言うと殿下にも伝わってしまうと思ったのでしょうね」

メースさんはかすかに苦笑する。マイヤーさんとはあまりよい関係ではないのだろうな。あからさまに見下される雰囲気があった。

「あなたは王女殿下の側仕《そばつか》えと伺いましたが」

「はい、秘書官です。ただ、殿下と旧知の間柄であったといういきさつから取り立てられましたので、マイヤー殿のような生え抜きの役人からすると、気に入らない存在でしょう」

……ああ、それでか。

少し気になっていたことに説明が得られた。だから王女様の態度が他の人の場合と違ったのだ。

メース・ケッセルというのが彼のフルネームだろう。それならマイヤーさんを呼ぶ時と同様「ケッセルさん」になるべきなのに、ファーストネームを呼んでいた。特に親しい人なのかな、と思っていたのよね。

マイヤーさんがきつく当たる理由もそこにありそうだ。内緒で見守っていたのは、一つにはメースさんへの対抗心もあったのかも。

メースさんも退出していくのを見送り、あらためて殿下が口を開かれた。

「どう考えたものかな。偶然の重なりか、仕組まれたできごとか」

「どちらであっても疑問が残ります」

シメオン様が言う。

「フィッセル側の馬車についてはわかりませんが、当家の馬車は整備点検を怠っていないはずです。いいかげんな管理であるはずはない」

ちらりと目を向けられて、アランさんも言葉を添えた。

「はい、全体によく手入れがされている状態でした。あれを整備不良とは言いにくいですね」

「ふむ」

「むろん、絶対にとは言いきれません。手入れで部品をはずし、そのまま戻し忘れたという可能性もあります。そこはこのあと下男に確認いたします。もう一つの可能性については、十分にありえると同時に、なにを狙《ねら》ったものかが不明ですね」

「そうだな。事故も偶然の重なりによるものだ。ケッセル殿が速度を出しすぎなければ、ブレーキを使わずに終わったかもしれぬ。それほど急な坂ではないからな。そもそもミラ王女がマリエルの馬車に乗ることまで予測できたとは思えぬな」

「はい。待機中にケッセル殿が調べなければ、不具合に気づかずそのまま乗って帰ったでしょう。王宮まで持ちこたえるか、どこかで動けなくなっていたか……よほど運が悪くないかぎり、人身に関わる事故にはならないと思います」

「そうだな……うーむ、よくわからん」

殿下は腕をほどいて大きく息を吐き出した。

「まずはそちらの馬車の整備状況について確認しておいてくれ。それとマリエル」

「はいっ」

呼ばれてわたしは姿勢を正す。緊張しなくてよいと、殿下は表情を優しくされた。

「ミラ王女と会ってなにをしたのか聞きたいだけだ。向こうの大使館でということは、呼び出されたのだろう？」

「はい、お茶会ということでお招きを受けました。出向きましたところ王女様がいらしたのです」

「そなたと内密に話をするためか」

「内密……」

そうだったかな、とわたしは王女様とのやりとりを振り返った。口止めはされなかったから、隠さなくてもよいわよね？

「王女様は、わたしに謝るために出向いてくださったのです。人のいるところでは話せないからと、お忙しいなかわざわざ抜け出してこられまして。そのせいであわてて帰ることになったのです」

「謝罪か。あれだけ好き勝手しておきながら」

「ご事情がおありのようですよ。王女様とお話をして、けして浅薄な方ではないと感じました。あのおふるまいには、なにかお考えがあってでしょう。ご説明はいただけませんでしたが、お国へ帰るまでの間だけ目をつぶってほしいとお願いされました」

殿下は目を丸くしてシメオン様と見合わせた。

「なんだ、本気でシメオンに手を出しているわけではないのか」

「ええ、お言葉だけならそんなふうにも受け取れますが、多分お心は違いますね。わたしが勝手に感じているだけですが、シメオン様に恋をなさっているようには見えません」

男性陣がますます不可解そうな顔になる。アランさんは懸命に無表情を保っていたが、多分内心面白がっている。シメオン様も感じたようで、ジロリと彼をにらんでいた。

「女というものは、なにを考えているのかわからんな」

殿下が頬杖《ほおづえ》をついてぼやかれた。

「しかしまあ、そういうことならあまり心配しなくてよい……のか？」

「事情があるなら先に相談してくだされればよいものを」

シメオン様は少しおかんむりだ。これは振り回されたことへのうらみよね？　まさか本気ではなかったと聞いてムカッときたわけではないわよね？

「初対面の相手に簡単には話せないのでしょう」

「初対面で好き勝手されたわけですが」

むくれるシメオン様を殿下が笑いまじりになだめてくださる。

「おいおい聞き出せばよかろう。ともかく、今日《きょう》はもうよいからマリエルと一緒に帰れ。下男から話も聞かねばな」

「は……よろしいので？」

「さすがに今日は王女もおとなしくしているだろう。無事に済んだとはいえそうとう怖い思いをしただろうから、マリエルについていてやれ」

なんと、優しいお言葉だ。わたしは感激してお礼を言った。

「ありがとうございます。殿下って王子様ですね」

「今までなんだと思っていたのだ」

いえそうではなく、比喩《ひゆ》的な意味でね。見た目も中身も素敵な紳士ねって、誉めたのですよ。

シメオン様からも軽い拳骨《げんこつ》を落とされながら御前を辞す。詳しく調べてもらうため馬車はあずけ、シメオン様の馬で帰宅することになった。

アランさんにあとをまかせ、帰り支度を済ませたシメオン様とともに外へ出る。夏の長い一日も終わりに近づき、空が薄暗くなっていた。

「うふふ、今夜はずっと旦那様と一緒ですね。シュシュも喜びますわ」

思いがけずシメオン様が帰宅されることになり、わたしはすっかりごきげんだ。事故の恐怖なんて飛んでいってしまったわ。

「そうだとよいのですが、留守にしている間に忘れられていないかな」

わたしを前に乗せ、手綱を取る腕の間に囲ってくださる。大きな身体《からだ》とぬくもりを感じられる、この空間が大好き。

「そちらの仕事はどうなのです？　執筆は進んでいますか」

「うっ……」

舞い上がっていた気持ちが一瞬急降下し、あわてて立て直した。今日は忘れよう。せっかくシメオン様が帰宅するのだから、彼との時間を優先するわ。

でも明日《あす》も外出予定があるのよね……できれば今日のうちにもっと進めたかった……けど！　今夜はシメオン様とゆっくりするの！

迫る締切から目をそむけ、わたしはシメオン様との時間だけを楽しむ。でも家に着き、下男から話を聞いてまた考え込むことになってしまった。

「部品の戻し忘れなんて、まさかそんな！　ちゃんと確認してますよ！」

別れたあとになにが起きたか聞いたレミは、真《ま》っ青《さお》になって否定した。

「今日だって出発前にざっと調べて……そ、それに、到着した時ブレーキ使いました！　ちゃんと利いてましたよ。本当です、信じてください！」

「若様、手入れは俺《おれ》が中心になってやってます。レミだけにまかせません。終わったあとの確認も俺の担当です」

涙目になるレミをなだめ、馬車係のジョゼフが割って入った。問題があったなら自分の責任だと言う。レミは真面目《まじめ》ないい子だと父親のようにかばった。

「こいつは調子のいいやつですけど、仕事の手を抜いたりはしません。レミのせいじゃないですよ」

「別に決めつけて責めているわけではない。確認しているだけだ。手入れでブレーキの部品を抜くことはあるのか？」

「なくはないですけど……最近はやってませんね」

ブレーキ部品をいじったのは二ヶ月ほど前だという。二ヶ月以内に何度も乗っているから、不具合があったら気がつくはずだ。

「走行中に、勝手に抜け落ちるという可能性は？」

「ありえません。そういう構造じゃないです」

きっぱりと返る否定にシメオン様も異論はなさそうだ。念のため二人と一緒に車庫を調べに行ったが、彼らの言うとおりきちんと整頓されていて、おかしなあまり方をしている部品もなかった。

「協力ありがとう。夕食の時間に悪かった」

ただの確認と言ったとおり、シメオン様はあっさり切り上げて二人をねぎらう。ほっとした顔でジョゼフがレミを連れていき、わたしたちも母屋に入って二階の居間に引き上げた。

着替えはあと回しにして、ジョアンナにいったん下がってもらう。シメオン様も制服を脱がないまま難しい顔で考え込んでいた。

「……偶然の事故ではないようですね」

わたしの言葉に振り向く。

「待たせている間、レミは控室にいたという話でしたね？」

「はい。お茶とお菓子をいただいていました」

「馬車から離れている間にやられたわけですね」

あの事故は仕組まれたものだった。何者かがわざとブレーキから部品を抜いたのだ。

レミは呼ばれて馬車から離れたと言っていた。もしかすると、それも犯人が手を回したのかもしれない。

震えが走った。誰が、なんのために？　王女様が乗るとは予測できなかったはず……ならば、標的はわたし？

大使館に入れる人……職員の中に犯人がいる。

どうして。

おびえるわたしをシメオン様が抱きしめた。

「あなたが狙われたとはかぎらないし、そうだとしても明確な殺意があったかは不明です。殿下もおっしゃったように、偶然が重なった結果の事故でした。殺害目的ならもっと確実な方法にするはずです」

「確実に殺されては困ります」

わたしの頭をなでながら、クスリと笑いがこぼされる。

「むろんです。そんなことをたくらむ者がいたら、私が殺してやります」

たのもしい身体にすがり、わたしは気持ちを落ち着かせる。そう、命を狙われる心当たりなんてない。犯人はちょっとしたいたずらくらいの気持ちだったのかも。大丈夫……大丈夫。

頭をなでていた手が耳元に下がり、頰へ伝って優しく愛撫《あいぶ》する。心地よさにうっとりしながら見上げれば、きれいなお顔が間近にあった。

ときめきがおびえを追い払い、わたしは目を閉じてふれ合いを待つ。唇に吐息を感じた——と思ったら、

「いづっ！」

突然シメオン様が小さな声を上げたので、びっくりして目を開けてしまった。同時に聞こえるバリバリという音。白い毛の塊が彼の身体に爪《つめ》を立てて上ってくる。

「シュシュ……」

肩まで上ってきた猫を、シメオン様がうらめしそうに見た。おかまいなしに猫は彼を蹴り、わたしに飛びついてくる。思わずシメオン様から手を離して受け止めてしまった。

「こら、もう……お父様に意地悪しないの」

シメオン様は痛そうに脚をさすっている。そういえばしばらく爪を切っていなかった。肉球をプニッと押すと、鋭い爪がニョッキリ顔を出す。うん、あとで手伝ってもらって切りましょう。

忘れられてはいなかったし、そっけなくもない。いつもどおりのお出迎えだった。

7

シメオン様に抱きしめられて眠り、おはようの挨拶《あいさつ》のあとも時間が許すかぎりそばにいてくださったので、もう怖い気持ちは残っていない。わたしは元気に翌日の仕事へ向かった。

今日《きょう》はお義母《かあ》様と一緒に慈善活動だ。ノエル様も連れて教会のバザーへでかけた。

イーズデイルのように貴族の義務とされてはいないけれど、慈善活動じたいはそれなりにある。この教会には救貧院が併設されていて、子供を中心とした貧困者が保護されている。働ける元気のある人には職業を斡旋《あっせん》したり、技術指導をしたりと、できるだけ自立できるよう支援するのが目的だ。そんな活動の中で製作されたものがバザーで販売されていた。建物の間の少し広い場所に売り場が作られている。

「ごきげんよう、ロジーヌ様」

「まあエステル様、来てくださいましたのね。ごきげんよう。マリエルさんとノエルさんもごきげんよう」

慈善家の夫人が職員と一緒にバザーを運営していらっしゃる。わたしたちはご挨拶して、まず募金箱に寄付をした。

貴族や富裕層の人々が来るのはこれが目的だ。バザーの売り上げはささやかなもので、集まった寄付金が支援活動を助けている。お金を出すのは皆さん渋るかというと、さにあらず。こぞって気前のよいところを見せていた。

身も蓋《ふた》もなく言ってしまえば見栄の張り合いだ。うちは社会貢献に前向きですよと示している。純粋な善意とは言えないかもしれない。でもそれが子供たちのごはんになり、病人の薬になるのなら、大いにけっこうではないかとわたしは思う。

普段の社交とはまた違う交流をしながら、わたしは販売されている小物を見て回った。

売り子は救貧院の住人らしき女性たちだった。精いっぱい身なりを整えてきたのだろうけど、どうしてもやつれた雰囲気が漂っている。

彼女たちに聞こえないよう、ノエル様がこそっとささやいた。

「いつも思うんだけど、大人《おとな》で病気でもないのに、どうして自立して生活できないんだろう」

「いろんな事情があるのですよ。働きたくても雇ってもらえないとかね。特に女性は頼れる伝《つて》がないと苦しいのです」

「庶民の女性はたくましいのかと思ったけど、そうでもないんだ」

「いくらたくましくても、周りが受け入れてくれないとね。仕事をしていたって解雇されたり勤め先が倒産なんてこともありますから、たいへんですよ」

同じ貧困の中でも女性はさらに厳しい状況にある。日雇いの力仕事はできないし、運よくどこかに雇われても給金は男性よりずっと少ない。立場が弱いのでなにかあれば簡単に解雇されてしまう。行き着く先は身売りとなるが、ある程度の年齢以上だとそれも不可能で。

もっと女性の地位が向上すれば変わっていきそうなのにね。そう唱える人たちもいるけれど、まだ道のりは遠い。

わたしたち女性作家の活動も、地位向上につなげられるとよいのだけど。

「これ、父上にあげたい。丁寧に作られてて丈夫そうだから、小さい石を持ち運ぶのによくない？」

革の煙草《たばこ》入れを見つけてノエル様がほしがった。

「ベルトに下げるためのバンドもついているよ。資料採集の時に使えると思うんだ」

「本当ですね。いくつか買って帰りましょう。きっとお義父《とう》様喜ばれますよ」

いいお土産《みやげ》になりそうだと盛り上がっていると、わたしに声をかけてくる人がいた。

「こんにちは、フロベール夫人」

「――あら、ファン・レール大使。こんにちは、いらしてたのですね」

ニコニコしながらやってくるのは、フィッセルの渋きおじ様大使だった。昨日《きのう》に引き続きのご挨拶である。わたしはノエル様に財布を渡して売り場から離れ、大使と一緒に移動した。落ち着いて話したいと、大使は人込みを避けて建物の壁近くへわたしを誘導する。資材でも入っているのか、大きな木箱が見上げるほどたくさん積み上げられていた。

「昨日はお世話になりました」

「いや、こちらこそ。うちの殿下がご迷惑をおかけしまして、申し訳ございませんでした」

今日も陽気で気さくな人である。礼儀正しく昨日のことを謝ってくださる。

……あのあとの事故については、聞いていらっしゃるのだろうか。

「馬車の故障がなければ夫人ともう少しお話がしたかったのですがね」

「バタバタしてしまいましたものね。今日はお一人で？　フレーチェ様もご一緒ですか？」

「いや、近くを通りかかって、もしかしてと思い立ち寄ったのですよ。お会いできて幸いでした」

「まあ、それはわざわざ……ありがとうございます」

大使と話していると、どうしても昨日のことを考えずにいられない。シメオン様のおかげで忘れかけていた不安がまたにじり寄ってきた。

馬車に細工をした犯人は、おそらく大使館の関係者で……でもこの方が関与しているはずはない。違うと信じたい。そんな人ではないはず……なのに、少し怖いと思ってしまう。

「殿下のことを、ちゃんとお詫《わ》びしなければと思っておりましたので。夫人が我慢してくださるおかげで助かっておりますが、本来どれだけ非難されてもしかたない立場です」

「別に我慢というほどでも……シメオン様の方が苦労しているかも」

わたしが笑って言うと、大使も笑った。

「副団長にもお詫びしなければなりませんね。真面目《まじめ》な彼には負担が大きそうだ」

やはり事故については知らされていないようだ。知っていながらお見舞いの言葉も言わない人ではない。シメオン様たちが知らせなかったのなら、わたしも言わない方がよいだろう。

「一応、王女様とのやりとりについては話しました。本気で迫られているわけではないようなので、少しは気が楽になったと思います」

「ふむ。色男殿は慣れておいでかと思っていましたが」

「断りにくい相手でしたからね。……あの、大使は王女様のお考えについて、ご存じのことは？」

わたしは少し声を落として尋ねた。昨日彼もミラ王女に尋ねていたが、少しくらい知っていることはないだろうか。

「うん……もしかしてという心当たりはあるのですが」

やはりと期待する。しかし軽そうに見えても、そこは大使を務める方。安易に話したりはしなかった。

「私の勝手な推測なのでね。申し訳ありませんが、ご本人のいらっしゃらないところではちょっと」

「そうですね、立ち入ったことをお聞きしました。こちらこそ申し訳ございません」

王室の事情をペラペラ話すはずがない。これは聞いたわたしが悪かった。

「いえいえ、夫人には聞く権利がおありです。ご迷惑をおかけしているのに勝手なことを言いまして」

「いいえ、どうぞお気になさらず」

たとえ聞けるにしても、ここではまずいだろう。誰《だれ》に聞かれるかわからない状況でする話ではなかった。

「今日は、王女様のご予定は？」

「サン＝テール大学を訪問されていますよ」

「あら、そんな予定義父《ちち》はなにも……んもう、研究以外にはぼんやりさんなのだから」

「ははは、じつはご存じなかったのでは？」

「ありえますね。講義の時間以外は研究室にこもっていますから」

となると、多分シメオン様も同行しているのだろうな。職場で親子が顔合わせしたりして。

「サン＝テール大学は女子生徒を受け入れる方針に変わったとか。殿下もたいへん興味をお持ちでした」

「まだ完全に理解が広がったわけではないので、入学してからも苦労しそうですけどね。でも頑張って道を切り拓いていただきたいですわ。あちこちに女性が進出していけば、世の中を変えられます。フィッセルではいかがですの？」

「ラグランジュとあまり変わりませんね。政府はそういった問題にまで手が回りませんので、王室の方々がいろんな団体を支援されています。女性の教育機会に殿下は関心をお持ちでしたので、これから推進していかれるでしょう。頭の固いおじさんたち相手に苦労しそうですが」

お茶目に言う大使自身は、女性を見下す態度を取らない。だけどこれがフィッセルの一般的な男性像というわけではないようだ。

王女様に継承権を認めるような国でも、やはり同じ問題を抱えているのね。

あまり長く話し込むわけにもいかないので、わたしたちはすぐに挨拶して別れた。ノエル様のところへ戻るべく、どこにいるかと会場を見回す。するとこちらへ歩いてくる小さな女の子に目を引かれた。

粗末な身なりからして、やはり救貧院の子だろう。まだ十歳にもなっていないような子が一所懸命売り物を運んでいる。細い腕には重すぎるだろう箱を抱えてヨロヨロ歩いていた。

手伝おうと思ってわたしは女の子へ向かった。女の子の方もわたしに気づき——かと思ったら、その顔がひどく驚く。

え、そんなにびっくりさせちゃった？

笑いかけようとしたわたしに、女の子が叫ぶ。

「あぶない！」

「えっ……」

なにが、と思ったのと、すぐ近くで音がしたのが同時だった。振り向く暇もなくなにかが全身にぶつかってくる。文字どおりわたしの身体《からだ》が吹っ飛んだ。

ガラガラとすさまじい音があたりに響く。なにかが落ちてきた？　いや、崩れた？　わたしにたしかめる余裕はない。地面に叩《たた》きつけられるのを予想してぎゅっと目をつぶったが、衝撃に反して痛みはなかった。

悲鳴が上がっている。たちまちバザー会場が騒然となった。

「……ふう」

わたしは誰かに抱きしめられていた。その人が下になって、わたしを衝撃から守ってくれたのだ。

大きな身体に一瞬勘違いしかけ、すぐにシメオン様ではないと気づく。目の前に見事な蜂蜜《はちみつ》色の巻き毛が流れていた。

「ナイジェル卿？」

顔を上げれば、異国情緒あふれる美貌《びぼう》がすぐそばにある。髪と同じ色の瞳《ひとみ》がわたしを見た。

「大丈夫かな。どこか打った？」

「……いえ、どこも痛くありません」

驚きに思考が麻痺《まひ》している。ぼんやり答えながらわたしは身を起こした。殿方の上に乗っている体勢はまずいだろうと、それだけは考えられた。

わたしが下りると、彼も身を起こす。

「大丈夫ですか⁉」

「おけがはありませんか⁉」

人がたくさんこちらへ駆け寄ってきた。みんな血相を変えている。だから、いったいなにが起きたのだろう。

ナイジェル卿が立ち上がって服についた汚れを払い、座り込むわたしに艶《つや》をまとう金褐色の手をさし出した。

「立てる？　抱き上げた方がいい？」

「いえ、立てます……」

手を引いてもらって立ち上がる。わたしもけがをしていないとわかり、周囲の人たちが一斉にほっと息を吐いていた。

「あれは……あれが崩れたのですか」

すぐ近くに木箱が散乱していた。壁際に積み上げられていたものだ。全部空き箱だったようで、転がっているのは箱と蓋だけだった。

……でも、大きくて重そうな箱だから、まともに直撃したら痣《あざ》くらいでは済まないわよね。わたし、あやうくあの下敷きになるところだったのだわ。それに、もし角が当たったりしたら。

「うわぁ……今頃《いまごろ》震えてきました」

「うん、私も冷汗をかいた。間に合ってよかったよ」

ようやく頭がまともに動きだし、そのせいでかえって腰が抜けそうだった。ここにシメオン様がいたら甘えられるのに。頑張って踏ん張るわたしの髪を、ナイジェル卿が軽く払った。倒れ込んだ時に少し汚れたようだ。

「助けてくださったのですね。ありがとうございました」

服についた汚れは自分で払う。わたしよりナイジェル卿の方が被害甚大だ。おしゃれな上着に払ったくらいでは落とせない汚れがついていた。わー、ごめんなさい。

「誰がここに積んだんだ⁉　責任者出てこい！」

人垣の中から怒りの声が上がる。若い男性が施設の職員を責めたてて怒鳴りつけている。どこのどなただか。被害者のわたしをさしおいて、なぜ無関係な人が怒っているのよ。

それに、勝手に崩れそうな危ない積み方ではなかったと思うけど……。

地面に散らばる木箱をなんとなく見回していたら、さきほどの女の子がへたり込んでいるのを見つけた。驚いて転んでしまったのか、まさか木箱に当たってしまったのか。急いで彼女のもとへ駆け寄った。

「大丈夫？」

そばにしゃがみ込んでけががないかたしかめる。見たところ問題はなさそうな。転んだだけかな。よかった。

「怖かったわね」

荷物をかばう余裕もなかったのだろう、全部落としてしまっている。わたしは拾い集めて箱に戻した。食べ物や割れ物でなくてよかった。涙目で震えている女の子をなだめようと笑いかけるけれど彼女はぐっと涙をこらえ、大きな声を張り上げた。

「違う！」

甲高い叫びは殺気立った人々にも届き、振り向かせる力を持っていた。

わたしが伸ばした手を払いのけて、女の子は自分で立ち上がった。

「どうしたの」

「いいかげんなことしてないもん！　勝手に崩れたんじゃなくて、人が押したんだよ！　あたし見たもん！」

「えっ……」

驚きにわたしの動きが止まる。

周りの大人たちは、なにを言っているのかという顔をしていた。まともに取り合ってもらえない雰囲気の中、女の子は必死に言いつのる。

「この人に向けて押してたの！　わざと崩したんだよ！」

小さな指が差しているのはわたしだ。誰かが、わたしを狙ってわざと木箱を崩した？

あの一瞬前、彼女はなにかにひどく驚いていた。わたしに危ないと叫んで危機を知らせてくれた。木箱が崩れるところを見たから、だけでなく、崩れた原因も見ていたのだと……。

「そんな嘘《うそ》でごまかせるか。黙ってろ！」

「嘘じゃないもん、本当に見たんだよ！」

「なら誰がやったと言うんだ。誰が押したって？」

大人の男に詰め寄られて女の子はあとずさる。わたしは二人の間に割り込んだ。

「子供相手にやめてください。そんなふうに怒鳴られたらなにも言えないではありませんか」

「貧民の言うことなんて真面目に聞く必要ありませんよ。礼儀も道徳もわきまえない連中です。保身のためなら平気で嘘をつくんです」

「嘘じゃない……」

後ろからわたしのスカートにすがりついて、小さな声が言う。泣くのを懸命にこらえている声だ。

「今日、この場にいらした方のお言葉とは思えませんね。失礼がすぎるのでは？」

「なんでそんな貧民をかばうんです。あなたがひどい目に遭うところだったんですよ？　こちらはあなたのかわりに抗議してあげているのに」

「わたしは抗議より、冷静な調査を望みます。子供やお年寄りに怒鳴ってなにか得られますの」

「……これだから女は」

舌打ちと侮蔑《ぶべつ》に満ちた声が吐き捨てられる。ムカッとなるわたしの肩をナイジェル卿が叩いて止めた。

「私も彼女たちを支持するよ。なんとなれば、犯人の姿を見たのでね」

「え？」

驚いて彼を振り返る。顔を上げた女の子に優しく笑いかけ、その頭をなでてナイジェル卿は続けた。

「勇敢なレディへの無礼を謝りたまえ。この子は嘘をついていない。木箱は自然に崩れたのではなく、この子の証言どおり人が押して崩したんだ」

「そんな……」

「逆に聞くが、なぜ君には嘘だとわかるんだい？　崩れる瞬間を目撃したと？　そのわりにずいぶん遠くから駆け寄ってきたように見えたが」

「…………」

「見なくてもわかる、つまりなにか知っていたということかな」

暗に犯人の仲間なのかと言われ、男性はあわてて首を振った。

「ち、違いますよ！　てっきり積み方がいいかげんだったんだとばかり思い込んで。こういう場所ではよくあることですから」

「そうなんだ。よく知っているね」

「……なんでこっちが責められなきゃいけないんですか！　責任を追及していただけなのに！　もういいですよ、勝手にやってください！」

男性は言い捨てて背中を向け、憤然と立ち去っていく。連れらしい人があわててあとを追いかけていった。

「行かせてよいのでしょうか」

「いいんじゃないかな。彼は関係ないだろう。ただの正義気取りの文句屋だよ」

「ナイジェル様！　大丈夫ですか」

入れ替わりに知り合いがやってきた。黒髪の少年と、赤茶の髪をした男装の女性——ナイジェル卿の従者アーサー君と秘書官のエヴァンジェリンさんだ。日頃は不真面目な上司を叱《しか》り飛ばしているエヴァさんも、今ばかりは無事の確認を優先していた。

わたしの連れもやってきた。お義母様とノエル様が、まだ転がっている木箱をこわごわ避けながら近づいてくる。

「マリエルさん、大丈夫なの。あなたがつっこんで壁を崩したと聞いたけど」

「もうそこまで話が変化しているのですか。つっこんでいませんし、壁を崩せるのはシメオン様くらいだと思います」

「兄様でもさすがに無理でしょ」

けが人がいなかったということで、集まっていた野次馬も散っていく。わたしたちは安全な場所で落ち着き直し、あらためて状況を確認した。

犯人を見たという女の子に詳しいことを聞いてみるも、

「顔は見えなかった……黒っぽくて、背が高くて……でもこのおじさんほどじゃなかった」

肝心な部分は隠れていたとのことだった。黒っぽい服というのは、ここに集まっている紳士たちの大半に該当する。ナイジェル卿より背が低いという条件も同じく。特定は不可能だ。

「若い人だったか、もっとおじさんだったかは、わからない？」

「わかんない……だって顔見えなかったし」

「そうよね、ごめんなさい」

「痩《や》せていたか太っていたかくらいはわかりませんか」

「えー、わかんない。すごい太っちょじゃあなかったと思う」

エヴァさんもうーんと考え込む。

「周り中容疑者だらけですね」

「犯人はとうに逃走しているのではないでしょうか。いつまでも近くにとどまるとは思えません」

アーサー君の指摘はもっともだった。

「そうね。多分もう、見つけてつかまえるのは無理よね」

「ものすごく自然に流されてしまっておじさん呼びにつっこめないが、犯人については同意する。私もゆっくり顔を確認している暇はなかった。髪が短くて暗い色だった、くらいしか言えないね」

ナイジェル卿へ向けられた部下たちの視線は冷やかだ。

「今年三十がなに言ってんですか」

「子供に言われると妙にこたえるんだよ……マリエルが狙《ねら》われていたのは間違いないね。君が前を通るのを待ちかまえていたよ」

「そうですか……」

さすがに平気ではいられなかった。昨日は狙いがはっきりせず、深刻な悪意ではなかったのかもと考えられた。でもこうして決定的な証言が出てくるとごまかせない。

誰かがわたしを狙っている。危害をくわえようとしている。

「心当たりはないのだね？」

「はい」

ナイジェル卿の質問にうなずいたものの、本当にないのだろうかと考え続けていた。わたしが狙われる可能性……今、考えられる可能性は……。

もうお買い物の気分ではなかった。顔色の悪いわたしを心配して、お義母様が帰ろうと言ってくださる。ナイジェル卿も家まで送ると言って、一緒に馬車まで歩いてくださった。

「ご用は大丈夫なのですか？」

「大半は終わったかな。君に会うのが目的だったからね」

証言してくれた女の子にお礼を言って別れる。ノエル様がポケットの飴《あめ》をあげていた。

「昨日の話を耳にしたんだ。けっこう目立つ事故だったようで、うちの職員が知っていたよ。それでお屋敷に伺えばバザーにでかけたと聞いて、なんとなく気になって追いかけてきたんだ」

「そうですか……おかげ様で助かりました」

話がしたかったので、わたしはナイジェル卿の馬車に乗せていただいた。エヴァさんも一緒に乗り込み、アーサー君は馭者《ぎょしゃ》台に上がる。

「ナイジェル卿は、最近なにか気になることがおありみたいでしたよね。わたしにも関係していたのですか」

「最近って……ああ、いやそれはないよ。シュルクのことなんで」

「シュルク？」

出てきた名前はまったく頭になかったものだ。文化も民族も宗教も違う、名前を聞くばかりの遠い南の国だった。

「シュルクというと、ナイジェル卿のお母様の」

「そう。母の故郷だ」

広い大陸の北西部にわたしたちの国はあり、南や東にもたくさんの国々がある。シュルクは南方諸国の中でいちばん力のある国だ。

イーズデイルやラグランジュの植民地になっている国が多いなか、シュルクはずっと独立をつらぬいてきた。イーズデイルと戦った時も、最後までもちこたえて負けなかった。

和平の証《あかし》にイーズデイルから嫁いだ王女様がナイジェル卿の、シャノン公爵家のご先祖様である。そしてナイジェル卿のお父様もシュルクの女性と結婚されていた。

「ご親族の問題でしたか」

「というか……まあ、君が気にすることじゃないよ」

ややこしい話になるのか、ナイジェル卿は説明を避けた。親族問題でなければ、やはり国同士の話だろうか。そういえばミラ王女に注目する理由とかなんとか、言っていたような。

フィッセルとシュルクもたいがい遠くてあまり縁がなさそうだけど、大使という立場の人には聞こえてくる話もあるのかな。

「では、単にお見舞いにきてくださっただけですか？」

「それもあるけど、じつは昨日ね、フィッセル大使館から出てくる不審な男を目撃したんだ」

はあ、と相槌《あいづち》を打ちかけて、そんなさらりと言われる話ではないことに気がついた。

「……昨日の、いつ頃ですか」

「三時頃だったかな。隣の建物との間の細い道に、飛び下りてくる人影を偶然馬車から見かけた。塀を乗り越えたんだろうね。白昼堂々の盗人とは大胆だなと思っていたら、あとで事故の話を聞いてね。もしかして、あれが関係あるんじゃないかと思い出したんだ」

なにからつっこめばよいのだろう。わたしは額を押さえてしまった。

「いえあの、まず泥棒だと思ったならその時点でつかまえるなり、大使館に知らせるなりなさいませんの」

「見たのは一瞬ですぐ通りすぎてしまったし、よその大使館だからねえ」

「意外に薄情な」

「大使館同士って難しいんだよ。見ないふりした方が親切な場合もある。お互いさぐられたくない内情があるから、あまりでしゃばらない方がいいんだ」

「単に面倒だっただけでしょう。女性の家から出てきたなら、即座に馬車から飛び下りたくせに」

エヴァさんのつっこみにナイジェル卿は笑って目をそらし、答えなかった。

「つまり、諜報員《ちょうほういん》とかの可能性を考えられたのですね……でも、事故の犯人ですよね、それって」

「君もそう思う？」

「ブレーキ部品が抜き取られていたんです！　整備不良ではなく、何者かによって！　よかったあぁ大使館関係者の犯行ではなかったのねぇぇ」

ナイジェル卿が目撃したのは、十中八九馬車に細工をした犯人だろう。三時頃といえばわたしたちが帰る直前だ。聞いた場所は車庫の近くだし、うちの馬車もそのあたりに停めていた。

犯人を目撃したなんて怖い話のはずだけど、わたしには安堵《あんど》と喜びの方が大きかった。ずっと大使館関係者を疑っていたし、さっきの崩落も少しだけ、少ーしだけ、ファン・レール大使を疑ってしまったのよ。

あそこへ誘導したのは彼だ。立ち寄った会場で運よく顔を合わせて、別れた直後にわたしが襲われたなんて、本当に偶然なのと疑わずにはいられなかった。

さらに言うとメースさんも容疑者の一人だった。自分で馬車の故障を装ってミラ王女をわたしの馬車に乗せ、事故に見せかけて……という可能性もなきにしもあらずかと。

でも違った。犯人が外へ出ていったならメースさんではないし、当然大使館関係者でもない。

「決めつけるには早いけど、ファン・レール大使が君を狙う理由は見当たらないね」

わたしの話を聞いてナイジェル卿も言った。そうですとも！　ファン・レール大使はとてもいい人で、シメオン様とあわや婚約破棄かという場面で助言をくださったりもした、恩人なのですよ！

疑いたくない人を疑わずにいられないのがつらかった。でも違った。ファン・レール大使ではないし、ほかの職員も無関係だ。よかった。

「喜んでいるところ申し訳ないが、君が狙われている件は解決していないよ」

泣きたいほどうれしい気持ちにしみじみしていると、ナイジェル卿が苦笑した。

「さっきも言ったが、木箱を崩した犯人は間違いなく君を下敷きにしようとしていた。副団長にも知らせないとね。このまま王宮へ行くかい？」

喜びに満ちていた胸が、また少し重くなる。どうしようとわたしは悩んだ。

シメオン様はわたしを心配して、今朝《けさ》もこまごまと注意をしていった。外出時には護衛をつけて、絶対に一人では行動しないようにと言われた。なのに、さっそくこれだからなあ。

言いつけを忘れたわけではないけど、人の多いバザー会場でなにか起きるとは思わなかったのよ。でも叱られるだろうなあ。言いたくないなあ。

……シメオン様は今忙しくて、飛んで帰ってくるわけにはいかない。心配させるだけになってしまう。

「面倒だからあとにしたいです」

「もしかして本音と建前が逆になってない？」

「当分外出せず書斎にこもりますわ。誰がなんのためにやっているのかわかりませんが、わたしが出てこなければ狙いようもないでしょう。ミラ王女様がご帰国されて、シメオン様の状況が落ち着いたら話します」

寄り道なしでまっすぐ帰宅するとわたしは宣言した。ナイジェル卿はエヴァさんと顔を見合わせていたが、それ以上はなにも言わなかった。

そうよ、家にこもっていたら危険はないわ。お義母様も理解してくださるだろうから、当分社交はおやすみにしてもらおう。その間に原稿をガンガン進めればいい。

——別にそれが目的ではないわよ？

今日の崩落もなかなか怖いできごとだったが、殺意があったかというと疑問である。けがだけで済んだ可能性が高く、よほど運が悪くなければ死なないだろう。

犯人の目的は脅しだけかもしれない。

だからおびえすぎず、冷静に対処していけばよい。家族や使用人に心得てもらって、シメオン様が帰ってくるまで書斎にこもればよいだろう。

決めてしまえば動揺はなかった。執筆に没頭して、不安もなにもかも忘れてしまおう。

——そう、思った日の夜。

「マリエル」

書斎の扉が開いて姿を現したのは、王宮にいるはずの旦那《だんな》様だった。怒ったような、困ったような、難しいお顔でわたしを見ていた。

その後ろにナイジェル卿の笑顔を見つけ、わたしは自分の失敗を悟った。

口止め……忘れてた……。

8

都市と都市をつなぐ長い街道を、護衛に囲まれた馬車が列をなして進んでいく。

道の左右に広がる畑から農夫たちが身を起こし、驚きと好奇心いっぱいに注目していた。

華麗な白の軍服に身を包んだ近衛《このえ》騎士も、貴人が乗っているとわかる豪華な馬車も、サン＝テール以外ではめったに見かけないものだ。家族や隣人と呼び交わし、指を差したりしながら遠くなるまで見送っていた。

行く先々でそうして注目される一行の中に、わたしはいた。

王族専用の馬車は振動が少なく、抜群の乗り心地だ。内装も単に豪華なだけでなく、工夫が凝らされていて長時間乗ってもお尻《しり》が痛くならない。

しかし、落ち着いて文字を書けるほどではなく。

「ううう、書きにくい……」

どんなに高級な馬車でも揺れはそれなりにあって、移動中の執筆はたいへんだった。字が汚くて読みにくいって、編集さんに文句を言われそう。

「馬車の中でまで、なにをやっている」

苦戦するわたしに隣から声がかけられた。同乗するセヴラン殿下が沿道の国民には笑顔で手を振り、わたしには呆《あき》れた目を向けてくる。

「締切が迫っているのです。長時間の移動中、ぼんやり無駄にすごせません。忙しいって申しましたのに殿下が強引に連れ出されたのですから、文句はなしでお願いします」

「別に文句はないが、今はやめておけ」

「だから時間がない――あっ」

揺れたはずみでペン先がビョッとあらぬ方向へ滑ってしまった。

「いい、もう読めたらいい」

「そなたというやつは……知らんぞ、忠告はしたからな」

本気で余裕がないので、殿下のお小言は無視させていただく。

「せっかくですからご協力くださいませね。殿下は当て馬で振られる役です」

「もっとよい役にしろ」

「不憫《ふびん》な方が人気出ますよ」

「いらんわ、そんな人気」

「なら途中で殺される被害者その一で」

「さらに悪くなったのだが！　恋愛と殺人事件ってどういう話なんだ」

「王子様との結婚特集です。発行は九月で、殿下へのご結婚祝いにいたしますね」

「結婚祝いで殺すな！」

事故から数日後、ミラ王女はとどこおりなく予定を終えて帰国の途についた。道中、テラザントという国境沿いの土地に立ち寄られる。そこまではセヴラン殿下も同行されるとシメオン様から聞いたとおり、けっこうな大所帯での移動になった。

　で、そこになぜわたしがまざっているのかというと。

「もうこの際、マリエルも連れていこう」

　シメオン様が不在の間どうするかについて意見が合わずにもめていたら、見かねたセヴラン殿下が提案されたのだ。

「どう対策しようと、マリエルを残していくのは落ち着かぬだろう。連れていってまとめて護衛すればよい」

「狙《ねら》われている人間を同行させてよろしいのですか。殿下や王女様を巻き込んでしまいますわ。やはりわたしはお留守番で」

「つ・い・て・こ・い」

　わたしの反論は聞いてもらえなかった。迫る締切との闘いを理解していただけない。

「こういう時にそなたから目を離すべきでないと、こちらもいいかげん学習しているのだ。おそらくこれがいちばん被害の少ない方法だ」

　わたしがなにかしでかすのを心配しているようなお口ぶりだ。頬《ほお》をふくらませるわたしとは反対に、シメオン様は感謝の表情を浮かべた。

「ありがたいお言葉です。とはいえ、マリエルの言うとおり懸念もございますが」

「どうだろうな。そこまでおおごとになるか……聞くかぎり、私も脅迫目的ではないかという気がするな。そして脅されているのはマリエルではなく、お前だろう。もしかすると、お前をミラ王女から引き離すためかもしれぬな」

妻が狙われているとなれば、シメオン様はおちおち留守にしていられない。指揮官は班長の誰《だれ》かにまかせるか、団長様にお願いするという手もある。絶対に護衛から抜けられないわけではなかった。責任感の強い彼がそれを望むかは別として、他人から見れば十分に考えられる話だ。それこそが犯人の狙いではないかと殿下は指摘した。

「こやつ自身が脅迫される理由など思いつかぬからな」

なんですか、そのしらけたお顔は。脅迫されないのが普通でしょう。こんなやつ脅してどうするんだって、わたしもそう思いますよ！

「たしかに、考えられる話ではありますが」

「いずれにせよ、お前とマリエルが離れるのは得策ではない。護衛を抜けたところで解決するともかぎらぬし、ならば連れていくよりなかろう」

――といったしだいで、わたしは通訳という名目で同行することになったのだった。

本当にただの名目ですけどね。フィッセル側は使節団になるだけあって皆さん外国語に堪能だし、セヴラン殿下もフィッセル語を問題なく使われる。通訳が必要になる場面なんてないだろう。

わたしを守るためでもある決定で、殿下には感謝すべきとわかっている。ええ、感謝していますよ。シメオン様と一緒にいられるし、ミラ王女のことも気になっていたから、ありがたい話ではあるけれど。

でもねー、原稿がねー、そろそろ崖《がけ》っぷちでねー。

そんなわけで移動中も懸命にペンを走らせるわたしだった。殿下も無礼ととがめず、好きなようにさせてくださった。

テラザントへは陸路しかないので移動に時間がかかる。急いでも三日、普通に行けば五日ほどなので、寄り道はなかった。時折休憩する以外、ひたすら移動し続ける。夕刻に到着した初日の宿泊地は、全行程の四分の一ほどだった。

馬車を降りようとしたわたしは、ふらついてステップを踏みはずしてしまった。あやうく落ちそうになったところを支えてくれる手がある。

「どうしました、真っ青《まさお》ですよ」

シメオン様がわたしを抱き下ろし、心配そうに覗《のぞ》き込んできた。

「ただの車酔いだ。ずっとうつむいて書きものをしていたからな」

答えられないわたしにかわり、続いて降りてきた殿下が言った。

「何度もやめろと言ったのに、死にそうな顔をしながらも書き続けたのだ」

「…………」

シメオン様もだめな子を見る目になる。しかたないでしょう！　事情はご存じのはずですよね！と、反論したくてもその余裕がない。声を出したら違うものまで出てきそうで、わたしはフラフラ歩くのが精いっぱいだった。

「待ちなさい、部屋まで運びます」

「歩かせてください……もう揺られたくない……」

抱き上げようとするシメオン様の手を断る。今は歩く方がよいのです。自分の足で立たせてください。

少しはましにならないかと深呼吸をくり返しながら建物の方へ目を向ける。今日《きょう》はたしか、地主さんのお屋敷に泊めていただくはず。

するとこちらを見ているミラ王女の姿が視界に入った。彼女もわたしのようすに驚き、とても心配そうな顔をしていた。

「おかまいなく……車酔いです……」

わたしはなんとか笑いながら声を絞り出した。

「……そう、ご病気ではないのですね？　では大丈夫ですね。中佐、部屋まで送ってください」

彼女は表情を変えてこちらへやってくる。また奔放な女性を演じてわたしからシメオン様を引き離そうとするけれど、病気だったら言わなかったのだろうな。ただの車酔いとわかってもうしろめたそうな目をチラチラ向けてくる。恋敵が弱っている好機、なんて喜ぶ気配はまったくなかった。

ご本意でないのはあきらかだ。やはりシメオン様への恋心は感じない。いったいどういう事情があってこんなことをしているのだろう。

「申し訳ございませんが、私はここで失礼させていただきます。殿下のご案内は部下とこちらのご主人にまかせます」

シメオン様はピシャリとはねつけた。王女様から強引に身を引き、わたしにつき添おうとする。冷たい反応にたじろぐ王女様の後ろから、マイヤーさんが文句を言ってきた。

「護衛すべき殿下をないがしろにして身内を優先するなど、職務と私事の区別もつかないのですか。あなたはなんのためにここにいるのです」

「職務を忘れてはおりません。ごきげん取りをせずとも護衛はできます」

「無礼な！」

シメオン様も遠慮がなくなってきたなあ。

王女様が本気でないことは彼もわかっている。でも説明してもらえないのが不満なのだろう。マイヤーさんが怒ってもため息すらつかず、さらに冷たく言い返した。

「そちらにも護衛がいるのに、私がでしゃばる方が礼を失していると思いますが。王女殿下のご身辺はフィッセル兵で固め、われわれはその外から守るのがあるべき形でしょう」

「殿下はあなたを望まれて」

「マイヤーさん、もうよいわ」

ミラ王女が止めに入り、騒ぎ立てないでと頼まれた。

しかしマイヤーさんは王女様の言葉にも引かなかった。

「軽んじられて引き下がるなど、フィッセルの沽券《こけん》に関わります。これは声を大にして抗議すべきところです」

「そこまで言わなくても。中佐、もうよいですわ。奥様をお連れしてください」

はっと嘲笑《ちょうしょう》を込めてマイヤーさんは息を吐いた。

「夫以上に妻がわきまえていませんよね。他国の使節団を送る道中だというのに、ずうずうしく乗り込んでくるとは驚きますよ。まさか、殿下に張り合っているつもりですか？　その程度の容姿でよくもはずかしげもなく。妬心《としん》はあなたから鏡を遠ざけましたか」

お、おお……その台詞《せりふ》いいですね、どこかで使えそう。でも書き留める余裕がない……。

シメオン様の身体《からだ》に怒りの気配がまといつく。わたしは吐き気と闘いながら、けんかしないでと彼の袖《そで》を引っ張った。

険悪な空気は周りにも伝染していった。近衛たちはマイヤーさんに反感を見せるし、フィッセル側もこちらを非難する目つきだ。友好どころでない雰囲気にわたしは焦った。

もともとラグランジュとフィッセルは、完全に仲よしとは言えない関係なのよ。過去のいきさつが尾を引いて、なにかあるとすぐ衝突してしまう。それを改善するためにも王女様が訪問されて、ラグランジュも丁重にもてなしたのに、ここでもめたらだいなしだ。わたしのせいで。こんなしょうもないことで。申し訳ないどころの話ではない。

ミラ王女も顔を曇らせていた。もうよいと止めているのにマイヤーさんは耳を貸さない。王女様の意見を無視しているわけで、彼自身無礼を働いていることに気づかないのかな。困った王女様は助けを求めるようにメースさんを見た。腹心の侍女より秘書官を頼るのね。でも彼が止めてもなおさら無視されるだろうな。

見かねてセヴラン殿下が動きかけるのを、「お待ちを」とわたしは止めた。ここで殿下が口を出すとますます話が大きくなってしまう。ごちゃごちゃ言い合うよりわたしが引いた方が早い。じっさいマイヤーさんの言うとおり、任務中に身内を優先すべきではないのだから。

一人で行くと言いかけた時、にらみ合うシメオン様とマイヤーさんの間に艶《つや》めいた声が割って入った。

「副団長、今は奥方をやすませてあげることが先ではないかな」

後続の馬車から降りた人がこちらへやってくる。

「部屋へはエヴァに送らせるよ。着替えて横になりたいだろうから、同性の方がよいだろう？」

なぜか同行しているナイジェル卿だった。今回の旅にまったく関係ないはずのイーズデイルの大使は、いつものようにアーサー君とエヴァさんを連れて一行にくわわっていた。

ナイジェル卿とセヴラン殿下に目線でたしなめられて、シメオン様が息をつく。見下ろしてくる彼に、わたしは大丈夫と笑いかけた。

「エヴァさん、申し訳ありませんがお願いします」

「はい」

背の高い男装の秘書官は、さっとやってきてわたしにつき添ってくれた。わたしは皆さんに会釈して一足先に玄関へ向かわせていただいた。

「……ごめんなさい」

すれ違いざま、王女様の小さな声が耳に届く。

振り向いても目は合わなかった。マイヤーさんとメースさんを従えて、彼女はもうわたしに背を向けていた。

用意された部屋に入ると、わたしは手伝ってもらってドレスを脱ぎ、コルセットもはずした。荷物は馬車に置いてきた。運ばれるのを待つ元気もないので、そのまま下着姿で寝台にもぐり込む。

「申し訳ありません、ご迷惑をおかけして」

「お気になさらず。医師を呼んでもらいましょうか？」

「いえ、そこまでは……やすんでいれば落ち着くと思います」

お屋敷の使用人が念のために洗面器を持ってきてくれる。これを使わなくて済みますように。

看病するほどではないとエヴァさんたちを戻らせ、しばらく気分の悪さに悶《もだ》えていたが、そのうち気絶するように眠り込んでいたらしい。ふと目が覚めると窓の外は真っ暗で、あれほど気持ち悪かったおなかや頭がすっきりしていた。布団の中で体調を確認し、ほっと力を抜く。

部屋の中はぼんやりと明るかった。ランプに火が入っている。起き上がったわたしは眼鏡《めがね》を取ろうと寝台脇《わき》のテーブルに手を伸ばした。

眼鏡とランプ、そして洗面器が置かれたテーブルに、眠る前にはなかったはずの小さなお盆も置かれていた。ナプキンをかけたものが載っていて、めくれば予想どおり軽食のお皿がある。やわらかいパンに野菜やハムをはさんだものだ。

食べられるかな？　……うん、むしろ空腹だ。

眼鏡をかけたわたしは、ありがたくいただくことにした。

水差しとグラスもあり、水差しの中身は冷たくしたお茶だった。柑橘《かんきつ》を搾り込んだもののようで、ほんのり甘酸っぱい。さわやかな味にほっと息をつく。パンも美味《おい》しくいただいて、あっという間に完食した。

今何時なのかな。もう晩餐《ばんさん》は終わったかな。

一言お礼とお詫《わ》びを言いたいけれど、それにはまたドレスを着ないといけない。手伝いが必要だから人を呼んで……って、面倒だなあ。

あとから運び込まれたようで、わたしの旅行鞄《かばん》が置かれていた。一人で着られる服をあそこから出すか……それも面倒だなあ。

どうしようと思っていたら、控えめに部屋の扉が叩《たた》かれた。わたしは急いで布団を引き上げ、身体に巻きつけて返事した。

扉を開いたのはシメオン様だった。わたしの格好を見るとすぐに中へ入って扉を閉め、寝台のそばへ歩いてきた。

「具合はどうです？」

「もう落ち着きました。ご迷惑をおかけしてごめんなさい」

空になったお皿を見て、シメオン様は安堵《あんど》したように表情をゆるめた。

「これで足りましたか？　食べられるかわからなかったので、少なめにと頼んだのです。まだ食べたいならちゃんとした食事を頼んできますよ」

「シメオン様が言ってくださったのですね。ありがとうございます。おなかいっぱいとまではいきませんが、夜ですからこのくらいにしておきますわ」

シメオン様はわたしのそばに腰を下ろし、手袋を脱いだ手を頬に当ててきた。優しいぬくもりにわたしからもすり寄せる。

「明日《あす》からは、車内での執筆は禁止です。ペンも原稿用紙も持ち込み禁止にします」

「う……」

優しい声だけど内容は厳しい。でも言われるのは当然だ。こんな体たらくで文句なんて言えない。

「わかりました。ごめんなさい」

素直に謝れば軽く笑いがこぼされる。

「ここまで必死に書くとはね。わかっていたつもりでも、まだまだあなたの執念を理解していませんでした」

「締切が迫っていなければわたしだってやりませんよ。でもこれ以上ご迷惑をおかけしないよう気をつけます。車酔いにはこりごりです」

「そうしてください」

身をかがめて額に軽く口づけてくださる。あやすようなふれ方が、くすぐったくて心地よい。

時間があるようで、シメオン様はすぐに出ていこうとはしなかった。わたしは彼にくっついて甘えながら、あのあとのことを尋ねた。

「特に問題はありませんでしたよ。晩餐のあとはそれぞれの部屋に戻られ、明日の移動にそなえてやすまれています。王女殿下のお部屋には侍女が、扉の外にはフィッセル兵が控え、われわれは外を警備していますわ」

近衛たちは館内と敷地の見回りをしているらしい。フィッセル側とすんなり話し合いができ、担当が決められたとのことだった。

「もうけんかにはなりません？」

「ええ、大丈夫。みんな落ち着いています。文句を言ってくるのはマイヤー氏くらいですよ。本来親善のための使節なのですから」

まあそうですね。となるとマイヤーさんが問題人物みたいだけど……少しうるさい人なのは間違いないか。

「両殿下に、お詫びに行った方がよいでしょうか」

「明日になさい。今日はもう遅い」

人の部屋を訪ねる時間ではないとシメオン様は言う。正直支度をするのが面倒だったので、そう言ってもらえてありがたかった。明日顔を合わせた時にお詫びしよう。

「ところで、ずっと聞きそびれていたのですが、なぜナイジェル卿が同行していらっしゃるのでしょう」

ついでに聞いておきたいことを思い出す。シメオン様にしては答えがほんの少し遅かった。

「……いつもの野次馬かと」

「本当に？」

わたしは下からきれいなお顔を覗き込む。シメオン様は困った顔になって目をそらした。

「そんな理由で許可されませんよね。国賓をお送りする道中ですよ。正当な理由があって承諾されたのですよね」

「…………」

「先日から、ずーっと引っかかり続けていますの。ナイジェル卿に聞いてもごまかされてしまいますが、なにかありますよね。もしかしてシュルクに関係しています？」

「…………」

「わたしには言えないことですか？　機密に抵触します？」

「いや……」

シメオン様はしばらく黙っていたが、やがて諦《あきら》めて顔を戻した。

「別に極秘というわけではありませんが、むやみに言いふらしてよい話でもない。混乱のもとですから、この場かぎりですよ」

「はいっ」

「……ネタにするのもなしですよ」

力強く返事をしたら、なぜかかえって不安そうに念押しされた。わかりましたよ。絶対内緒にします。残念だけど。

くり返し約束すると、ようやくシメオン様は説明してくださった。

「少し気になる報告が上がってきたのですよ。最近シュルクが警戒を強めていると」

「警戒とは、なにに？」

「われわれに対してですよ。もともと南はこちらに反発しています。植民地政策のせいでね」

植民地という言葉を聞くと複雑な気持ちになってしまう。とある事件以来、無関心ではいられなくなった話だ。

「……植民地の人たちからは、さぞ嫌われているのでしょうね。はっきり言って侵略者なわけですから」

「現地にもいろんな事情や思惑があり、単純に語れる話ではありません。ですが、喜んで支配を受け入れる者は少数派でしょうね。ガンディアから手を引いたのもシュルクとの衝突を避けるためです。すぐ隣の国ということで危機感を持っていたシュルクは、ガンディアの独立運動を全面的に支援しました。これとまともに戦って大きな損害を出すよりも、独立を認めた上で関係を続けた方がよいと判断されたそうです」

「それなのに、まだ警戒されているのですか」

「他《ほか》の植民地からは撤退していないし、ガンディアにも影響を残していますからね。軍を駐屯させたままで安心しろと言っても無理でしょう」

「そうですね……」

弟のアドリアン様も以前はガンディアに赴任していた。現地で活動するラグランジュ人を保護するためというのが名目だけど、多分それだけではないのだろうな。

「またラグランジュが攻めてくると思われているのですか」

「かもしれない、という不安ですね」

「本当のところはどうなのです？　そういう計画が？」

「気になるのはわかりますが、そうなんでもかんでも話せませんよ」

わたしの好奇心に、シメオン様はチクリと釘《くぎ》を刺した。首をすくめるとまた軽く笑われる。

「今現在はない、とだけ言っておきます。しかしシュルク側はそう思えない。ラグランジュやイーズデイルの動きを常に警戒しています。スラヴィアの南下政策も重なってよけいに……」

「え、待ってください。なぜここでスラヴィアが？」

また新たな国名が出てきて混乱した。北の帝国が今の話にどう関係するのだろう。

「スラヴィアも植民地を持っているのですか？」

「帝国とはそういうものですよ。支配下に置いた国から利益を得ています。主権のおよぶ範囲として軍事的な主張もできる。西側諸国の植民地政策も帝国主義であり、やっていることは変わりません」

……え、えーと、うーんと。

帝国の一部になっている国々は、スラヴィアの植民地とも言える、わけ？　ラグランジュは帝国を名乗っていないけれど、やっていることは同じようなもの、と。

経済面だけでなく軍事にも関係する……自国の領土と考えればそうなるわよね。飛び地だけど。

「そ、それで、スラヴィアの、なんですって？」

「南下政策。南へ侵攻していったのです。不凍港を得るために」

「不凍港……港……」

わたしの反応を見て、書くものはないかとシメオン様がさがした。椅子《いす》にかけたままになっている服のポケットに手帳とペンがあるはずだ。教えると取ってきてくださった。

白紙のページに簡単な地図を描いて説明してくださる。

「このとおり、スラヴィアは大陸の北に広がっています」

「はい……本当に広大な国ですね」

「もとからこの大きさではなく、たくさんの国や民族を呑《の》み込んだ結果ですよ。勢力を拡大することで資源や農業生産力は手に入れた。しかし交易には海路が必要です。スラヴィアが海に面しているのは北側のみで、極寒の地です。冬でも凍らない、便利な海路がほしかった」

「それで南へ」

「そう。西側の植民地政策に、スラヴィアの南下政策。シュルクが警戒せずにいられない理由がわかるでしょう?」

シメオン様は地図にいくつも矢印を描き込む。矢の先は南へ集まっている。

「あっちからもこっちからも狙われて……悪者はわたしたちの方なのですね」

シメオン様たちが動きを気にしている国と聞いて、なんとなく悪い敵みたいに感じていた。でも違う。シュルクやその周辺国は、むしろ被害者だ。

わたしたちの方が加害者で……。

「物語のように善悪で分かれているわけではありませんし、もっと昔にはシュルクこそが一大帝国として西側にも侵攻していました。その時代の国力によって情勢が変わるわけで……複雑な話になりますからこのくらいにしましょう。とにかく、シュルクはもともと北と西を警戒しています。それが最近特に強くなったという話です」

ぐるりと回って出発地点に戻った。ややこしい事情をいったん置いて、わたしもそこだけに意識を戻す。国同士の関係って、周りのいろんな国々も影響し合っているのね。ちゃんと勉強しないと完全な理解は無理だ。

「強くなった理由は？」

「いろいろ考えられますが、ラグランジュとスラヴィアが近づいたというのが大きいでしょうね」

「近づいています？　……いるかしら」

疑問を抱きかけて、心当たりを思い出した。

そういえば、それらしい話がありましたね。

「アンナ様とレオニート公の婚約ですか」

春の早い頃《ころ》、国王陛下の姪《めい》姫がスラヴィアの皇族と婚約された。レオニート公が国内の対立勢力に勝つため、ラグランジュが支援するという約束を交わしたのだ。

ある程度結果が出てからの結婚になるため、アンナ様はまだ国内にいらっしゃる。状況しだいでは白紙に戻される話だけど、一応婚約じたいは公表されていた。

「北と西が手を組んだら、シュルクにとっては最悪ということですか」

「そう。警戒するのは理解できますが、それで妙な方向に走られても困る。なのでこちらも警戒しているのです」

「妙な方向というと、逆に戦争をしかけてくるとか？」

シメオン様は少し言葉を切って考えた。

「それは、ないとは思いますが……」

「断言はできない？」

「戦争はさまざまな要因が引き起こすものですから。なのでシュルクだけでなく、他の国の動きにも目を配り……と、疑心暗鬼に陥るのも滑稽《こっけい》な話ですがね」

自嘲《じちょう》のまじる笑いをシメオン様はこぼした。どちらも戦いたくないのに警戒し合って、かえって戦争に進みかねない。なんて、本当に馬鹿《ばか》馬鹿しい。もっと素直に仲よくしましょうって言えたらよいのにね。できないのかなあ。

納得しかけたわたしは、ふと首をひねった。

「で、結局それが今回の旅にどう関係して？」

話がどんどん難しくややこしくなって忘れかけていたが、わたしが聞いていたのはナイジェル卿の同行理由だ。シュルクと警戒し合って、どうしてこうなるのだろう。

「フィッセルのこともシュルクは警戒して？」

「この百年ほどの間にフィッセルはほとんどの植民地を失い、シュルクに脅威を与える存在ではなくなっています。彼らが直接関わることはないでしょう。ただ、万一テロが起きた場合、巻き込んでしまってはいけない。そういう警戒はしています」

「ああ……」

「シュルクの件がなくても、こういう時にテロを警戒するのは当たり前ですがね」

うんうんとわたしはうなずいた。基本中の基本ですね。

「くり返しますが、今現在シュルクとなにかもめているわけではありません。もめないよう、対話も検討されています。ナイジェル卿も単に心配しているだけのようですよ」

「それで同行を？」

「念のためという程度でしょう。見物の口実という方が大きそうです」

そう言ってシメオン様は話を締めくくった。たしかにナイジェル卿はそういう人だけど、今回はお母様の故国が関わっているからよけい気になっているのではないかしら。無責任に面白がっているだけではないと思う。

難しい話をたくさん聞いて頭がパンパンだ。とりあえず、今気をつけるべきなのはテロ……って、そんなのシュルク問題がなくても同じよね。テラザントにだって併合に不満を持つ人たちがまだいるし、結局すべきことはいつもと同じかな。

「ミラ殿下の要望につき合っていらしたのは、警備に都合がよかったからですね？」

「……ええ、まあ」

「ではこの先も、王女様のおそばについていらした方がよろしいでしょう。彼女の真意は不明ですが、方針は一致していると言えますよね」

シメオン様はとても複雑そうにわたしを見下ろした。なんですか、おかしなことを言いました？

「妻から浮気をすすめられるとは……」

「浮気なんてすすめていません」

わたしも半眼になる。

「お芝居でしょう。あちらもそのおつもりみたいですし」

「芝居でも夫が他の女性と親しげにするのを、あなたは平気で見ていられるのですか」

「だって、しかたないし」

シメオン様が目に見えて不機嫌になり、ぷいとそっぽを向いた。ここで拗《す》ねるべきはわたしの方では？　拗ねませんけどね。でもあべこべでしょう。

「なにがお気障りですの」

わたしは両手でシメオン様の頬を挟み、こちらに向き直らせた。

「わたしが狙われたのも、シメオン様を王女様から引き離すためでしょう」

「可能性の一つです。そうと決まったわけではありません」

シメオン様はわたしの手をつかみ、逆にのしかかってきた。押されてわたしは背中から倒れ込む。巻きつけていた布団がほどけ、下着だけの姿がさらされた。

え、今そんなことしてよいのですか。

美しい顔が至近距離からわたしを責める。

「最初から、あなたはまるで気にしない顔をしていた。怒らせるか、泣かせてしまうかと気にしていたのは私だけで、あなたにとっては『萌《も》え』の一つにすぎないのですか。私がどうしようとかまわないと……」

「萌えていません。なにか裏がありそうだなと思っていただけです。それとシメオン様のことを信頼していますから」

「だからといって、ああも平然としていられるものなのですか」

んもー。

完全に拗ねてしまっている。面ど……いえ、困った人だなあ。

わたしの態度はまずかったのだろうか。シメオン様は悪くないと考えていただけなのに。

「夫を信じて文句を言われるとは思いませんでした」

「私だってあなたを信じている。ですが逆の立場なら、冷静に見ていられる自信はありません」

水色の瞳《ひとみ》が子供のように感情をぶつけてくる。拗ねて、腹を立てて、そしてすがってくるまなざしだ。わたしが彼をそうさせているの？

なにがいけないのだろう。お母様もよく言っていたのに。

「シメオン様はあのとおりのお方だから、近づいてくる女性は多いでしょう。でもいちいち悋気《りんき》を見せて騒いではだめよ。嫉妬深い妻は夫をうんざりさせて、かえって心が離れてしまうから。多少浮つくことがあったとしても、あなたをないがしろにされないかぎり、ドンとかまえていなさいね」

――って。

シメオン様が本当に浮気しちゃったら悲しいと思う。きっとわたしは我慢するけど、心は傷つかずにいられないだろう。

でもそんな人ではなかった。とにかく真面目《まじめ》で誠実で、わたしにかぎらず誰のことも裏切らない。彼以上に信頼できる人なんて思いつかないくらいよ。

お手紙でも信じてほしいと書いていらしたし、ならば信じようと思ったのよ。あなたの願いどおりにふるまっていたはずでしょう？

なのに拗ねてしまうって、どういうことなの。

わたしはため息をついた。なんだか理不尽な気がするけど、しかたない。

「まったくなにも気にならなかったわけではありません。シメオン様と王女様が踊っている姿があまりにお似合いすぎて、その……モヤモヤしました！」

「………………」

「シメオン様が楽しそうには見えなかったし、全然怒ってなんかいませんが、ちょっと見ていたくないなという気分になって……怒ってはいませんよ。いませんけど、置いていかれたような、近寄れないような、なんとも言えない気分で……」

やだもう、口に出すとはずかしい。

事情があるらしいとわかっていた。言っても困らせるだけだから、一時のざわつきなんて自分の胸に収めておこうと思った。

でもそれがシメオン様を悩ませたなら、言った方がよかったのかしら……難しいなあ。

シメオン様が力を抜いて、わたしのすぐそばに顔を突っ伏した。大きな身体がずしりと重なってくる。つぶされそうなんですけど。

「ご満足？」

重さに耐えながら、わたしは金色の頭を抱くようになでた。

「……喜ぶ話ではない……あなたにいやな思いをさせたと聞いて、喜んでしまってはいけない……」

顔を伏せたまま彼はうめく。

「わざと悩ませて愛情をたしかめるなど、ろくでもない男のすることだ……」

「そうですね」

「そんなつもりではなかった……しかし、そういう行動なのか、これは」

こんな時にも彼はくそ真面目に悩む。わたしを抱きしめ、少し身体を浮かせてくれた。

「わざとではありません。本当に。ですが……すみません……正直、うれしい」

もうこらえきれず、わたしは噴き出してしまった。そこまで真面目に言いますか。一周回って馬鹿でしょう！

彼の下でケラケラ笑い、ようやく上げられた顔をふたたび見る。白い頬が染まっていた。多分わたしも同様だ。少し熱くて、くすぐったい。

険をなくした瞳が近づき、長いまつげが伏せられる。わたしも目を閉じてぬくもりを受け止めた。すぐに離れた彼が眼鏡をはずし、わたしからも抜き取る。もう一度ふれてきたぬくもりは、今度は深く長く重ねられた。

何度も口づけをくり返し、互いの身体を抱きしめ合う。彼の唇は頬や耳元、まぶたにうなじにも降り注ぐ。

与えられるときめきに陶然と酔いしれて、わたしも広い背中をなでる。より深く、より激しく求め合い……。

「――ではなくて！」

やにわにシメオン様が身を起こした。勢いあまってわたしを突き飛ばす形になり、あわててまた手を添える。でももう抱きしめてはくださらなかった。

「い、いけない、今は……すみません、これ以上は」

あたふた謝る彼に、また笑いそうな気分がこみ上げる。ちょっぴり残念にも思うけど、これでこそシメオン様よね。

「いいのかなーと思っていました。やっぱりいけませんよね」

「はい……すみません」

いつも凛々《りり》しい美貌《びぼう》から強さも厳しさも消え失《う》せ、とてもはずかしそうに、なさけなそうに何度も謝る。そんな旦那《だんな》様が可愛《かわい》くて、わたしもここまでなのが残念だった。

ともあれ、ごきげんは直ったようで一安心だ。嫉妬《しっと》深いのはだめだけど、あまりに平然としすぎるのも問題ということなのかな。

結婚して一年すぎて、なのにまだ新しい発見がある。夫婦として成長していくために、時にはヤキモチも必要なのかもね。

9

移動中の執筆は無理がすぎたと思い知ったわたしは、次の日から作戦を変更した。

馬車の中ではひたすら寝る。することもなく到着を待つだけなら、睡眠時間にあてればよいのよ。

殿下だって時々居眠りされている。わたしはもっとがっつり、可能なかぎり寝まくった。

「ナイジェル殿、こやつとかわってやってくれ。男の前でよくもグーグーと」

すぐに殿下が言い出され、途中でイーズデイルの馬車に乗り換えた。同乗者はエヴァさんだけの女同士だ。おかげでいっそう遠慮なく、身体《からだ》を倒して眠らせていただいた。

そうして宿泊地に着いたら徹夜で執筆する。揺れないし周りは静かだし、なかなかはかどって作戦大成功である。

渋いお顔をしながらも、シメオン様は好きにさせてくださった。

「まあ、ウロチョロするよりは安心していられるからな」

「はい……」

と、殿下と話していたのは聞かなかったことにする。

基本引きこもりだからフィッセル勢ともほとんど接触がなく、初日のような問題は起こらなかった。

今さらもめてもしかたないと話し合った結果、ミラ王女に真意を問うこともなく、シメオン様は割り切って護衛に徹していた。

テロはもちろん、小さなトラブルも起きず順調に旅路を進み、サン＝テールを出発してから四日目、まだ明るいうちにわたしたちはテラザントに到着した。

欠伸《あくび》しながら馬車を降りたわたしは、目の前に広がる景色に小さく歓声を漏らした。たちまち眠気が吹っ飛び、ワクワクがこみ上げる。

「海の見えるお城！」

そこは小さな島だった。こんもりと盛り上がる山の斜面に建物が張りつき、頂上には大きな城館が立っている。わたしたちが今いるのは、その城館の前庭だった。

本土からとても近く、人工的に造られたとわかる細い道でつながっていた。馬車はそこを走ってきたのだろう。眠りこけていたのが残念だ。これは到着までの眺めをちゃんと楽しむべきだった。

ただ景観は今ひとつだ。干潮の時に来たらしく、島の周りには殺風景な灰色の地面が広がっていた。潮が満ちれば道ごと波の下に沈むのだろう。その時島は本土と切り離され、海の中に浮かぶ城となる。

有名な場所なので簡単な情報は頭に入っていた。この城館は五百年以上昔に要塞《ようさい》として建てられ、のちに修道院になったものだ。さらに現代ではホテルになっている。民間企業ではなく自治体が運営するホテルだ。改築をくり返してはじめの姿は残っていないが、修道院時代の趣は残されていて、多くの旅行者が訪れる観光地になっていた。条件が整うと海面が鏡のようになり、島と城を映して素晴らしく美しい光景になるそうだ。

滞在中に見られるとよいな。でもお天気はあまりよくないような。風があって、波も高い。そのせいなのか北の特徴なのか、南の海より暗めの色彩に思えた。

「もう一つのお城は?」

わたしはあるべきものをさがして視線をめぐらせた。近くにもう一つ島があり、そこにもお城があるはずだ。それらしいものが見当たらないなと思っているとナイジェル卿がやってきた。

「ホテルの裏側だから、ここからは見えないよ。あとでゆっくり見ればいい。明日《あす》には見学に行くんだし」

まず中へ入って、いったん休憩だとうながされる。セヴラン殿下やミラ王女も馬車を降りて、ホテルの玄関へ向かっていた。

ここが王女様の最後の宿泊地だ。知事など地元の人たちに挨拶《あいさつ》し、明日隣の島の史跡を見学したのち、国境を越えられる。ご一緒するのもあとわずかだった。

あの事故のあと話をする機会がなく、旅の間もほとんど顔を合わせなかったから、なんだか疎遠なままだ。できればお別れ前にゆっくり話したいけど、応じてくださるかな。マイヤーさんがいやがるかしら。

今夜は執筆を休もうと思いながら、わたしは彼女たちの後ろを歩いた。王女様のそばにつき従うシメオン様が、一瞬だけこちらに視線を向けて確認する。わたしがちゃんと目を覚まして歩いているのを見て、またすぐ前に向き直った。

「マリエル夫人、ご気分は大丈夫ですか」

シメオン様のかわりにアランさんが気遣ってくださる。初日に盛大に車酔いしたので、近衛《このえ》の皆さんが心配してくれていた。

「ありがとうございます、たっぷり寝たので大丈夫です」

答えると、彼も他《ほか》の人たちも微妙な顔で笑う。ナイジェル卿が振り返って軽くたしなめてきた。

「寝たといっても揺られる馬車の中で、不自由な体勢ではまともな睡眠になっていないよ。今夜はちゃんと寝なさい。続けていたら身体をこわす」

「はぁい……まあ、そのつもりでしたわ。ミラ殿下とお話もしとうございますし」

「お、いよいよ女の戦いかな」

「楽しそうですね。イーズデイルの令嬢たちが戦われた時もそのように？」

「いや、楽しんでいたわけでは……ごめんなさい」

わたしの冷たい視線と、エヴァさんからもジロリとにらまれ、ナイジェル卿はおとなしく謝った。

ミラ王女はセヴラン殿下と話しながら歩いていらっしゃる。シメオン様はそばを歩くだけで腕を貸していているわけでもない。初日に少しもめたせいか、もう王女様が露骨に迫ってくることはなかった。

でも並んで歩いているだけで特別な空間に見える。とびきりの美男二人に囲まれた、これまたとびきりの美女。キラキラとまぶしい。

まぶしくて当然なのよね。王子様と王女様、そして名門伯爵家の嫡男。かつてのわたしなら近寄ることもできなかった、雲の上の人たちだもの。

もう見慣れたと思っていたシメオン様やセヴラン殿下を、こうして少し引いて眺めると、やはりわたしとは別格だと感じさせられた。高貴な方々らしく警護に囲まれ、うやうやしく迎えられている。あそこにわたしがまざる方がおかしいのよね。

推しは遠くにありて想《おも》うもの。とはいえ、ちょっぴり疎外感。なんだかはじき出されてしまったように感じる……なんて、わたしもずいぶんあつかましくなったものだ。

もちろんシメオン様がわたしを疎外するはずはなく、今はお仕事中だとわかっている。わたしは変な気分を振り払い、目立たないようしずしずと歩いた。

ホテルからも迎えの人たちが外へ出てきていた。両国の王太子が宿泊するので今日は貸し切りだ。一般のお客さんは入っていない。

そのはずなのに、真っ先に声をかけてきたのは、従業員ではなさそうな人物だった。

「やあミラ、長旅お疲れ様」

「ヒルベルト⁉」

地元の職員だろうかと思ったら、親しげに王女様を呼ぶ。王女様の方も彼を知っているようで驚いた顔になった。

ヒルベルト様……？　王女様を気安く呼び捨てにできるとは、どういう方なのだろう。フィッセルの王族なのかな。

金茶の髪に明るい色の瞳をした、ミラ王女と同年代の男性だった。多分シメオン様より年下だろう。貴公子らしくすらりと細身で、顔立ちも甘く整っている。品よくおしゃれな服を着ている姿がまるでお人形のようだ。幼い女の子が「王子様」を想像したら、きっとこういう感じになるだろう。

これまたキラキラした人物の登場だったが、ミラ王女は顔をこわばらせて彼をにらんだ。

「なぜあなたがここにいるの」

「もちろん、君を迎えにきたに決まっているだろう」

「そんな予定は聞いていないわ。頼んだ覚えもない」

きげんがよさそうなヒルベルト様に対し、ミラ王女はいきなり険悪だ。ますます関係が気になった。

弟……ではないわよね。フィッセルの王子様はヒルベルトというお名前ではなかったし、まだ十二、三歳のはずだ。

「勝手になにをしているの。ラグランジュの方たちもいらっしゃるのに、予定を無視して……」

「あなたがセヴラン王太子殿下でいらっしゃいますか。遠路お疲れ様にございます」

ミラ王女の言葉をろくに聞かず、ヒルベルト様はセヴラン殿下に挨拶した。

「どうも。あなたは？」

「はじめまして、ヒルベルト・ヨーゼフ・アルヤン・ファン・カスタニエと申します。ミラ王女の従兄《いとこ》です」

殿下の問いに長い名乗りが返される。やはり王族だった。

従兄かあ。そういえば、国王様にはご兄弟《きょうだい》が何人かいらっしゃると聞いたような。同じ家名を名乗っているということは、弟君のご子息かな。

ちなみにファン・レール大使は王族ではない。地名由来の家名にファンがつくだけで、一般人でもファンの名前を持つ人は多い。

「お初にお目にかかります。セヴラン・ユーグ・ド・ラグランジュです」

予定外の人物に出迎えられて少し不思議そうな顔をしながらも、セヴラン殿下は挨拶を返した。

「連絡もなしに失礼いたしました。王女がそちらにずいぶんご迷惑をおかけしていると聞き、あわてて飛び出してきたのです。誠におはずかしい話で、身内としてお詫《わ》び申し上げます」

ヒルベルト様はずばりと言う。ミラ王女の反応を窺《うかが》えば、彼女はもう動揺を隠していた。笑顔が消えて冷やかな無表情になっている。文句を言わないのは、人前で騒ぐまいとこらえているのだろうか。

「それはどうも。迷惑というほどでもありませんが」

「いや、どうぞお気遣いなく。仔細《しさい》は聞いております。まったく、国賓として迎えていただいたのにありえないふるまいで、ラグランジュに対し無礼きわまりないと身の縮む思いです。国元では皆驚き、問題視しております。それで私が代表してやってまいりました。ご一緒するのは明日までですが、これ以上のご迷惑がないようしっかり監督するとお約束いたします」

得々と語られる言葉に、セヴラン殿下はいささか鼻白むごようすだった。わたしも驚いた。まるでミラ王女の保護者みたいなお口ぶりだけど、従兄なのよね？　年上だからって、王太子殿下のことをそんなふうに言ってよいのかしら。

彼女のふるまい……つまりシメオン様に言い寄っているという話か。ずいぶん早く伝わったものだ。噂《うわさ》ではなく、誰《だれ》かが急ぎ知らせたとしか思えない。

王女様の侍女たちを見れば、きれいに反応が分かれていた。ヒルベルト様へ腹立たしそうな目を向ける人もいれば、逆に王女様へ冷たい目を向ける人もいる。全員が王女様の味方というわけではないようだ。もしかして後者がヒルベルト様に知らせたのかな。

ヒルベルト様はちらりとシメオン様を見た。あらかじめ特徴を聞いていたのか、あるいは勘で察したのか、かすかな不快感が顔に浮かんだ。

すぐ後ろにいるわたしへはまったく意識を向けられない。ナイジェル卿のことは一瞬見たのに、その隣のわたしは視界に入らないようだった。

うむ、われながら見事な空気っぷりだ。おかげで堂々と彼を観察していられる。

「まあ話は中でいたしましょう。まずは一服してお身体をやすめてください」

まるで客を迎える主のように、わが物顔でヒルベルト様は取り仕切る。セヴラン殿下が白けた気分になられたのを感じたが、なにもおっしゃらず誘われるままホテルへ入られた。

ようやく支配人や地元の役人たちが進み出て、歓迎の言葉を告げてくる。彼らの顔にも疑問が浮かんでいた。いきなりやってきた部外者が予定を無視して割り込んだのだから、さぞかし面食らったことだろう。追い払うわけにもいかない相手で困っただろうな。

「中佐、お願いします」

ミラ王女が笑顔に戻り、シメオン様に声をかけた。アレの復活だ。上げられた繊手《せんしゅ》の意味を察し、シメオン様が腕を貸す。彼にエスコートさせてミラ王女は歩いた。

「ミラ、もうそういう真似《まね》はやめなさい」

ヒルベルト様が叱《しか》るのを、王女様はきっぱりと無視している。知らん顔で彼の前を通りすぎた。

なるほど。うん。はいはい。

見ていてはっきり感じてしまった。ミラ王女はヒルベルト様のことを、多分とても嫌っていらっしゃる。

身内だから遠慮なく反抗的になるとか、好きな人に素直になれないとか、そんな雰囲気ではない。態度と表情は取りつくろっても、冷たい空気が漂っていた。

シメオン様を呼んだのはわざとよね。ヒルベルト様に見せつけるため、わざとエスコートさせたのだわ。

当然シメオン様も気づいただろう。で、断らずにつき合っているということは、なにか少しくらい事情を説明されたのかな。

ヒルベルト様の顔がさきほどよりはっきり怒ったが、彼もここで見苦しく騒ぐまいとこらえたようだ。止めるのを諦《あきら》め、黙って案内とともに歩いた。

「ナイジェル様……あれは……」

エヴァさんがそっと言いかけたのへ、ナイジェル卿は指を立てて「しー」と止める。

「われわれは口出しできないよ。見守ろう」

「……はい」

ナイジェル卿はわたしとも目を合わせ、意味ありげに眉《まゆ》を上げる。わたしは小さく肩をすくめて返しておいた。エヴァさんには笑いかけて王女様たちのあとに続く。

そこからは普通に知事さんと挨拶して予定の確認が行われた。今夜はホテルでゆっくりし、明日午前中に史跡の見学をして、午後にお別れになる。国境はすぐ近くだ。

それぞれの部屋に通され、晩餐《ばんさん》までは休憩時間になった。一時的に解散し、シメオン様は部下たちと警備の打ち合わせに入る。

外から見ると古さを残した建物だけど、中はきれいに改装されていた。照明も壁紙も建具も、全部新しいものだ。床は板張りで、ワックスを使いピカピカに磨かれている。

わたしは荷物を置くと、バルコニーへ出た。

正面に島とお城が見えている。こちらのホテルよりもいっそう古い、飾り気のないお城だった。見張りの塔が一つあるきりで、あとは四角い建物だ。まっすぐにそそり立つ壁に、小さな窓がぽつぽつとあるくらい。侵入や攻撃を防ぐための要塞らしい外観……に思えるけれど、あれはのちの時代に改築されたものなのよね。外からではなく、中からの脱走を防ぐ目的だろう。

他にはほとんど建物がなく、岩山の上にポツンとお城だけ載っている感じだった。こちらの島と今は陸続きになっているが、満潮時にも渡れるよう橋がかけられている。馬車で通るには狭そうだ。さほど遠くもないから、散歩がてらのんびり景観を楽しむものなのだろう。

移動中ずっと寝ていたので元気が残っている。部屋でじっとしているのがつまらなかった。時間があるなら原稿を進めるべきだけど、そういう気分でもない。わたしは外へ出ることにした。

廊下に出て並びの部屋へ目を向ける。少し離れたところにミラ王女の部屋がある。フィッセルの護衛兵が扉の前に立っていた。

下世話で申し訳ないが、あの扉の向こうでなにが行われているか気になった。ヒルベルト様と話しているのかな。

でも見張りがいてはこっそりようすを窺うこともできない。諦めて会釈しながら通りすぎた。

廊下の端まで行くと階段があり、そこにも立つ警備兵に会釈して地上階へ戻る。ホテルの人に教えてもらい、わたしは裏庭へ向かった。

芝生《しばふ》と花壇の庭園、というものはなく、どちらかと言うと殺風景だった。建物の周りにだけ敷石があり、あとはただの空き地っぽい。雑草は始末され、端には低い柵《さく》もあり、管理はされているとわかる。でも見て楽しめる庭ではない。潮風に負けない丈夫な木があるだけで、面積も狭かった。

かつては修道士たちが、俗世と離れて厳しい暮らしをしていたのよね。美しい庭園なんて造らないか。

わたしは柵のそばへ行き、あらためて隣の島を眺めた。海からの湿った風に髪がなぶられる。

橋の高さや植物のなくなる場所を見るに、満潮時の海はそうとう深くなるようだ。今は遠くへ下がっている波が、ここまで押し寄せてきて全部沈めてしまう。不思議だな。そもそもどうして海には満潮と干潮があるのだろう。

「マリエル！」

好奇心で下を覗《のぞ》き込んでいたら、後ろから呼ばれてびっくりした。シメオン様がこちらへ駆けてくる。

「なにをしているのです」

「別になにも。お散歩です」

そばへやってきたシメオン様は、少し顔をしかめてわたしを叱った。

「狙《ねら》われているのを忘れたのですか。一人で出歩くのではありません」

……ああ、そんなこともありましたね。

「忘れていましたね？」

「いえまさか」

オホホと笑ってもごまかせず、コツリと頭を小突かれた。

「だってあれからなにも起きませんし、こんなところまで追いかけてもこないでしょう」

「わかりませんよ。何者がなんの目的でやっているのか不明なのですから、油断するのではありません。それに端へ寄りすぎるのはあぶない。転げ落ちたらかすり傷では済みませんよ」

「はぁい」

ここで襲われる心配はないと思うけどなあ。だって、そこかしこに警備がいるもの。建物の方へ目を戻せば、近衛とフィッセル兵が出入り口を警備し、見回りもしていた。彼らは休む暇もない。お疲れ様です。

お説教しつつも今すぐ連れ戻そうとはされないので、わたしはもう少し庭を歩かせてもらった。現金なもので、着いた時のモヤモヤが晴れていく。こうしてシメオン様がわたしを追いかけてきて、いつもどおり心配してくれるのがうれしい。疎外感なんて錯覚だと安心させてくださる。

「ねえシメオン様、どうして海には潮の満ち引きがあるのでしょう。理由をご存じですか？」

「満ち引き……あいにく詳しくは。月が関係しているそうですが」

「お月様が？　どうして？」

「理由までは知らないのですが、新月と満月の頃《ころ》は大潮といって、特に干満の差が大きくなるそうです。反対に半月の頃はもっとも差が小さいと。だから月に影響されているのは間違いないようですね」

ほほうとわたしは空を見上げた。日暮れまでもう少し時間があり、流れる雲の合間に青空が見えている。

「たしか昨夜……というか今朝《けさ》？　お月様がまん丸でしたね」

徹夜していたので知っている。太陽が昇るより少し前の時刻、妙に明るいと気づいて窓を見たら、煌々《こうこう》と月が輝いていたのだ。

広い広い大海原《うなばら》が、空に浮かぶ小さな月にどうして影響されるのだろう。不思議不思議。物語の怪物も満月の夜に変身するし、月には神秘が満ちている。あ、なにか浮かんできそう。

「そうか、ちょうど大潮にあたるのか……といって、普段の海を見ているわけではありませんから、われわれに違いはわかりませんね」

干潮と満潮は一日に二回ずつある。早ければあと数時間で潮が満ちてくる。地元の人には普段より潮位が高いとわかるのだろう。

「普通でもけっこう差がありそうですよね。今見えているあのあたりも、全部沈んでしまうのでしょう？」

「ええ、ここは干満の差が大きいことで知られています。ちなみに潮の流れが速いそうですから、間違っても海に入ろうとは考えないように。波にさらわれたら戻ってこられませんよ。それ以前に、泳げませんでしたよね」

「はぁーい、気をつけまーす」

月が輝く大潮の夜に、波にさらわれてしまう姫君……海の底の宮殿に連れていかれた彼女を王子様が助けにいくとか、面白いかも。でも水の中では息ができないから溺《おぼ》れてしまうわよね。姫君の方は魔物、いや海王？　の、不思議な力で守られているからよいとして、王子様は……魔女の力を借りるとか？　そうしてお姫様は陸に戻れたのだけど、魔女との約束で今度は王子様が囚《とら》われてしまう。魔法で姿を変えられた彼を、お姫様は見つけ出さなければいけない。期限は月が残っているうちに。新月になる前に……。

短編で書けるかな？　長くなりそうな。とにかく忘れてしまわないよう書いておこう。

せっせと手帳に覚え書きするわたしを、シメオン様は優しく見守ってくれていた。王子様のモデルはあなたですよ。セヴラン殿下は単行本の方で書いているからよいわよね。脇役《わきやく》というのは嘘《うそ》で、ちゃんとヒーローです。

手帳を戻してふと顔を上げると、三階のバルコニーに人の姿があった。

ミラ王女だ。

彼女も隣の島を見ているようだった。わたしたちに気づいていないのか、こちらは見ない。彼女の近くにヒルベルト様はいないようだった。

「……王女様と、なにか話はなさいました？」

わたしの視線を追ってシメオン様も気づく。特に表情を変えない彼にわたしは尋ねた。距離があるから小声で話せば聞こえないだろう。

「ご事情を伺えたのでしょうか」

「いえ、詳しいことはなにも」

シメオン様はかぶりを振ってわたしに目を戻した。やはり小声で答える。

「あなたが聞いたこととほぼ同様です。今だけ黙ってつき合ってほしいと。それ以上の迷惑はかけないと謝られました」

「そうですか……」

わたしは腕を組んで考えた。

「ヒルベルト様とのご関係がね。もっとこう、恋愛的な雰囲気があれば、彼に見せつけるためかしら、なんて思えたのですけど」

「見せつける意図はあるようですね。嫉妬《しっと》を煽《あお》るためではなく、彼を遠ざけるためと感じました」

「そう、そうなのです。お二人は多分仲よしではありませんよね。王女様はヒルベルト様を嫌っておいでのようですし、ヒルベルト様の方も好きな人に接しているふうには見えませんでした」

ほんの少し見ただけだから、わかったことは少ない。でも多分ヒルベルト様の方にも恋心はないと感じていた。

「監督するために迎えにきたというのが、非常に僭越《せんえつ》というか、なんというか……えらそうな？」

「愛する人のことを話しているようには見えませんでしたね」

わたしが感じた印象を、シメオン様も支持される。

「わたしだってあんなふうに言われるのはいやですわ。女はいくつになっても一人前とみなされず軽視されがちですけど、愛情があればもっと尊重されますでしょう？　人前でわざと貶《おとし》めるような言い方をして、愛情なんて微塵《みじん》も感じられません。まして王女様にはお立場がありますのに。国の威信にも関わりますのに」

シメオン様がわたしを叱る時は、なによりもわたしを案じるためと感じさせてくださる。うるさいし面倒な時もあるけど、わたしのための注意ばかりだ。ヒルベルト様の言葉はそうでなく、ミラ王女をけなして自分が上に立つための言い方に聞こえた。

そこに鍵《かぎ》があるのかも？　さっぱりつかめなかった王女様の真意が、なんとなく見えてきたような気がする。

「はじめこそ驚かれていたけど、すぐに落ち着いて、でもヒルベルト様をしりぞけようとはなさらなかった……王太子として、使節団の長として命じることはできたはず。勝手な行動を叱責《しっせき》できたはずなのに、そうしなかったということは……受け入れた？　嫌いなのにどうして……」

わたしは一人でブツブツ言いながら考える。

「見せつける……ヒルベルト様に見せつけるのが、もともとの目的だったとしたら？　噂が彼のもとに届いて……あ、そうか」

頭の中に漂っていた情報のかけらがカチリとはまり、はっきりした形になった。

「噂！　わざと噂になるよう仕向けたのでは？　フィッセルにまで話が伝わるように」

「……ああ」

「ラグランジュでは見た人からどんどん話が広がっています。フィッセルに知り合いや親戚がいる人から伝わるかもしれません。なにより随行員が見ています」

「そうですね。慣例を無視した行動など、わざと人前で見せつけるためだったと考えられます。逆に二人きりの時にはそこまで熱烈でもありませんでした」

ほうほうほう。ますます確信が強くなり、握った拳《こぶし》に力が入る。

「じっさい話を聞いてヒルベルト様が飛び出していらしたわけですから、間違いないでしょうね」

「それが目的なら、本国へ知らせたのも王女のしわざでしょう。自然に伝わるのを期待して待つよりも、確実に伝えるべきです。関与していないふりをして、ひそかに手を回したのでしょう」

おおおおお。そうか、そうですよね！

冷たい目をしていた侍女ではなく、味方が彼女に協力して知らせたと。なるほど、そちらでしたか。だからヒルベルト様のことも追い返そうとはしなかったのね。かえって都合がよいと判断したのだわ。王太子という地位にある人らしいはかりごとだ。政治に関わらなくても権謀術数《けんぼうじゅつすう》はたしなみですか。妖精《ようせい》姫がじつはしたたかな女傑だったと思うとときめいてきた。かっこいい。

「そこまでするほどとなると、単にヒルベルト様が嫌いなだけではない、なにか他の理由が――ふぎゃっ」

ひときわ強い風が吹きつけて、わたしの髪を逆立てた。スカートもバタバタと煽られる。わたしは懸命に頭とスカートを押さえた。

「中へ戻りましょう」

シメオン様が風上に立ち、かばってくださる。めちゃくちゃになった髪をなでつけてくださった。

「ますます風が強くなってきましたね」

「ええ、天候が崩れそうです」

わたしとシメオン様は同時に空を見上げた。雲の動きが速い。夏の白に灰色がまじりだしている。

「明日の見学、大丈夫かしら」

「降らないことを祈るしかありませんね」

「降ったら中止？」

「雨の中を歩けないでしょう。橋を渡っている間にずぶ濡《ぬ》れになりますよ」

「えー」

けっこう楽しみにしていたので、中止の可能性が出てきてわたしは口をとがらせた。シメオン様は笑ってわたしの背中を押す。

「そういえば海の見える城がほしいと言っていましたね。こういう場所ですか？　どこかの島を買って建てましょうか」

「さらりと言わないでください。ただのネタですから。おねだりを聞いていただけるなら、王女様をお見送りしたあと、お買い物がしたいです」

「ここにもう一泊しますから時間は取れるでしょう。殿下に許可していただいてつき合います」

「やったー」

わたしはきげんよくシメオン様にくっついて建物に向き直った。

すると思いがけず近くに人が立っていた。背の高い男性だ。濃灰色の髪が風になぶられるのも気にせず、じっと上を見上げている。

メースさんだった。視線は空ではなく建物の上階へ向かっている。なにを見ているのか察してわたしもさきほどのバルコニーを見上げたが、王女様の姿はもうなかった。

メースさんが視線を落とし、わたしたちを見て一礼する。声をかけてくることはなく、そのまま歩きだして離れていった。

遠ざかる背中をわたしはじっと見送った。

「どうかしましたか」

シメオン様が尋ねる。

「いえ……」

別になにもない。ただ、バルコニーを見上げていた彼の表情が少し気になった。普通にしているようで、どこか悲しそうにも見えたのだ。

わたしの思いすごしならよいのだけど。

「今さらですけど、出発前には馬車の点検もされていますよね」

メースさんの向かう先には車庫がある。また点検をしにいくのだろうか。

「むろんです。間違っても事故のないよう、馬車はもちろん馬の蹄鉄《ていてつ》まですべて調べてあります」

「ですよね」

うながされてわたしはまた歩く。出入り口を警備する近衛が敬礼し、シメオン様も答礼して建物に入った。

「ケッセル氏が馬車になにかしないかと気にしているのですか」

「いえ、そういうわけでは」

意外なことを言われて、あわてて否定する。

「メースさん犯人説はなくなったでしょう？　ナイジェル卿の見た人影が犯人ですわ」

「そうと断定されたわけではありませんよ」

すでに結論が出ていると思っていたわたしは、シメオン様の言葉に驚いた。

「シメオン様はメースさんを疑っていらっしゃいますの？」

「可能性の一つとしては考えています。現状、もっとも疑わしいのは彼ですから」

ええ、そんな。

思わず反論しかけたわたしは、人がやってくることに気づいて口を閉じた。

巡回の近衛やホテルの従業員ではない。向かい側から歩いてくるのはマイヤーさんだ。

また気まずい人が……今の話、聞こえちゃったかな。

シメオン様も黙り、急いで表情をとりつくろった。彼にしてはうかつだったわね。あまり足音も立てず静かに歩いてくるから気づかなかったのかしら。

会釈するわたしたちを冷たく一瞥《いちべつ》しただけで、マイヤーさんはなにも言わずに通りすぎていく。よかった、また文句を言われるかと思ったわ。

「わたしを狙ったのであれば王女様を同乗させるはずがありませんし、王女様を狙ったのであればバザー会場での件はないでしょう。メースさんだとは思えませんが」

十分に離れてから、わたしはまたコソコソとささやいた。

「二つの事件が同一犯によるものとも断定できません。仮に同一だとしても、あなたが狙われたと思わせるためバザー会場での事件を起こしたのかもしれない。自身への疑いをそらすために」

「…………」

そうなのだろうか。シメオン様に言われると本当に思えてきて不安になる。

「だって、どうしてメースさんが……王女様と旧知の間柄だって言ってらしたのに」

「人の関係などはたから見ているだけではわかりませんよ。出会ったばかりのわれわれには想像できない理由があるのかもしれない」

……たしかに。

わたしは王女様のことも、メースさんのことも、なにも知らない。わかったような口を利けるはずがなかった。

あの悲しげな顔の理由があるのだろうか。まさか、うらみのようなものが？　あるいは意に反して王女様を害さねばならない、苦しみが……。

疑いたくはないなあ。王女様の無事を確認した時、彼は一瞬泣きそうなほど安堵《あんど》していた。あれが演技だったなんて思いたくない。

部屋までわたしを送り届けたシメオン様は、中へは入らず警備に戻っていった。わたしは窓辺に椅《い》子《す》を持っていって座り、海を眺めながら考えた。

もし、メースさんが犯人だとしたら……。

理由は本人に聞かないとわからないから置くとして、実行は可能よね。馬車に不具合があるからと言ってわたしの馬車に乗るよううながし……大使館の馬車が二台とも不在だったのは、偶然ではなく事前に調べて知っていた？　参事官たちが仕事で使っていたわけで、前日には予定が決まっていただろう。だから計画を思いついて……。

「う――ん……」

可能か不可能かで言えば、一応可能かな。でもなんだか、ものすごく無理やり感がある。

一つ予定が狂えば失敗しそうじゃない。そんなあぶない橋を渡るより、もっと別の機会に……。

「……はっ!?」

大事なことに気づいて、思わず声が出てしまった。メースさんがミラ王女暗殺をたくらむなら、ほかにいくらでも機会があるのでは!?

王女様に近づける秘書官で、彼女の予定を誰よりも把握している。彼ならもっと簡単で確実な殺害計画を立てられるはず。

――ですよねえええぇ!?

当たり前のことを見落としていた。ややこしく考えすぎていたわ。

わたしはどっと息をつき、メースさん犯人説を頭から振り払った。やっぱり違う、この線はなし！

このくらいシメオン様にだってわかっていたでしょうに、なぜあんなことを言ったのかしら。わたしの目を核心からそらすためとか？　やりそうよねー。必要とあらば平然と嘘をつく人だもの。

多分彼はもっといろんな事実や可能性に気づいている。でも確信がないうちは聞かせてもらえない。いつものことだ。

まあうるさく言っていたわりに部屋へ戻れば一人でもよいのだから、さし迫った危険はないのだろう。館内は警備の目が光っているものね。

わたしは気持ちを切り換えて従業員を呼んだ。旅装のまま晩餐には出られないので、身支度の手伝いをお願いする。軽く身を清めて着替えたら、時間もちょうどよい頃合いだろう。

窓の外も薄暗くなってきた。天候が下り気味なせいで、今日は夜が早く訪れそうだ。

10

晩餐《ばんさん》に出席した顔ぶれは、両王太子殿下にテラザントの知事と副知事、ナイジェル卿とわたしと、そしてヒルベルト様だった。

最後の一人は急遽《きゅうきょ》追加よね。知事さんとホテルの間であわてて連絡が行き来したのだろうな。

シメオン様は同席しなかった。王女様が誘っていたが、警備があるからと断っていた。

そのせいなのかどうか、食事の席ではヒルベルト様がたいへんごきげんだった。地元の人たちをさしおいて、この場の主役であるかのように一人でしゃべっている。

「ミラはちゃんと役目をはたせていましたでしょうか？　甘やかされて育ったお姫様ですから、どうにも心配だったのですよ。私が同行すると言ったのに聞き入れず、自分一人で大丈夫だと言い張っておきながらこのざまです。ラグランジュの皆様には本当に申し訳ない」

着いた時同様、遠慮なく王女様をこき下ろしている。いくら身内でも他人のいる席でいかがなものか。どう反応すればよいのかと、知事さんたちが気まずい顔になっていた。

「そのようにおっしゃる必要はない。殿下はちゃんと務めをはたされていたし、わが国の民とも交流してくださって、よい雰囲気でしたよ」

セヴラン殿下は穏やかに答えた。

「身内として心配なさるお気持ちはよくわかります。私にも妹が二人いて、いつまでも世話の焼ける子供のように思っていましたが、どちらももう大人《おとな》です。私が思うよりしっかりしていて、放っておいても自分でなんでもやっている。保護者はもう必要ないと思い知らされるこの頃《ころ》です」

王女様をかばいつつヒルベルト様のことも否定していない。上手《うま》い受け流し方で知事さんたちも同意を示していた。

これで話題が変わっていけばよかったのに、ヒルベルト様はしつこかった。相手に乗る気はないとわかってもまだ話を引っ張った。

「年齢は関係ないでしょう。女性には保護者が必要ですよ」

「……うむ、法律的に必要とされる場面も少なくはありませんが」

「今回のことがよい例ではありませんか。国際交流の場で考えなしなふるまいをして、とんだ恥さらしです。ラグランジュにもご迷惑をおかけしました」

「何度もそのようにおっしゃるが、迷惑などなにもありませんでしたよ。ミラ殿下は立派な王太子でいらした」

「これはしたり」

わざとらしく声を高め、ヒルベルト様はわたしへ目を向けてきた。お会いしてからはじめてですね。

一応存在は認識していらしたのね。

「既婚者に言い寄るなどと、破廉恥《はれんち》きわまりないことをしているのに？」

セヴラン殿下がちらりとわたしに視線を流す。わたしはカトラリーを置き、ワインで口を落ち着けた。

「お話が伝わる間に、ずいぶん大げさに脚色されてしまったようですね。たしかに殿下は夫をお気に召したごようすでしたが、それだけですよ？　問題になるような事態はなにも起きておりません」

ここまでの会話はラグランジュ語で交わされていたが、あえてフィッセル語で話した。この場にわからない人はいないだろう。国境近くの町なのだから、知事さんたちだってできるはず……あ、ナイジェル卿はだめとか言っていたっけ。

まあいいや。雰囲気でなんとなくわかるでしょう、と気にしないことにする。

「なんと、寛大なお言葉だ。まあ見目うるわしい夫を持つと、この手のことは多いのでしょうね」

わたしにも反論されて、ヒルベルト様は面白くなさそうだった。わたしなら一緒に王女様の文句を言うと思っていたのかしら。

「気になってついてきたくせに、見栄を張らなくてもよいでしょう」

ニヤニヤしながらわたしをやり込めようとする。わたしも笑顔でお返しした。

「そうですねえ、王女様の恋は気になりますよね」

ヒルベルト様の顔に朱が差す。彼が言い返すより早く、王女様がぷっと噴き出した。

「ごめんなさい、夫人には悪いけれど、そうなのよ」

それまで黙っていた彼女が、楽しそうに笑いながら参戦してきた。

「あんなに素敵な殿方を見てときめかずにはいられないわ。同じ女として、わかっていただけるかしら」

「はい、よくわかります。ときめきなんて意識するものでなく、胸の奥から勝手にわき出すものですから。止められませんわ」

王女様にはラグランジュ語でお話しする。深い青の瞳《ひとみ》にわたしへの非難はなく、逆に感謝の気配があった。

「ええ、本当に。今回の旅ではたくさんの素敵な男性と出会ったわ。ラビアのリベルト殿下は、それはもう美しい方だったし、セヴラン殿下はこのとおりかっこいいし、ナイジェル卿も独特の魅力をお持ちよね。だけどわたくしは、誰よりもフロベール中佐に惹《ひ》かれてしまったの」

可憐《かれん》な美貌《びぼう》をはにかませながら王女様は語る。まさに恋をした乙女《おとめ》の顔だ。とても演技だとは思えない。本当に好きな人を思い浮かべながら話しているようだった。

「強くて、美しくて、賢くて……って、そんな条件なら他《ほか》の人も同じよね。彼がいちばんすぐれていたからではないわ。誠実な人柄だって、彼だけではないはずよね。でも、誰よりも中佐がいちばんだと感じてしまうの。これはもう、理屈ではないと思う」

「わかります。恋ってそういうものですよね」

わたしも本気でうなずいてしまった。男性陣を放り出して女二人で意気投合する。

「怒らないの？　あなたの旦那《だんな》様のことを、こんなふうに言っているのに」

「殿下ほどのお方に見初《みそ》められるなんて、夫が誇らしゅうございます」

王女様はクスリと笑いをこぼした。

「あなたも素敵な人よ。わかっているの。お二人はとても仲のよいご夫婦で、深く愛し合っている。見ていていやというほどわかってしまうわ。だから諦《あきら》めるしかなかったけれど、せめてお別れするまでの間だけ、ときめきを楽しませてほしいの。一生忘れられない思い出だけを持ち帰るわ」

女優だわ。小説やお芝居のヒロインみたい。

外遊先で出会った人への、かなわなかった想《おも》い。そんな逸話を持つ王族はめずらしくない。単に恋をしたというだけなら別に問題ない。国民は喜んで話題にし、のちのちまで語り継ぐだろう。

やはり、ミラ王女の狙《ねら》いは噂《うわさ》になることだったのだろう。彼女が恋をしたと、フィッセルの人たちに知られればよかったのだ。

「これまでのわたくしの世界は、とても狭かったのだと知ったわ。今回の旅でたくさんのことを学び、素敵な人にも出会えた。世界はこんなにときめきに満ちていたのね」

「いいかげんにしないか、ミラ。またそのようにはしたないことを。みっともないからやめろと言うのに」

苛立《いらだ》った調子でヒルベルト様が口を挟んでくる。それに王女様はツンと返した。

「あら、どこがはしたないのかしら。とても有意義な旅だったと言っているだけなのに」

「他人の夫に横恋慕した話のどこが」

「横恋慕という言い方ではいかがわしく感じますが、単に恋をされたというだけにございましょう？人生を豊かにする経験の一つではございませんか」

わたしも言わせていただく。

「相手が既婚者というのが問題なのですよ」

「思うだけなら自由ではございませんか。別に不貞を働いたわけでなし、そのくらいでとがめられては多くの人が罪人《つみびと》になってしまいます」

「いや、ですから……いちいちフィッセル語で言ってくださらなくてけっこうですよ」

「そちらこそ、どうぞお楽になさってくださいませ。話しやすい方で話していただいて大丈夫にございますよ」

ヒルベルト様はいまいましそうに、小さな舌打ちを漏らした。王女様ほどラグランジュ語がお得意ではないでしょう、という意味がようやく伝わったようだ。

発音がけっこうなまっているのよね。えらそうに王女様を馬鹿《ばか》にしているけど、あなたの方がずっと下手《へた》ではないですかという、ささやかな皮肉でした。

セヴラン殿下が軽く音を立ててカトラリーを置いた。そこまでという合図に、わたしは口を閉じる。

「ラグランジュでの思い出がよきものとなるのでしたら、こちらとしてもたいへんうれしいことです。これかぎりとせず、ぜひ今後も親しいおつき合いを続けたいものです」

「ありがとうございます。わたくしもまったく同じ気持ちですわ。両国がよき友人でいられることを願って」

王女様がグラスを掲げて、セヴラン殿下も合わせる。二度目の乾杯のあとはすぐに違う話題へ流されて、ヒルベルト様ももう噛《か》みつく隙《すき》がなかった。

知事さんたちは終始ドキマギした表情で、満足にごちそうを味わえなかっただろうな。歓迎のため

の席で、礼儀正しくなごやかな会話が交わされると思っていたはずだ。それがまさかこんなと驚かせただろう。彼らもこれを噂にするのかな。

ナイジェル卿は一人悠然と聞き流しながら食事をしていた。お開きになったあと、ヒルベルト様になんと言ったのか聞かれて説明すると、

「普段はとぼけているくせに、攻撃するとなると容赦ないね」

と笑っていた。えー、そこまできつく言ったつもりはないけどな。

一応シメオン様に報告がてら聞いてみれば、

「あの手合いは下手に刺激しない方がよい。逆うらみされても面倒です。あまり関わらず放っておきなさい」

「関わりたいわけではありませんが、少ーしばかり気分が悪かったものですから。それに殿下がわたしに振ってこられたのですよ」

「あそこまでやれとは言っとらん。しかしまあ、ざまあみろという気分だったたな」

「殿下」

シメオン様に叱《しか》られて、わたしたちは同じように笑いながら首をすくめる。シメオン様は呆《あき》れて頭を振っていた。

寝るには少し早い時間で、解散後もわたしとシメオン様は殿下のお部屋にお邪魔していた。外へ出て夜風を楽しむという天候ではない。相変わらず風が強く、空はすっかり雲で覆われ星の一つも見えなかった。

あまり話し込まないうちに欠伸《あくび》が出てきた。寝不足と移動疲れがこたえている。明日《あす》にそなえてやすもうと殿下が言い出され、わたしはご挨拶《あいさつ》して席を立った。

部屋まで送ると言って、シメオン様も一緒に扉へ向かってくださる。その扉がせわしなく叩《たた》かれて、許可が出るや開かれた。

「殿下――副長もこちらでしたか」

アランさんが飛び込んでくる。なにか起きたと一瞬で悟らせる表情だった。

「どうした」

シメオン様に聞かれて彼は姿勢を正す。

「外の担当から報告がありました。ケッセル氏が車庫にて不審な行動をしており、これを見とがめた兵士から逃亡。追われてもみ合いになり、振り払わんとしたケッセル氏は誤って柵《さく》を越え、転落したとのことです」

わたしは息を呑《の》んだ。まといついていた眠気が一瞬で吹き飛んだ。

「メースさんが？　なにがあってそんな」

セヴラン殿下がこちらへ歩いてこられた。

「それで、彼の容体は」

「わかりません。なにぶん暗いもので、上からは確認できないそうです。調べに下りていますが、ひとまずご報告をと思いまして」

柵の下というと、道だろうか。それとも建物の屋根だろうか。いずれにせよかなりの高さがある。

運が悪ければ命にも関わる事態だ。

どうしてメースさんがそんな。車庫でいったいなにをしていたの？

否定したはずの疑惑がまた頭に浮かんでくる。本当に彼がこれまでの事件の犯人だったのだろうか。だとしたら、なぜ。

考えていると廊下が騒がしくなった。

「殿下、お待ちください！」

「外は危険です、お出になってはなりません！」

フィッセル語が聞こえる。わたしたちは廊下へ出た。こちらへ駆けてくるミラ王女を、侍女や兵士たちが追いかけていた。

「セヴラン殿下、メースはどうなったのです⁉」

飛びつく勢いでミラ王女は尋ねてきた。薄暗い中でもはっきりわかるほど青ざめていた。

「今調べに行っているところです。報告を待ちましょう」

「なにがあったというのですか。なぜメースが」

「車庫で不審な行動をしていたと聞きましたが」

「不審って、なにが⁉　単に馬車の点検をしていただけでしょう。彼の習慣です。父親が馬車の事故で亡くなったので、常に安全を確認せずにはいられないのです」

「落ち着いてください」

セヴラン殿下は王女様の肩に手を置き、優しくなだめた。

「詳しいことはまだなにもわかっていません。今は報告を待ちましょう」

「…………」

ふらつきそうになる王女様を、後ろから侍女が支える。セヴラン殿下が彼女に王女様の身をまかせた。

ホテルの従業員も出てきて、どんどん騒がしくなっていった。地元の人に協力してもらった方が早く発見できるだろう。外へ出ていくらしい声も聞こえていた。

「殿下、お部屋へ戻りましょう」

「……いや。わたくしもメースをさがすわ」

うながす侍女に首を振り、王女様は言う。

「いけません、外は真っ暗ですし、風も強うございます。あぶないので中で待ちましょう」

「ならせめてロビーで待たせて。お願いよ」

泣きそうな顔で彼女は頼み込む。部下の一人が容疑者になって行方《ゆくえ》不明、というだけにしては過剰な反応に見えた。

誰《だれ》もが同じように感じただろう。いぶかしげな空気が流れる。もともと知り合いだったという話だから心配するのは当然だけど……ふむ。

わたしはセヴラン殿下をつついた。殿下は無言で身体《からだ》を傾け、耳を近づけてくださる。

「ロビーなら危険もありませんし、よろしいのでは？」

「そうだな……」

「なにを騒いでいるんだ、ミラ」

大きな声が割り込んできて、わたしも殿下も口を閉じて振り返った。ヒルベルト様がふんぞり返ってやってきた。

「見苦しい。この程度のことでいちいちうろたえるな」

「……今あなたの相手をしてあげる気分ではないわ。黙っていて」

王女様は心底うるさそうに彼をにらむ。ヒルベルト様はフンと大きく鼻を鳴らした。

「これだから君はだめなんだ。自分の立場をまったく自覚していない。セヴラン王子の前ではずかしいと思わないのか？　同じ王太子でこの違い、なさけないにもほどがある。これ以上醜態をさらさないでくれ。フィッセルの恥だ」

あーもう、このたいへんな時に面倒くさい人が。

追い払えませんかとわたしはシメオン様に視線で尋ねる。シメオン様は困った顔で首を振った。口出しはできないと……そうかもだけどぉ！

「目をかけてやった男が悪事を働いて、焦る気持ちはわかるがな。今さら騒いだところで失態は取り戻せない。せめて王女らしく責任の取り方を考えた方がいいんじゃないか」

「なにもわからないのに勝手に決めつけないで。メースがどんな悪事を働いたというのよ。馬車の点検をしていただけなのに」

「そういうことにしたいのだろうけどな」

いやな口調でヒルベルト様は言う。なにが面白いのかニヤニヤしながら続けた。

「点検ではなかったらしいな？　そうだろう？」

彼が首をめぐらせて問いかけた相手はマイヤーさんだった。来ていたのですね。ヒルベルト様がうっとうし……存在感ありすぎて気づかなかったわ。

注目を受けてマイヤーさんは進み出た。

「兵士の報告では、彼は馬車の下にもぐり込んでなにかをいじっていたそうです。不審に思い声をかけたところ、あわてて逃げ出したと。そして馬車の下に、これが転がっていました」

マイヤーさんは手に持ったものを見せてくる。男性が片手でつかむのにちょうどよいくらいの、丸いものだった。金属製らしく、球体ではなく楕円を立体にした感じだ。

なんだろう、と思ったのはわたしだけのようで、シメオン様たちの表情が厳しくなった。

「なんですか、あれは」

わたしの質問に答えず、シメオン様はマイヤーさんへ手をさし出す。丸い金属体を受け取り、手元で確認した。

「……本物ですね」

セヴラン殿下も覗《のぞ》き込む。

「そんなものを落としていって、よく爆発しなかったな」

「雷管式ではありませんので。このタイプはピンを抜かなければ点火しません」

爆発？　点火……。

なにか覚えがあるようなと考え、思い出した。先日のラビアの事件で黒幕が使った、小さな爆弾だ。

たしか……。

「手榴弾《しゆりゆうだん》ですか？」

そう呼ばれていた。小さくても威力は強く、近くで爆発したら命を落とす。あの時の衝撃を覚えている。

「な、なぜメースさんが手榴弾なんて。というか、それって投げる武器ですよね。馬車に関係あります？」

「車輪に長い紐《ひも》が結ばれていました。おそらく車体の下に這《は》わせるつもりだったのでしょう」

マイヤーさんが言う。紐？　ええと、どういうこと。

馬車の下に手榴弾と、紐……それでなにができるか考える。ふとおそろしい仮説が浮かんだ。

「つまり、馬車に手榴弾を取りつけて、走りだすと紐が巻き取られ、ピンが引き抜かれる仕掛けにしようと……？」

「嘘《うそ》よ！」

ミラ王女が叫んだ。

「メースがそんなことするわけないでしょう!?　それは彼のものではないわ！」

「往生際が悪いぞ、ミラ。目撃者がいて、こうして証拠品もあるというのに、まだかばうつもりか。狙われたのは君なんだぞ。誰も気づかなければ君が吹っ飛ばされていたんだ」

「いえ、そうではなく」

ヒルベルト様の言葉をマイヤーさんが止める。

「細工されていたのは殿下の馬車ではありません」

「え？」

ポカンと間の抜けた顔になり、ヒルベルト様が彼を振り返る。わたしもてっきり王女様の馬車だと思って聞いていたので、マイヤーさんの言葉に驚いた。

「どの馬車だったのだ？」

セヴラン殿下が尋ねる。マイヤーさんは気まずそうに答えた。

「たいへん申し上げにくいのですが……シャノン大使がお使いの馬車です」

……はい？

ミラ王女でなければセヴラン殿下、という予想もはずされた。なぜナイジェル卿の馬車が？

「……なるほど、またマリエルが狙われたわけか」

「えっ？　わたしですか？」

「それ以外なかろうが。他《ほか》はいざ知らず、この旅においてナイジェル殿が狙われる理由などまったく見当たらんぞ」

た、たしかに？　彼なりの理由があって同行しているけど、客観的には無関係な人だものね。イーズデイルとフィッセルの関係から……と考えるにも、さすがに唐突すぎて不自然だ。

二日目以降、わたしはナイジェル卿と交替してイーズデイルの馬車に乗せてもらっていた。その馬車が狙われたとなれば、やはりわたしが標的だったのだろうか。

でもどうしてメースさんがわたしを。そちらもまったく理由がありませんが!?

わけがわからなかったが、シメオン様とセヴラン殿下はなにか思い当たることがあるようで、二人で意味ありげな視線を交わし合っていた。

「え、本当にわたしが……いえいえいえ！」

はっと気がついてわたしは声を高める。

「待ってください。乗る前に車庫から移動させますよね？　その段階で爆発してしまうのでは？」

「可能性はありますが、おそらく大丈夫でしょう」

違うと否定できそうな気がしたのに、即座にマイヤーさんに打ち砕かれてしまった。

「単に結びつけるためだけにしては、紐が異常に長すぎました。何度も折り返して張りつけ、ある程度距離を走ってからピンが引き抜かれるように計算していたのでしょう」

「その紐は確認できますか？」

シメオン様が尋ねる。マイヤーさんは「はい」と応じた。

「まだそのままにしてあります。誰にもさわらせないよう、兵士に監視させています」

「ありがとう、見に行きます。それから、この手榴弾はこちらであずからせていただきたい。かまいませんね？」

「……はい」

自分の同僚が殺人未遂を犯したのだから、さすがにマイヤーさんも文句は言わなかった。分が悪いと思ったのだろう、重要な証拠品をすんなりとあずけていた。

「マリエル」

「一緒に！　……行きたいのですが」

部屋に戻るよう言われそうになって、急いでわたしはお願いする。顔をしかめるシメオン様の肩を叩き、セヴラン殿下が許可してくださった。

「得心させてやった方が早い。半端に我慢させせたらなにをするかわからんから、かえってあぶないぞ」

「……はい」

なにか微妙な言われようだけど、お許しが出たのでわたしは一緒に車庫へ向かった。マイヤーさんが先導し、近衛《このえ》たちに守られて歩く。ミラ王女には待機をお願いした。ヒルベルト様はなにも言われないうちに、さっさと自分の部屋へ引き上げていった。

外へ出ればまた風に髪が乱される。メースさんはまだ見つかっていないようで、暗がりの中にランタンの明かりがたくさん動いていた。

「やあ、おそろいで」

車庫へ行けばナイジェル卿が先に来ていた。騒動は彼の耳にも届いたらしく、すでに馬車を調べている最中だ。エヴァさんがそばに控え、アーサー君は小柄な体格をいかして馬車の下にもぐり込んでいた。

「もう調べていたのか。どうなのかな？」

「このとおりですよ」

ナイジェル卿の示す場所を覗き込めば、車輪の中心近くにごく細い紐が結ばれていた。

「こういうふうに引っかけて車体の下へと伸ばせば、多分このあたりに巻きつきますね」

紐を手に取ってナイジェル卿は解説する。車軸に紐がからみついていくと走行に支障が出そうだけど、この細さなら邪魔になるまでにはそうとうの長さが巻き取られるのだろう。動けなくなるよりピンが抜ける方が早いというわけか。

アーサー君が馬車の下から出てきた。

「どうだった？」

「問題ありません。この紐以外に異物はありませんでした」

服をはたきながらいつもの淡々とした口調でアーサー君は答える。シメオン様は車輪の前に膝《ひざ》をつき、紐を手に取ってなにか考えていた。

「細工しはじめたばかりの段階で見つかったということか。運がよかったと言うべきだな」

セヴラン殿下が腕を組む。

「馬車に乗った人を殺す仕掛けなのはわかりました。わたしが狙われた可能性が高いのも認めます。でも本当にメースさんが犯人でしょうか？　もしかして、彼も異常に気づいて反対に取りはずそうとしていたのではありませんか？」

「どうなのだろうな。マイヤー殿？」

「それなら逃げる必要はないかと……彼が毎日点検することは皆知っていますので、犯人が他にいるとして馬車には仕掛けないでしょう。私も違うと思いたいのですが、ケッセルの行動は擁護しきれません。……動機も、わかりますので」

え、とわたしは驚く。全員に無言で続きをうながされ、マイヤーさんは息を吐いた。

「彼はミラ殿下に心酔しています。殿下のために、夫人を亡き者にしようとしたのでしょう」

王女様のために？　それって……。

「――――」

ナイジェル卿がなにかつぶやいた。聞き取れなくてわたしは彼を見る。マイヤーさんも振り返った。

「恋のお邪魔虫、というわけですね」

言い直された言葉はちゃんと聞き取れた。ふざけていると思ったのか、マイヤーさんは眉《まゆ》を寄せている。ナイジェル卿と目が合い、不きげんそうに顔をそむけた。

メースさんは、わたしが王女様の恋の障害だと思い、排除しようとした？　それが動機だと？

「……過去の二件も、ケッセル氏が犯人と考えてよさそうですね」

シメオン様が立ち上がりながら言った。え、とわたしが口を挟む隙もなくセヴラン殿下が同意される。

「ああ。可能性の一つとして考えてはいたが、これが決定打になったな」

わたしが狙われた事件は、すべてメースさんの犯行だった。彼は王女様のため、邪魔なわたしを排除しようとたくらんでいた……。

……んんん。

「ともあれ、犯行を未然に防げてよかった。あとはケッセル氏を見つけて聴取だが……できるかな」

「容体しだいですが、難しいでしょうね」

「下へ落ちたって？　うーん、生きてるかなあ」

黙り込むわたしを置いて、話はどんどん進んでいく。馬車はこれ以上調べるところもないので本館へ戻り報告を待ったが、メースさんが見つかったという知らせは一向に入ってこなかった。

「落ちた場所は建物がなく斜面だけです。かなり下まで落ちたでしょうし、最悪海に転落した可能性も考えられます」

戻ってきた近衛が報告する。斜面の途中で引っかかっているかもしれないが、暗くて確認できないとのことだった。

急な斜面を夜間に調べるのは危険すぎる。いったん捜索が打ち切られ、続きは明日ということになった。

話を聞いた王女様は、侍女に支えられながらお部屋に戻っていった。大丈夫かな。倒れそうなお顔をしていらした。でも無責任なはげましもできず、黙って見送るしかなかった。

とうに潮が満ちて、島は水に囲まれている。大潮でいつも以上に深くなっている上、潮の流れが速いという話だった。海に落ちていたら助からないかも……そもそも、そこまで転落した時点で命はないかもしれない。

きっと彼女も同じように考えて、絶望感に襲われているのだろう。お気の毒だけど、安易に否定できる状況ではなかった。

わたしも今度こそ部屋に戻された。従業員を呼べる雰囲気でもないので、後ろのボタンと紐だけシメオン様に手伝っていただいた。

「シメオン様は、本当にメースさんが犯人だと考えていらっしゃいますの？」

ずっと黙って我慢していたわたしは、二人きりになってようやく疑問をぶつける。どうにも納得できない気持ちがくすぶり続けていた。

「状況からして、もっとも疑わしいとしか言えませんね」

「今日の件はそうですが……暴走事件は王女様も一緒に乗っていらしたのに、おかしくありません？　あれだけは絶対にメースさんのしわざではないでしょう」

コルセットがゆるみ、胴回りが楽になる。振り向こうとするとドレスがずり落ちかけて、あわてて押さえた。

「なにか気づいていらっしゃるのではありません？　教えてくださいな」

シメオン様を見上げれば、少し意地悪な顔をしてドレスを引っ張る。やめてくださいよとわたしは身を引いた。

「シメオン様」

「早く寝なさい。このところ無理ばかりしてちゃんとやすめていないのだから」

「ごまかさないで教えてください。いったいなにが起きているのですか」

シメオン様は首を振る。

「確証がないので、はっきり言えることはありません。ケッセル氏はまだ容疑者であって、犯人と断定したわけではない」

「さっきそうおっしゃいましたが？」

「あの場ではね。手榴弾まで出てきたのでは慎重にならざるをえない。あなたも、あまり騒がないようにしてください」

ぶーとわたしは頬《ほお》をふくらませる。シメオン様は苦笑し、わたしを抱き寄せた。

「不審者が近づかないよう、警備を強化します。大丈夫だから安心して寝なさい。誰にも、あなたに指一本ふれさせませんから」

「ん……言えるところだけでも教えてくださいませんか。わたしはどういう心づもりをしておけばよいのでしょう」

丸め込もうとする唇にうっとりしながらも、流されまいと抵抗する。彼の考えを聞いておかないと知らずに邪魔をしてしまうかもしれない。確証のない話でもある程度は聞いておきたかった。

「一人で行動せず、かならず殿下かナイジェル卿と一緒にいなさい。それで十分ですよ」

シメオン様はそれだけ言ってわたしを離す。

「全然十分ではありません」

「なにも知らない方がよいのですよ。といっても、あなたのことだからそのうち自力で気づいてしまいそうですね。なにかわかっても、不用意に口に出さないのですよ」

「………」

「どこに危険がひそんでいるかわからないと、留意しておいてください。けして油断せず、護衛から離れないように」

むくれる唇にもう一度軽く口づけて、シメオン様は背を向ける。出ていく彼をわたしは諦めて見送った。

やっぱりメースさんではないと、シメオン様も思っているのではないですか！

マイヤーさんの言う理由なら、間違っても王女様だけは危険にさらさないものね。あの暴走事件は絶対にメースさんが犯人ではない。

……でも、他の事件も違うとは断言できないか。

どうして彼は逃げたのだろう。犯人ではなかったとして、逃げなければならない理由はなんだろう。

わたしはため息をついて服を脱ぎ、顔を洗いにいった。お化粧を落として寝間着に着替え、早々に寝台に入る。夏とはいえ北の海辺はそれほど暑くない。夜は寒く感じるほどで、肩まで布団を引き上げた。

考えることが多すぎてとても眠れそうにないと思ったのに、目を閉じたとたん意識が遠のいていく。ここ数日の強行軍で自覚する以上に疲れていたようだ。遠くにざわめきを聞きながら、わたしはたちまち眠りに引き込まれた。

邪魔をする騒ぎも起きず、ぐっすり眠り込んで爽快《そうかい》な目覚めを迎えた翌日。復活した体調とは裏腹に、空模様はどんよりしていた。風はおさまったけど、降るのか降らないのか気になるお天気だ。

そして捜索が再開されても、メースさんは発見されなかった。

11

史跡見学の予定は当然中止だろうと思っていたわたしたちは、行くと宣言した王女様に驚かされた。

「どうぞご無理をなさらず。そういうご気分ではないでしょう」

セヴラン殿下が彼女を気遣う。中止にしませんかという提案に、王女様は首を振った。

「昨夜は取り乱したところをお見せして、申し訳ございませんでした。メースのことは結果報告を待ちます。今わたくしがすべきは王太子として、フィッセルの代表としての務めです」

まだ顔色はよくない。けれど彼女は凛《りん》と背筋を伸ばし、威厳を見せて言った。

「問題も多い両国の関係をよくしていくために訪問し、ラグランジュからも歓待していただきましたのに、それを忘れて個人的なことばかり考えておりました。はずかしく思います」

「とんでもない。動揺されて当然の事態です。そのようにおっしゃらず」

「ありがとうございます。ですが、昨夜のわたくしはあまりになさけなく、不甲斐《ふがい》なかったというよりございません。まずはお騒がせしたことをお詫《わ》びすべきでした。わが国の者が……わたくしの秘書官という、身近な者がおそろしいたくらみをして、もしもそれが成功していればマリエルさんが……巻き添えも出て……」

最後まではとても言えなかったようで、途中で言葉を切ってしまう。けれどうつむきかけた顔をぐっと上げ直し、王女様はふたたび謝った。

「下手《へた》をすれば戦争を引き起こすかもしれない話でした。ご迷惑をおかけして、本当に申し訳ございません」

そっとシメオン様やセヴラン殿下の反応を窺《うかが》うと、お二人とも責める顔はしていなかった。王女様のふるまいに困っていたシメオン様も、今は冷たいまなざしではなかった。

「たしかにケッセル氏の行動には不審な点があり、疑いを持たずにはいられませんが、まだ真相はわかっていないのです。今はここまでにしておきましょう」

セヴラン殿下はそう言って結論を先送りにした。

「詳細が不明なままあれこれ言ってもしかたありません。推測でしかないので、あまり先走らない方がよい。地元の警察にも協力してもらい、捜索を続けさせています。そのうちなにか情報が入るでしょう」

「……はい」

予定では今日の午《ひる》すぎには出発されて、国境を越えられることになっている。彼女がフィッセルへ帰ってから報告を受けることになるのだろうか。

出発までにメースさんが見つかる可能性は……厳しいかな……。

「今日《きょう》の見学は単なる観光ではなく、両国の歴史を振り返り、未来への教訓とするためです。犠牲者たちへの追悼もございますので、予定どおり行いたいと思います」

重ねておっしゃる王女様に、セヴラン殿下も反対はなさらなかった。待機していた知事さんたちへ連絡が行く。いつ雨が降りだすかわからないので急いで用意がされ、わたしたちはあわただしく出発した。

十分に安全確認がされた馬車でいったん坂を下り、岸壁から延びる橋は徒歩と馬で渡る。王女様は一人で馬に乗られていた。乗馬はお得意なようで、あぶなげないお姿だ。わたしは馬を連れていないので、地元の職員たちと一緒に自分の足で歩いた。

夜明け頃《ごろ》に干潮になり、今はまた満潮へ向かっている最中だ。もう橋の下まで水が来ていた。海を渡る橋なんて普段ならはしゃがずにいられないところだけど、さすがにそういう気分ではない。わたしはおとなしく殿下たちの馬の後ろをついていく。

島の周りを海鳥がたくさん飛んでいた。人が住まないかわりに彼らが島に棲み着いている。巣では雛《ひな》が育っている最中だろうか。

「下から見ると、けっこう迫力ですね」

近づいてくる島と建物を見上げ、わたしはつぶやいた。片割れよりずっと小さな島で標高も低く、山と呼べるほどでもないのに、威圧感はこちらの方がすごい。崖《がけ》の上にそそり立つ外壁は、あらゆるものを拒絶しているように見えた。

「ここが北の処刑場か。雰囲気満点だな」

わたしのすぐ後ろでナイジェル卿も言った。彼は馬を引くだけで乗らずに歩いている。アーサー君とエヴァさんはお留守番らしく、めずらしく一緒ではなかった。

「処刑場ではなく監獄ですよ」

「処刑もされていたんだろう？　南のサン＝テール、北のテラザントって有名じゃないか」

「まあ、そうですけど……」

こちらの城は監獄として使われていた。そしてその一部では処刑も行われていたのである。修道院の隣が処刑場って、落差がすごいような、ある意味合理的なような。

「今も使われているのかな」

ナイジェル卿は近くを歩く職員に目を向ける。美貌《びぼう》の大使に声をかけられて、若い職員は緊張した顔で教えてくれた。

「ここで最後に刑が執行されたのは六年前です。それ以降はありません」

「もう廃止されたということ？　ラグランジュは死刑廃止にはなっていないよね？」

「はい。ですが、死刑そのものが今は少なくなっていますので」

ラグランジュでは、わりと近い時代まで処刑は一種の見せ物だった。だから首都サン＝テール市に処刑場がある。ギロチンが人の首を落とすところなんて見て、なにが楽しいのかわたしには理解不能だけど。そんなの見たらきっと卒倒してしまうわ。

このお城が史跡として保存されているのは、紛争の歴史と監獄や処刑場としての歴史を持つがゆえだ。やはり、はしゃいでよい場所ではない。

「戦場となった島が、のちの時代には処刑場として使われたと。どうにも殺伐とした経歴だね」

「わが同胞が理不尽に命を奪われた、悲劇の地ですよ」

馬の上からヒルベルト様が会話に割り込んできた。

「大昔の戦争もいいが、ごく最近の弾圧も歴史から抹消しないでいただきたいですね」

「そのためにこうして島へ向かっているのでは？」

「理解せず観光気分の人もいるみたいですので」

えー、わたしちゃんとわかっていますよ。あと弾圧とは違ったはずでは……受け取り方しだいかな。

「そう思わせたなら申し訳ありません。一応事前に勉強してきたのですが、足りていないかもしれませんね」

「いや、あなたのことではなく……」

「おさらいをさせてくれるかな？」

ヒルベルト様を無視してナイジェル卿はわたしに言う。好きに言わせておけばー？　というわたしの視線に、やっちゃえやっちゃえ、という表情で返してくる。もー。

「百二十年前のことなら、併合に反対する人の一部が、人質を取ってここに立てこもった事件ですね。最終的に軍が突入して決着しましたが、百名を超す犠牲者が出た、まぎれもない悲劇です」

すらすら答えると、ヒルベルト様が見るからに面白くなさそうな顔になった。

「亡くなったのは人質のうち七名と、ラグランジュ軍の十四名、あとはテラザントの住人たちです。フィッセルからも暴動に加わった人たちがいましたが、軍の突入直前に泳いで島を脱出し、うち一名が溺死《できし》、残りは逮捕されています。逃亡した人もいるのかしら？」

フィッセル人は焚《た》きつけるだけ焚きつけて、軍が出てくるとテラザント人たちを見捨てて逃げ出した。軍に抵抗して殺害されたテラザント人もいるが、犠牲者の大半は巻き添えだ。持ち込まれた火薬が爆発して、自滅という形で暴動は終息した。ラグランジュ側の犠牲者もこの爆発に巻き込まれて命を落としている。

「テラザントはもともとフィッセルと縁の深かった土地です。住人は同胞だ」

わが同胞、と言ったヒルベルト様は、むきになって言い返した。わたしは反論せずうなずいた。

「さようにございますね。それゆえ今回、王女殿下が追悼のためこの地をご訪問くださいました。二度と悲劇がくり返されることのないよう、あらためて歴史を見つめ、後世にも伝えていかねばなりませんね」

議論するつもりはありませんよという、わたしの意図は伝わったようだ。それ以上ヒルベルト様はつっこんでこなかった。かわりにフンと鼻を鳴らし、冷笑的に言う。

「ご立派ですが、一つ忠告してさしあげますよ。女があまり賢《さか》しらぶってはいけない。得々と知識を披露するなど慎み深いとは言えません。こういう時は、知っていてもわかりませんと言うものなのですよ。可愛《かわい》げがないと言われたくなければ覚えておきなさい」

「あら、常々わたくしを浅慮だ無知だと馬鹿《ばか》にしているくせに、賢い人を見たらそんなふうに言うのね。賢くても馬鹿でもだめなんて、どうしたらよいのかしら」

誰《だれ》が言い返すより先に、ミラ王女が言った。ヒルベルト様は一瞬ぐっと詰まり、語気を荒げた。

「馬鹿はだめに決まっているだろう！　だが調子に乗ってでしゃばるのはもっと見苦しい。女は男の後ろで控えているべきなんだ」

「そんなことを言われたら女王など存在できないわ。わたくし、これからどんどんでしゃばらないといけないのに」

「姿を見せるだけでいいんだよ。君は難しい役割なんて求められていない。ただ美しく華やかであればいい。頭を使う仕事は夫にまかせておくものだ」

「そうね、中佐のような人をまたさがさないと」

あまりに王女様の人格を無視した言葉だが、彼女は怒らなかった。ヒルベルト様からそばを進むシメオン様へ視線を移す。言外にあなたはお呼びでないと示されて、ヒルベルト様の顔がますます険しくなった。

んー……多分、ヒルベルト様のおっしゃる「夫」とは、ご自分のことなんだろうな。お二人は婚約されているの？　そんな話は聞いていない。

ヒルベルト様の片想《かたおも》い、というのとも違うような。王配という地位がほしいだけかしら。

フィッセルは議会が政権を握っているから、権力を求めているわけではないだろう。そちらが目的なら王女様にからんでもしかたない。彼はただ、人々から注目され、称賛される立場になりたいのではないだろうか。見るからにそういう承認欲求が強そうだ。

となると、本当は王配より国王になりたいのだろうな。でもどんなに威張っても継承権は変えられない。それが気に入らなくて、なおさら王女様への当たりが強くなるのかもね。

身勝手な理由で目の敵にされ、それでいて婚約者のようにふるまわれてはたまらない。王女様が彼を嫌うのは当然だった。

もっとも今のミラ王女にけんかをする余裕はなさそうだった。にらみつけるヒルベルト様を無視して、近づいてくる島や城より、海ばかりを見回していた。

さりげなくやっているつもりなのだろうけど、なにを求めているのかわかってしまう。まだ見つからない人がどこかに浮いていないかと、さがさずにいられないのだろう。

彼女はけしてヒルベルト様が言うような、自覚のないだめな王女ではない。本当は公務なんて放り出してさがしに行きたいだろうに、懸命にこらえて務めをはたそうとしている。王太子としてなんらはずかしくない、ご立派なお姿だった。

もしわたしが彼女の立場で、いなくなったのがシメオン様だったら……とても同じようにはできないわ。お仕事よりなにより、シメオン様のことしか考えられない。

わたしも海を見回した。昨夜転落した人がいつまでもこのあたりに浮いてはいないだろう。遠くへ流されてしまったか、沈んでしまったか。打ち上げられたら見つかっているはずよね……。

考えると気持ちが重くなってくる。曇り空の下、わたしたちはあまり会話もなく進み、やがて島に到着した。

お城の構造じたいは特にめずらしいところもなく、各地に残るものと変わりなかった。建物で四角く中庭を囲み、沖に臨む側に高い塔がある。暴動のあとちゃんと修復されたので城内はきれいだった。できるだけもとの姿を残そうと努力されたのだろう、古い部分に似せてなるべく違和感がないように直されていた。

監獄と聞いて牢屋《ろうや》が並ぶ光景を想像していたが、そういった施設はなかった。ここに収容されていたのは危険性の低い囚人たちで、決められた区域内では自由に動けたらしい。彼らには仕事が与えられ、真面目《まじめ》に働けば刑期より早く出られた。ただし、脱走しようものなら容赦なく背後から撃たれたそうだ。同じ城内で処刑が行われていた理由の一つに、見せしめ目的もあったのかもね。

ひととおり見学して回ったあと、中庭にある石碑の前で追悼式を行う。両殿下が花を供え、祈りを捧げている最中に雨が降りだした。

遠くに雷の音も響いている。あれが近づいてくる前に急いで帰ろうということになった。

「殿下、こちらを」

侍女が王女様に夏用の上着を着せかける。さらにつばの広い帽子をかぶり、雨から身を守る。わたしもケープを羽織った。今はこのくらいでしのげる小雨だ。ホテル側へ帰り着くまでひどくなりませんように。

「マリエル、一緒に乗れ」

セヴラン殿下がわたしを誘ってくださった。

「まあそんな、おそれ多い。どなたか乗せてくださいな」

近衛《このえ》たちに頼もうとしたら、みんな顔をそむけたり逃げたりしてわたしを受け入れてくれなかった。

「素直に副団長が乗せてあげたら？　みんなの心の平穏のために」

ナイジェル卿の言葉にシメオン様も首を振る。

「そういうわけにもいきませんので。マリエル、殿下かナイジェル卿に乗せてもらいなさい」

「はぁい」

どちらにしようかなと見比べ、わたしは殿下を選んだ。だってナイジェル卿は飛び抜けて長身だし、鍛えているからさぞ筋肉がついているだろう。馬の負担を考えると二人乗りは避けてあげたい。

「殿下なら軽いはず……」

「太ってはいないが、なにかムカッとくるのはなぜだろう」

殿下はわたしを前に乗せてくださる。あとでジュリエンヌにちゃんと説明しておこう。あの子なら妬《や》かないわよね、きっと。

侍女や職員たちもそれぞれ乗せてもらい、どうにか橋を渡りはじめる。近衛たちが先行し、それにわたしたちが続く。いちばん後方をナイジェル卿が固めた。警戒すべきは前だけど、後ろも彼がいるなら心強い。

軽く駆けさせて橋の中ほどまで進んだ時、先行していた近衛が急に馬を止めた。つられて全員が止まる。

「どうした」

「前方に不審物があります」

シメオン様の問いかけにすぐ答えが返る。不審物、と聞いて緊張が走った。

馬を進めたシメオン様は部下の示す方を見た。

「あそこの欄干の足元に」

目をすがめたシメオン様は、眼鏡《めがね》を少し持ち上げる。

「……ああ、あるな」

えっ、なになに？　どんなものがあるの？

ソワソワ揺れるわたしの頭を殿下が押さえる。

「シメオン、説明を」

「黒っぽい筒状のものが、欄干にくくりつけられています。目視できる範囲に二つ、左右に一つずつです」

「来る時にはなかったな？」

「はい、われわれが島にいる間に設置されたものと考えられます」

職員や侍女が不安げな声を漏らす。ヒルベルト様が高圧的に命じた。

「さっさと確認に行け！」

「不用意に近づくのは危険です」

「そんなことを言ってビクビクしていても……おい、お前たちが見てこい」

彼は職員を乗せた馬を振り返る。

「もとから橋に設置されているものかもしれないだろう。単に来る時には見落としていただけじゃないのか。お前たちなら見ればわかるだろう、行ってこい」

「ヒルベルト」

ミラ王女の制止も無視される。どうしよう、と職員たちは顔を見合わせた。

彼らが答える前に兵士が馬を進めてしまう。あまり近くまで行かないよう近衛が止めていた。

雨がだんだん強くなってきてヒルベルト様は苛立《いらだ》っている。降るかもしれないってわかっていたのだから、ついてこなければよかったのにね。誰も誘っていないのに。

「殿下、もう少しお下がりください」

マイヤーさんがミラ王女に声をかけた。

「危険があるかもしれませんので、確認が済むまで距離を取りましょう」

「……わかりました」

狭い橋の上に大勢で固まっているので、ミラ王女は向きを変えないまま馬を後退させた。指示がお上手だ。馬も混乱せずすんなり従っている。ヒルベルト様はなかなか思い通りに動かせず、周りの兵士に邪魔だと怒っていた。

彼のために兵士たちは少し前へ進み、場所を空けてあげる。わたしを乗せたセヴラン殿下がいるので、さらに前へと進んだ。

シメオン様たちは馬から下りて調べに行く。大丈夫かな、近づいたとたん爆発したりしないかしら。

わたしはハラハラして見守った。シメオン様と職員が不審物の前にしゃがみ込み、なにか話している。欄干の間に頭をつっこみ、橋の下を覗《のぞ》き込む兵士もいた。起き上がって首を振っている。

「……大丈夫なのでしょうか」

「危ない状態ではなさそうだな」

くくりつけた紐《ひも》がほどかれる。取り上げた筒をたしかめた人たちの顔が明るくなった。どうやら危険物ではないらしい。大丈夫、という声が聞こえてきて、一行にほっと安堵《あんど》の空気が広がった。

もう一つの筒もはずされる。前へ出ていた兵士たちはそのまま馬を進ませた。乗せてもらっている侍女がミラ王女を振り返った。

「殿下、問題ないようで……」

言いかけた時急に馬が揺れた。前から走ってくる人に驚いたのだ。

シメオン様だ。シメオン様が馬の間をすり抜けて、こちらへ駆け戻ってくる。

緊張した表情にドキリとなった。どうしたの？　大丈夫ではなかったの？　なにが……。

「どうした、シメオン」

セヴラン殿下も問いかけた、その直後。

突然の轟音《ごうおん》と衝撃がわたしたちを襲った。

「きゃああっ！」

驚いた馬が棹立《さおだ》ちになり、あやうく落ちかけたわたしの身体《からだ》をセヴラン殿下が抱きとめる。ご自身も体勢を崩しながらなんとかこらえ、手綱を引いて暴れる馬をなだめていた。

「どうっ！　マリエル、しっかりつかまれ！」

片手では苦しいのだと気づき、わたしはあわてて殿下の身体に抱きつく。もう遠慮とかしていられない。必死につかまって振り落とされないようこらえた。

両手が自由になり、殿下はさらに馬に声をかけながら手綱を引く。

「あのっ、いったん下りた方がよいですかっ⁉」

「うかつに下りたら踏まれるぞ！　おとなしくしていろ！」

日頃の訓練と名手である殿下のおかげで、馬はすぐに落ち着いてくれた。おとなしくなったので顔を上げてみれば、ヒルベルト様が転がってお尻《しり》を押さえている。振り落とされたようで、騎手のいない馬が島の方へ逃げていった。

王女様たちは彼よりさらに後方なので無事だ。ナイジェル卿がそばへ寄せて守っている。安心したわたしは、いったいなにがあったのかと前へ顔を戻した。

「えっ……」

見たものが一瞬理解できず、頭が白くなる。続いてぞっと全身が粟立《あわだ》った。

橋が、なくなっていた。

途中の一ヶ所が崩落している。金属製の欄干も断ち切られ、下の海面が丸見えだ。

「なんで……あっ⁉」

驚きながら崩れた場所を見ていたら、折れた欄干の先に人の姿を見つけた。

「シメオン様！」

今にも海に落ちそうになっているのは、シメオン様だった。腕一本でぶら下がり、かろうじて耐えている状態だ。

「あわてるな、大丈夫だ」

馬を飛び下りようとしたわたしをセヴラン殿下が止めた。

「どこがですか⁉　早く助けないと！」

「あいつはあのくらいなら心配ない」

殿下はそう言って行けるところまで馬を進めた。

シメオン様は片手でぶら下がったまま、駆けつけてくる部下たちに怒鳴った。

「何名か落ちた！　救助船を出すよう至急手配しろ！」

「ええっ……」

あわてて海面をさがせば、馬が懸命に泳いでいた。二頭……いや三頭いる。陸の生き物なのに上手に波をかいて、島へ向かおうとしている。その背に乗っていたはずの人の姿がなかった。

周囲を見回せば、波間に人の頭があった。フィッセル兵が呑《の》み込まれまいともがいている。早く助けないと溺《おぼ》れてしまう。とうに潮は満ち、天候のせいで波が高い。島へ知らせるべく近衛が馬に飛び乗って駆けていった。

シメオン様はつかまる腕に力を入れ、ぐぐっと身体を引き寄せる。届くところまで行くと両手で欄干をつかみ、大きく脚を振った。振り子のように勢いよく身体を揺らし、反動を使って一気に全身を振り上げる。

すかさず部下が手を伸ばし、助けを借りてシメオン様は無事橋の上に戻った。わたしは安堵に脱力しそうだった。身体中の空気が抜け出すくらい、大きく息を吐き出した。

「けが人はいるか」

殿下が声を張り上げる。向こうとこちら、大きい声を出せば会話ができる程度の距離だ。

「軽傷者が少し。そちらは？」

「あー……こちらも軽傷だな」

まだお尻を押さえてぎゃあぎゃあ言っているヒルベルト様を振り返り、殿下は苦笑した。

「落ちた者も直撃はまぬがれたようだな」

「はい。ちょうど人のいない場所で幸いでした」

落ち着いて考えれば、なにが起きたかは聞かずともわかった。爆発によって崩落したのだ。もちろん火の気もない橋が勝手に爆発するはずがない。何者かによって爆薬が仕掛けられていたのだろう。

「さきほどの不審物は？　あれは爆発していないな？」

「はい、中身のない空の筒です。目につく場所に設置した上それなので、囮《デコイ》ではないかと思い——申し訳ありません、気づくのが遅れました」

シメオン様の声にくやしさがまじる。あの筒は、いかにも不審物があると見せかけて護衛たちを引きつけるための、囮だったのか。

殿下たちが足を止めて待機する、そのあたりを狙《ねら》って本物の爆薬を仕掛けたのだろうか。橋の上からは見えない場所に……で、どうやって爆発させたのかな。

ちょっぴり謎《なぞ》が残るけれど、殿下たちが狙われた仕掛けだったのは間違いないだろう。

シメオン様は狙いに気づいたものの、爆発を止められなかった。遅れたと言うけれど、しかたないと思う。間に合うタイミングではなかったし、どこに爆薬があるかわからなかったのだもの。もう少し早く戻っていたとしたら、まともに爆発に巻き込まれていたかもしれない。遅れて幸いだったのだと気づき、今頃冷汗が流れた。

これって、テロよね……王太子の一行を狙って仕掛けられた爆薬……シメオン様たちの懸念が現実になってしまった。

震えが走る。わたしは頭を振って、しっかりしなさいと自分に言い聞かせた。たしかにテロは起きてしまった。でも大きな被害は出ていない。そう、犯人は失敗したのよ。誰も死んではいないもの。わたしたちは間一髪で難を逃れたのだ。

セヴラン殿下も同じことをおっしゃった。

「人は無事なことを喜ぼう。あとは救助が間に合うかだが……大丈夫そうかな」

海に落ちた人たちは、なんとか橋脚まで泳ぎ着いていた。あそこにつかまっていれば溺れずに救助を待てるだろう。

馬は人より元気に泳ぎ、どんどん島へ近づいている。あちらも心配なさそうだ。

……となると、取り残されたわたしたちが問題で。

「まずいな」

精悍《せいかん》なお顔に雨を受けながら、殿下は空を見上げる。雷鳴が近づいていた。雲間に時折光が走る。

たしか、開けた場所ってあぶないのよね。それに水もだめと聞いた覚えが……危険要素に囲まれていませんか？

爆弾テロに、雷雨。さんざんな状況だ。

「シメオン、われわれはいったん向こうへ戻る」

ここでグズグズしているのは危険だと、殿下は即座に決断された。

「しばらく待てば潮が引くし、雨が収まらなければやんでから船を着けてもらえばよい。屋根の下で待機する」

「承知しました。できるかぎり早くお迎えに上がります」

「ああ、頼む」

「マリエル」

シメオン様がわたしを呼んでくださる。はいっとわたしは身を乗り出した。

「殿下のご指示に従って、無茶な行動をしないように。絶対に一人で動いてはいけませんよ」

「……はい」

はげましの言葉でももらえるのかと思ったら、こんな時にもお小言ですか。期待がはずれてがっくりする。

「ナイジェル卿、殿下たちをお願いします」

「はいはい、まかされた」

ぶー。あれだけ？　あれでおしまい？　もっと他《ほか》に言ってくださることはないのですか。

おもいっきりふくれてシメオン様をにらんでいたら、気づいた彼がまたわたしを見た。

「すぐ迎えに行きますから。信じて待っていてください」

……信じていますよ。世界中の誰よりあなたを信じています。

「わかりました！　ついでにおやつも持ってきてくださいね！」

「この状況でなにを言っとるか」

殿下が拳骨《げんこつ》を落としてきた。大事なことではありませんか！　すぐと言われてもお昼ごはんには間に合わないだろう。絶対みんなおなかが空きますよ。

シメオン様が笑っている。手を上げて承知と合図してくれた。

うん、大丈夫。彼は約束をたがえない。絶対に裏切らない。言ったとおり、すぐ迎えに来てくれるから。

わたしも手を振った。心配しないでね、おびえていませんよ。わたしは平気ですから。

殿下が馬首をめぐらせた。後方にいる人たちに声をかける。

「島へ引き返します。雨と雷が去るまで、城の中に避難していましょう」

「そうですね、急ぎましょう」

「はい」

「ま、待て、私を置いていくな」

へたり込んだまま騒いでいたヒルベルト様を誰も助けようとしないので、あわてて彼は立ち上がった。ナイジェル卿がしかたないと手を貸して乗せてあげる。お礼なんて言う人ではなく、ヒルベルト様はずっと文句を言い続けていた。

いっそう強くなってきた雨から逃げて、わたしたちは島へ駆け戻る。背後で空を切り裂く音が響いていた。

12

取り残されて島へ引き返した顔ぶれは、わたしとセヴラン殿下にナイジェル卿、ミラ王女とマイヤーさん、ヒルベルト様と、あとはフィッセル兵が一人だけだった。

侍女の一人も王女様のそばに残っていない。なのでわたしが彼女のお世話を買って出た。

「お寒くありませんか？」

「大丈夫、上着以外ほとんど濡《ぬ》れていないわ。マリエルさんの方こそ。わたくしにかまわずご自分のことをなさって」

「わたしも大丈夫です。ケープを着ていましたし、セヴラン殿下のおかげで後ろは全然濡れませんでした」

「王太子を雨よけにするとは、よい度胸だな」

「殿下は逆に前が濡れなかったでしょう。お互い様です」

拭《ふ》くものを用意していたので、濡れたままで震えることはなかった。わたしは王女様の長い髪を拭いてさしあげる。殿下やナイジェル卿も自分で身づくろいしていた。雨が降りそうなのは最初からわかっていたので、みんなそれなりに準備してきている。一人、ヒルベルト様だけが手ぶらで来ていたものだから、どうにもできずうらめしそうにわたしたちをにらんでいた。

しかたないので予備のタオルを貸してさしあげると、怒られた。

「気が利かない女だな！　黙って突き出さないで拭かないか！」

「はあ……」

わたしに拭けとおっしゃいますか。まあいいけど……。

「いいかげんになさい、ヒルベルト」

動きかけたわたしを止めて、ミラ王女がたしなめた。

「お礼も言わずになんて無礼なことを。自分のことは自分でやりなさいよ」

「君だって手伝わせているじゃないか！」

「後ろだけでしょう。手の届くところは自分で拭いているわ。みんなそうしているのに、なぜあなたはできないの」

「できないのではなく、王族に対する敬意がないと言っているんだ。無礼なのはそちらだろう」

「あなたはわたくしをフィッセルの恥だと言ったわね。今のあなたのふるまいはどうなの。それが王族らしい品位ある態度だと？」

「私のどこが――」

激昂《げっこう》しかけたヒルベルト様の前に、ぬっとセヴラン殿下が立った。たじろいで口を閉じたヒルベルト様に、殿下は迫力ある笑みを見せる。

「手伝いが必要なら、私が手伝ってしんぜよう。マリエル、貸してくれ」

伸ばされた手にわたしはタオルを渡す。

「さあ、まずは頭だな。少しかがんでくださるか」

「い、いや、あなたにそんなことを……」

「遠慮なさるな。妹が二人もいると、世話に慣れるものでね」

殿下はヒルベルト様の頭をタオルで包み、ワシャワシャと強引に拭きだした。

「特に下の妹がおてんばで、世話が焼けたものです。水たまりで転んでビービー泣くのを、このように拭いて着替えさせてね。いやなつかしい。たしかあれが六歳の時だったかな」

わたしは顔を拭くふりして笑いそうになったのを隠した。子供みたいに世話が焼けますねって、殿下もきついのだから。

「け、けっこうですから！　こういったことは女がやるべきで」

「身体《からだ》にふれるのだから、同性の方がよいでしょう」

「……も、もうけっこうです、自分でやります！」

ヒルベルト様は殿下の手からタオルをひったくり、むくれながら自分で拭きだした。殿下は肩をすくめてミラ王女に笑いかける。あっけにとられていた王女様は、感謝とお詫《わ》びのまじる顔で返していた。

はじめは入り口近くにいたわたしたちだったが、雨足が強まると同時に風も強くなり、吹き込んでくるのが寒かったので奥へ移動した。もともと涼しい地方だし、この天候でかなり気温が下がっている。石造りの城の中はじんわりと冷たく、夕方のように暗かった。

橋が見える場所に見学者が休憩するための部屋があり、木製のベンチがいくつか並んでいる。窓には硝子《ガラス》が入っているので、しっかり閉めれば雨風は吹き込まない。わたしたちは腰を下ろして雨雲が去るのを待った。

怖いほどの音を立てて、硝子に激しく雨が叩《たた》きつけられている。外の景色はろくに見えない。時々カッと光り、少し遅れて大きな音が空気を震わす。

「なんだってこんな目に……橋に爆薬が仕掛けられるなど、警備の怠慢じゃないか。誰《だれ》も見張っていなかったのか」

ヒルベルト様はずっとブツブツ文句を言い続けていた。

「監視していたはずなのだが、どうしてなのだろうな」

セヴラン殿下がのんびり答える。

「爆薬はわれわれが来る前に仕掛けていたのだろうが、あの囮《デコイ》は渡ったあとだな。橋の上で誰かが作業していたら気づかぬはずないのだが、いったいどうやって……」

「ふん、ならば見張りが居眠りでもしていたのでしょう。これはラグランジュの責任問題だ。うやむやに終わらせるつもりはありませんよ。のちほどしっかり追及させていただきますからね」

「そうですな、無事に戻ってそういう話ができるくらい、平和に終わることを祈ってください」

ヒルベルト様の顔色がいっそう悪くなった。束《つか》の間言い返す言葉をさがしかけた彼は、なにも言えないようでぷいと顔をそむけて黙り込んだ。

苛々《いらいら》してすぐに怒りだすのは、不安の裏返しだ。彼はおびえている。それをどうにかしてほしくて周りに当たっているのだ。

気持ちはわかる。橋の爆破だけで終わればいいけど、まだなにか起きるかもしれない。そんな不安を抱えて無人島に取り残され、外は大雨と雷……まあ、怖いわよね。

マイヤーさんも表情は暗いし、ミラ王女は何度も窓の外を気にしていた。たった一人で護衛しなければならなくなった兵士は、不安だけでは済まないだろう。

いつもと変わらず泰然としているのは、セヴラン殿下とナイジェル卿だけだった。

飴玉《あめだま》でも持ってくればよかったな、とわたしはポケットをさぐった。甘いものは気持ちを落ち着けてくれるのに。なにか気をまぎらわせるものないかなあ。

「どうした、ゴソゴソして。もよおしたなら廊下に出て左側に」

「違います」

よけいな助言をいただいて殿下をにらむ。

「なにか持ってくればよかったなと思っていただけです。殿下こそ、ずいぶん余裕でいらっしゃいますけど大丈夫なのですか」

「なにがだ」

「だって、古いお城ですよ。戦場跡で、処刑場でもあって、暴動でも大勢亡くなって」

「マ・リ・エ・ル」

笑顔を引きつらせながら殿下はわたしの頬《ほお》を引っ張った。

「いひゃいでふ!」

「いらんことを言うな、この口は！」

けんかするわたしたちにナイジェル卿が笑う。他《ほか》の人たちは呆《あき》れたような、その気力もないような顔をしていた。

「マリエルさんは、とても落ち着いていらっしゃるのね」

頬をさするわたしに王女様が言った。

「少しもうろたえずにご立派だわ。さすが中佐の奥方ね」

「はあ……」

いいえ、わたしだって不安はありますが。でもここは平気そうにしてみせるべきよね。王女様が安心できるよう、大丈夫って顔をしていなければ。

「まあ慣れておりますので」

「慣れ……？」

「なぜに慣れているのだろうなあ」

セヴラン殿下が今さらなことをしみじみとつっこむ。

「ですねえ。シメオン様と婚約してから事件に関わることが増えて。殿下のご事情にも何度か巻き込まれましたね」

「ぬうっ……いやそれ、シメオンの前で言うなよ。やつのことだから自分のせいだと落ち込むぞ」

「その段階はもう通りすぎました」

ナイジェル卿がおなかを抱えて悶絶《もんぜつ》している。なにがそんなにおかしいのですか。

彼の手にある愛用の杖《ステッキ》には剣が隠されている。優雅な遊び人に見えて、いつでも戦える態勢を整えている人だ。

最強の戦闘集団と名高い薔薇《ばら》の騎士団、その長たる人と一緒なのはとても心強い。シメオン様もこちらにナイジェル卿がいると思えばこそ、落ち着いて対処できたのだ。

でもこれは口に出さないでおこうと思った。ナイジェル卿が本当はものすごく強いということは、できるだけ内緒にしておいた方がよい気がする。

セヴラン殿下もそ知らぬ顔をして、ナイジェル卿のことはなにもおっしゃらなかった。

「ご心配召さるな、じきに迎えが来ます。そう長くは待たされないでしょう」

あくまでもシメオン様たちだけを頼るふうに、ミラ王女をはげまされる。たのもしい笑顔に王女様も小さく微笑《ほほえ》んでうなずいた。

持ち直しかけた空気を、しかしマイヤーさんが戻してしまう。

「もっと奥に隠れた方がよくはないでしょうか。犯人はわれわれが爆発から逃れたことを見ていたでしょう。救助が来る前にもう一度襲ってくるかもしれません」

とても安心などできないという顔で彼は言った。

「隠れると言ってもな」

「鍵《かぎ》をかけられる部屋が、どこか一つくらいあるのでは」

「追い込まれるような場所より出口に近い方がよい」

「この雷雨の中に出てもかえって危険でしょう」

反論するマイヤーさんにナイジェル卿がなにか言ったけれど、意味のある言葉に聞こえなかった。

……こんなこと、前にもなかったかしら。マイヤーさんもいぶかしげに彼をにらむ。

「ご婦人を怖がらせてはいけない。落ち着いて」

今度はちゃんと聞き取れるラグランジュ語で、ナイジェル卿は言い直した。

「悠長にしている場合ではないでしょう。あなた方の呑気《のんき》さが理解できません。テロが起きたというのに」

暗い色の瞳《ひとみ》がセヴラン殿下をにらむ。

「ラグランジュに反発するテラザント人のしわざでしょう。セヴラン殿下がこの地を訪問されるにあたって、十分に予測できた事態です。なのにみすみす……」

「やめなさい、マイヤーさん。決めつけるのは早いわ」

「しかし殿下、他にどんな可能性がありますか？　今ここで、このような事態を起こす者が他にいますか」

「それは……」

「いるじゃないか」

口ごもった王女様のかわりに答えたのは、ヒルベルト様だった。意外な人の意外な言葉に全員が驚いて注目する。いっときふてくされていたヒルベルト様が、もう復活して尊大に言った。

「テラザントの叛徒《はんと》説もいいが、もっと簡単に考えるべきじゃないか？　すでに何件もの事件を起こしたやつがいる。行方《ゆくえ》知れずになってまだ見つかっていないやつがな。普通に考えて、そいつのしわざだろう」

ミラ王女の顔色が変わった。ここまで保っていた平静を投げ捨て、彼女はヒルベルト様をにらみつけた。

「勝手な決めつけでものを言わないで！」

「勝手？　どこがだ。間違ったことは一つも言っていないぞ」

「本気でそう思うの？　昨夜はたしかに疑わしい行動をしていたのでしょう。でも確実にメースのしわざと決まったわけではないし、他はなにも証拠なんてない、ただの憶測よ。まして今の事態に彼が関与したなんて、ほとんど妄想だわ」

「君がそう思いたいだけだろう。客観的にはどうでしょうね？　セヴラン殿下、いかがお考えです」

王女様の反論をせせら笑ってヒルベルト様は殿下に問いかける。殿下は困ったお顔で首を振った。

「ここで議論したところで無意味だ。そういう話は、帰ってからにしましょう」

「は！　否定できないと。そうでしょうね、否定できるはずがない」

「いや、そうではなく」

「あんな身分も実績もない男を、友人だからという理由だけで取り立てたりするからこうなるんだ。君の公私混同がそもそもの原因だよ。やはり女だよな、私情を優先して、その結果がこれだ」

殿下の反応を無視してヒルベルト様は勝ち誇る。ミラ王女が震える手を握りしめた。

「……たしかに昔から知っている人だというのは大きかったわ。彼がどういう人か、性格も、能力も、知っているから選んだのよ。あなたこそ、彼のことをなにも知らないくせに！　わたくしをけなしたいだけでメースのことまで貶《おとし》めないで！」

「やれやれ、ラグランジュの軍人だけでなく、秘書官ともみだらがましい関係だったのか？　気に入った男を次々手に入れてはべらせる女王なんておぞましいな。王宮を娼館《しょうかん》にでもするつもりか」

「おぞましいのはあなたでしょう！　よくもそんなことを……っ」

ミラ王女が立ち上がる。わたしも急いで立ち、彼女の身体に手を添えた。

「王女様、どうか落ち着かれて」

「…………」

ヒルベルト様に殴りかかるのではという勢いだった。寸前で衝動をこらえた彼女は、しばし震えていたかと思うと、わたしを振り払い身をひるがえす。

「王女様！」

制止も聞かず廊下へ飛び出していく彼女を、思わず追いかけて一緒に走った。後ろで声がしていたが、部屋から出てくる人はいなかった。

人気《ひとけ》のない暗い古城の中を、王女様は奥へ奥へと駆けていく。わたしは見失わないよう、とにかく彼女について走った。外から見れば単純な形の建物なのに、内部構造はややこしい。廊下を走っていたはずが小部屋になったりと、だんだん今どこにいるのかわからなくなってきた。前方に現れた階段を王女様は駆け上がる。

「お、お待ちください。あまり離れてはいけません。もうこのくらいで……っ」

どうしよう、息が切れてきた。わたしより王女様の方がお元気だなんて。そうよね、三ヶ国を歴訪するのはとても疲れるお仕事で、それをこなしていた方だもの。妖精《ようせい》のごとき可憐《かれん》なお姿をしながら、意外に体力をお持ちだった。

机の前が仕事場の小説家には太刀《たち》打ちできない。わたしはぜいぜい言いながら階段を上がった。

狭い階段室をぐるぐる回りながら上へ向かう。この構造、もしかして塔かしら。そうか、この城に一つだけある塔に踏み込んでしまったのだわ。

あまり上まで行かない方がよい。怖いものを見てしまう。王女様を止めようとわたしは足を急がせた。

階段室から出ていくドレスの裾《すそ》が見えた。ここは四階かな。ならまだ大丈夫のはず。わたしも現れた出入り口をくぐって向こうの部屋へ出る。

「ミラ殿下……」

なにもないがらんとした四角い空間で、彼女も息をはずませていた。出入り口以外の三方向に窓があり、周囲の海を見張れるようになっている。ミラ王女は窓の一つに張りついて外を見た。

「………」

なにかをさがして視線をめぐらせ、ほかの窓へも向かう。でも外は大雨だ。視界はとても悪く、遠くのものなど見えはしない。

とうとう窓に張りついたままミラ王女はうなだれた。

わたしはそっと彼女に近づいた。顔を隠す長い髪の中から、小さな嗚咽《おえつ》が聞こえる。細い背中がどうしようもなく震えていた。

「……あなたは、どう思うの」

顔を上げないまま、涙を含んだ声が尋ねる。

「本当にメースが犯人だと……あなたも思う？」

とっさには答えられなかった。どう言えばよいのだろう。迷って、結局思ったまま返してしまう。

「もしかして王女様は、その方がよいとお考えですか？」

一瞬嗚咽がやむ。ゆっくり顔を上げた彼女は、涙を隠しもせずわたしを振り返った。

「どうして……」

「メースさんが生きているという証明になりますから。たとえテロの犯人であろうと、生きていてほしいとお考えなのでは……と、思いまして」

「………」

深い青の瞳から、いっそうの涙があふれだす。彼女は両手で顔を覆い、声を上げて泣きじゃくりながらその場に崩れ落ちた。

わたしもおそばに膝《ひざ》をつき、背中をなでながら王女様が落ち着かれるのを待った。ずっと我慢していたのだもの、もう思いきり泣かれたらよい。ここには誰もいない。立派な姿を見せる必要はない。王太子ではなく一人の女性として、こらえず泣かれればよいのだわ。

「……ごめんなさい……」

ひとしきり泣いたあと、ようやく落ち着いてきた涙をぬぐって王女様はつぶやいた。

「こんなみっともない姿を見せて……あなたには迷惑ばかりかけているのに」

「謝っていただく必要などございません。みっともないとも思いませんが、今はもうよけいなことを考えず、お気持ちのままお好きになさってくださいませ」

「…………」

ハンカチを取り出してお顔を拭いてさしあげる。お化粧が崩れてぐしゃぐしゃだ。できるだけきれいにしてあげると、まだ鼻をすすりながら「ありがとう」と小さくおっしゃった。

「うろたえてはいけないと……王太子らしくしなければと思っていたけど、全部ばれていたのね。わたくし、やっぱりだめな王女なのね……」

「いいえ、とんでもない。わたしはずっとご立派だと尊敬申し上げておりました」

本当のことなので、わたしは力強く言った。

「もしいなくなったのが夫でしたら、わたしはとても王女様のようにはできません。どんなに大切なお役目があっても投げ出して、彼をさがしにいったでしょう。不名誉な疑いをかけられていたならなおのこと余裕はございません。夫をさがすことしか考えられなかったでしょう」

「…………」

「でも王女様はお務めを優先されました。内心どれだけ落ち着かなかったことか、察してあまりありますす。それを抑えて公務をこなしておいででした。どうして非難されましょう。たいへんご立派でございましたよ」

苦笑というには力なく、王女様は淡く微笑む。わたしの言葉に安心するわけでもなく、ただ切なげに息をこぼした。

「メースはあなたを狙ったのかもしれないのに、そう言ってくださるのね」

「信じてもいらっしゃらないことをお口になさらないでくださいませ。あれはメースさんのしわざではありません。もちろん、他の事件も」

長いまつげが上下する。王女様は少し驚いたお顔になった。

わたしは明るく笑ってみせた。

「夫もセヴラン殿下も同じ考えですよ。ただ今は言えないだけです」

「どうして……」

「真犯人を警戒させないためでしょうね」

真犯人、と口の中で彼女はくり返す。そう、真犯人は別にいる。メースさんが犯人ではない。

「夫は確証が得られるまでなかなか教えてくれないので、わたし一人の考えですが……おそらくメースさんは、車庫へは行っていません」

「えっ」

さらに王女様が驚く。わたしは階段へ目を向け、誰も来ていないことを確認した。うるさい雨と雷も内緒話には都合がよい。王女様に顔を寄せて小声で続けた。

「到着していったん解散したあと、わたしは裏庭を散策したのです。王女様がバルコニーに出ていらした頃《ころ》です。その時にメースさんとすれ違いました。まさに、車庫へ向かっていきました」

「あの時……なら、車庫へ行ったのでしょう？」

「そう、暗くなる前に点検を済ませようと考えたのでしょう。それから騒ぎが起きるまでに、ずいぶん時間がたっていますよね。ずっと車庫にいたとは考えにくくありませんか。あとでもう一度行った？　何度も出入りしていたら不審を招きます。細工をしたいなら最初の時にできたはずです」

「……そうね」

まだ驚きを残したまま、王女様はうなずく。

てっきりメースさんは車庫に行ったものと思っていらしたのだろう。わたしも最初はそう考えた。でもすぐにおかしいなと気づいたのよ。見たものと聞いた話に矛盾があった。

その答えがついさっき、橋が爆破されたことでわかったのだ。

「だとしたら、いったいなにが起きたの」

「ここから先は完全にわたしの想像ですが、もしかするとメースさんは、暗がりの中で動く不審な明かりを見つけたのではないかと」

「車庫の？」

「いいえ、橋です。橋に爆薬をしかけている、その作業を目撃したのではないかと思います」

目と口を大きく開けて、王女様が絶句する。震える手が口を覆った。

「あ……」

「夜間で距離もあったため、見えたのは明かりだけだと思います。ですが不審を抱くには十分でした。そんな時間に誰が橋を渡っているのか、なにをしているのか。翌日王女様が橋を渡られるとわかっているのですから放置できません。きっと確認に行こうとしたのでしょう」

「それで、犯人と鉢合わせした？」

「もしくは、犯人の仲間とですね」

状況を考えると単独犯の可能性は低い。多分見張り役がいて、調べにきたメースさんに気づいたのだろう。

「……メースが車庫で不審な行動をしていたと、報告した兵士は嘘《うそ》をついたことになるわね。ではあの者が……」

「はい。メースさんを……どうにかしたあと、彼の失踪をごまかさなければならないと考えた。と同時に、彼に罪をなすりつけ、わたしたちの目をそらそうと思いついた。細工されたのは馬車で、犯人は崖《がけ》から転落して海に流されたと思い込ませる。そうすれば、もう狙《ねら》われないと油断させられる。そういう筋書きだったのでしょう。手榴弾《しゅりゅうだん》も紐《ひも》も、それらしく見せかけるためにあとから仕掛けたのです」

王女様が手を下ろし、膝の上でぎゅっとドレスをつかんだ。うつむいて震える彼女が、また泣きだすだろうかとわたしは見守る。けれど王女様は強かった。ふたたび上げられた瞳には怒りが宿されていた。

「悪辣《あくらつ》なたくらみを持つ者が、護衛のふりをしてまぎれ込んでいたのね」

守ってくれると信じていた人たちが、おそろしいたくらみを隠していた。裏切りと卑劣さに怒りが燃え上がる。

「犯人が護衛兵ならその後の話にも説明がつきます。わたしたちがこのお城を見学をしている間、橋に異常がないか調べるという名目で歩いて、あの囮の筒を設置したのでしょう。島から監視している人たちには遠すぎて細かいところは見えません。堂々と設置し、なにくわぬ顔で戻ってきました」

他の場所でも同じような動きをしてみせれば、違和感は持たれなかっただろう。丹念に調べるふりをして監視の目をごまかし、囮を置いたのだ。

「筒に気づいて調べにいった時、橋の下を覗き込んでいる人がいましたよね。他の不審物がないか確認したのだと思っていましたが、そうするふりで導火線に火をつけたのです」

橋の下に爆薬を仕掛けるだけでは意味がない。火をつけなければ爆発しない。自分が巻き込まれないよう導火線を長く引いて、先端のそばにマッチでも用意しておいたのだろう。そして下を調べるふりで火をつけた。

「なんてこと……目の前に犯人がいたのに！　早くとらえないと——メースを手にかけた者を絶対に許さない！　逃がさないわ！　どうにかして皆に知らせないと……っ」

「大丈夫です。今申し上げたことに夫も気づいているはずです。彼のことですから、抜かりなく犯人を監視させているに違いありません。絶対に逃がしませんよ、ご心配なく」

シメオン様がとらえてくれると、わたしは保証する。青の瞳がさらに瞠《みは》られた。

しばらく無言でわたしを見つめ、ふと微笑む。

「信じていらっしゃるのね」

「はい。そういう人だと知っておりますので」

なんでもない顔をしながら、いろんなことに気づいてしっかり手を回す人ですよ。きっとね、わたしよりずっと早く、犯人は誰か見抜いていたのだわ。

なにも知らない方がよいなんて言って、わたしには教えてくださらなかった。知ったら不自然な態度になってしまうから。わたしが気づかずにいる姿を犯人に見せつけて、それこそ油断させたのだわ。

えーえ、そういう人ですよ！　気づいても口に出さないように、とも言っていましたね！

だからなんとなくわかってきた時、隠すのに苦労した。犯人のそばにいてもぎこちなくならないように、すごく頑張って知らん顔したのよ。あとでいっぱい誉めていただかねば。

「かならず、とらえます。間違いなく。けして悪人たちの思いどおりにはさせませんから」

爆破は予想できなかったとしても、シメオン様なら後手に回るだけのはずがない。きっと今この時も動いている。信じて大丈夫。

確信を持って約束するわたしに、王女様もうなずいた。濡れた窓へ目を向け、痛みをこらえるように眉《まゆ》を寄せて息を吐く。

わたしの話は彼女から希望を奪うものでもあっただろう。これだけのことをしておきながら目撃者を生かしておくとは思えない。メースさんの生存は絶望的だと思われただろうな。

わたしはまだ可能性を考えているけど、なんの確証もない話だ。ぬか喜びになってはいけないので今は言えなかった。

「……下へ戻りませんか。あまり長く離れない方がよいと思います」

わたしはそっと声をかけた。

「セヴラン殿下たちが心配していますわ」

「ええ……そうね、また迷惑をかけているわね。でもヒルベルトのところへは戻りたくない。いやなの。あの顔を見たくないし、声も聞きたくない」

嫌悪感もあらわに王女様は吐き出す。そうだろうなあと大いに理解できた。

ただでさえ好きにはなりにくい人なのに、こんな時にまで思いやりのない……どころか、悪意に満ちた言葉をぶつけてくるのだもの。正直、わたしだっていやですよ。

「夫をお気に召して積極的に迫っていらした……と、見せかけたのは、ヒルベルト様を追い払うためですか？」

王女様は窓を見たままうなずいた。

「ヒルベルト様がご結婚相手として決まっているのですか？」

「いいえ、わたくしは拒否している。でも周りはそのつもりで勝手に話を進めようとしていたわ。議会に彼の父親と懇意な者が多いのよ」

「ああ……厄介ですね」

「もともとわたくしは女ということで軽視されがちなの。ヒルベルトほどあからさまなのは少ないけど、ああいう考えの人間は他にもいるわ。みんな心の中ではわたくしを見下しているのよ」

「みんな、ではないと思いますが。ファン・レール大使だって、ミラ殿下に敬意をお持ちでしたわ」

そうねと王女様は力なく笑う。

「父はわたくしの意志を尊重してくれているし、女だからと馬鹿《ばか》にしない人もいる。でもそうでない人もいる……ヒルベルトがわたくしの夫になって、たよりない女王を補佐すればよいと考えている。あの男が補佐なんて立場で満足するはずがないけど、表面上はそういう形で決まりそうだったの」

「それで、王女様が恋をなさったと噂《うわさ》を流し、ヒルベルト様なんて眼中にないと示された？」

かすかな笑いがこぼされる。

「国民は彼の本性を知らないから。ヒルベルトたちの広めた、仲がよいという嘘を信じ、お似合いだなんて言っているのよ。冗談ではないわ。あんな男お断りだと、はっきり知らしめたかった」

「それで夫を？」

振り返ったお顔は申し訳なさそうだった。ごめんなさいと、彼女はまた謝った。

「中佐を知った時、この人が最適だと思ったの。ヒルベルトなんて足元にもおよばない、すぐれた男性……美しく、有能で、武術にも秀でている。人柄もとてもよく、真面目《まじめ》で誠実だと評判だった。それに出自も申し分ない。フロベール伯爵家の直系なら王族だって馬鹿にはできない。わたくしが恋をしても当然だと信じさせられる……と、思ったの」

うんうんとわたしはうなずいた。もしシメオン様が独身だったとして、本当に王女様と結婚しても問題にはならなかっただろう。それこそお似合いの縁組だと祝福されたのではないかしら。

「あとね、彼が既婚者だというのも、じつは都合がよかったのよ。わたくしは恋をしたけれど、相手はすでに結婚していたからかなわない想《おも》いで終わった、ということにできるでしょう？」

「わたしを妬《ねた》ましいとかおっしゃいませんでした？」

少しいたずらっぽく尋ねれば、王女様の顔にも笑いが浮かぶ。

「そうよ、うらやましかったのよ。好きな人と結ばれて、幸せそうにしていらっしゃるから。わたくしはあんな最低最悪の男を押しつけられそうになっているのに」

シメオン様の妻だから妬ましいのではなく、幸せそうだから妬ましかったと。

そのあたりはなんとなく察していたことだ。そして理由はヒルベルト様だけではなく。

「王女様が本当に結婚なさりたいお相手は、メースさんだったのですよね」

もう遠慮しない。はっきり指摘すると王女様はたじろいだ。

少し口ごもり、でもすぐに認める。

「今さらごまかせないわよね。ええ、ずっと彼に恋をしているわ……でもわたくしの片想いよ。メースにその気はないの」

「その、はっきり言われちゃったり……？」

断られたのだろうかと問えば、首を振られる。王女様の恋は告白もしていないらしい。

「見ていればわかるわ。そんな態度全然ないもの。秘書官に誘った時もはじめは断られたのよ」

「それは軍に在籍していたから」

「いいえ、退役したあとよ。一般家庭だから父親の跡を継ぐとかはなかったのだけど、母親を一人にしておけないという理由で軍を離れたの。家から通える仕事をさがすと言うから、ちょうどよいと思って……ああ、でもこんなことになってしまって、お母様にどうお話しすれば……」

王女様はまた両手で顔を覆ってしまった。

彼女が気を取り直すまで、わたしは黙って背中をなで続けた。誰かが追いかけてくる足音はしない。セヴラン殿下やナイジェル卿が、あの部屋にとどめてくれているのだろう。あそこへ帰るより離れていた方がよいかもしれない。

「……戻らないとね」

急《せ》かさずに待っていると、王女様は力なくおっしゃった。

「わたくしがここにいては、あなたも戻れないわね」

「おかまいなく。どのみち迎えを待つしかできませんもの。ですが、場所を移しませんか。こういう高い建物って、落雷の可能性があります。念のため離れた方がよろしいかと。ヒルベルト様のところへは戻らなくてもよろしいので、塔《ここ》ではなく本館へ移動しましょう」

「そうね……」

立ち上がってくださるのにほっとして、わたしも立つ。王女様に寄り添いながら階段へ戻った。

「足元にお気をつけて」

古いお城にありがちな、狭くて急な階段だ。改築してもそこは変えられなかったのかな。うっかり踏みはずさないよう、わたしたちはスカートをつかんでゆっくり下りた。

「……王宮にも塔があるのよ。危ないからだめって言われていたのに、子供の頃こっそり上ったの」

わたしに聞かせるというより、ただ思い出を振り返るように、王女様は言う。

「誰にも気づかれていないと思ったのに、メースが追いかけてきたの。昔から、わたくしがなにかするとすぐ気づいてくれた……」

「子供の頃からのお知り合いだったのですか」

「ああ、言っていなかったわね。わたくしの父と彼の父親が、大学時代の学友なのよ。その関係で知り合ったの」

「幼なじみというわけですか」

「ええ……でもわたくしの秘書官になってから、メースはすっかり変わってしまったわ。仕事上のつき合いという態度を徹底するようになって、もう昔のようには接してくれない。失敗しちゃったわ」

好きな人と一緒に仕事ができると、喜んだのは最初だけだった。かえって距離ができてしまい、王女様はさみしい気持ちをあじわうことになってしまった……切ないなあ。これが物語なら楽しく読めるのに、現実はただつらいばかりよね。

「マイヤーさんみたいな人がいますからね、しかたないのでは。王女様の不名誉になってはいけないと思われたのでしょう」

「そうなのよ、メースは真面目に仕事をして、けして公私混同なんてしなかったわ。なのに目の敵にして……マイヤーさんだって親族の伝《つて》で入ってきたくせに、えらそうに」

「え?」

意外な言葉に、思わずわたしは足を止めてしまった。階段の途中で王女様も立ち止まり、不思議そうにわたしを見返す。

「どうかして?」

「いえ、あの――マイヤーさんって、正規の職員ではないのですか? メースさんは彼を生え抜きの役人だと言ってらっしゃいましたが」

「地方で働いていたようで、正規といえば正規だけど、王宮に勤めだしたのは最近よ。子供の頃に家庭の事情で中央を離れたとか聞いたわね」

「それなのに、王女様の随行員に？」

「議員の甥《おい》なのよ。伯父の権力でもぐり込んできたの。そこもわたくしは気に入らないのだけど。彼にメースを馬鹿にできる資格なんてないでしょう」

「…………」

胸が音を立てている。とてもいやな予感がした。ようすの変わったわたしに王女様も不安そうなお顔になる。

「どうしたの？　わたくし、なにかおかしなことを言った？」

「……今日《きょう》、予定どおりにこの島へ渡られることは、王女様ご自身でお決めになったのですか？」

「え？　ええ。公務を放り出したらまたヒルベルトに馬鹿にされると、マイヤーさんにも言われて。もうヒルベルトなんてどうでもよかったけど、きっとメースも同じことを言うだろうなと思って。彼に恥じない自分でいたかったの」

「…………」

わたしは胸を押さえた。どうしよう、大きな勘違いをしていたかもしれない。

マイヤーさんはうるさい人なのに、王女様の行動にはなにも言わなかった。他の随行員はたしなめたりしていたのに、彼だけはむしろ味方をしているように見えた。わたしを敵視し、シメオン様から引き離そうとして。お茶会の日だって、普通なら止めそうなものなのに王女様が抜け出すのを見守った。

だからもしかして、と考えた。わたしを狙った二つの事件は、マイヤーさんが犯人だったのではないかと。

暴走事件の時は近くにいたし、バザー会場で目撃された人の背格好にも近い。わたしがけがをして動けないうちにシメオン様との距離を縮める……なんて作戦だったのかな、と。王女様を巻き込んでしまったのは、彼にも想定外の事態で。

で、結局上手《うま》くいかなくて、おまけにテラザントへの旅にまでわたしがついてきたものだから、ちょっと過激になって橋の爆破という行為に出てしまったのかもしれない。ここでならテロリストのしわざにできるから……現にそう主張していた。

あの時彼は王女様に声をかけて、安全な場所まで下がらせていた。対するにわたしは近くにいて、あやうく爆発に巻き込まれるところだった。

護衛兵に共犯者がいるなら、仲間をさりげなく危険な場所から離れさせることも可能だ。わたしが直撃を受けたらセヴラン殿下も一緒に吹っ飛んでいたのだけど……さすがに過激すぎないかとは思ったけど、この読みが当たりならメースさんはまだ生きているかもしれない。ことが終わるまで、どこかに閉じ込めているだけかもしれないと思った。

かなり正解に近い気がしていたのに、今の話で急に自信がなくなってきた。落ち着いて、なにが引っかかる？　どこに違和感がある？

最近現れたばかりの新入りだからって、仮説を覆す理由にはならないわよね……新入りだからこそ、王女様に気に入られようと必死だったのかも。

でもそういう人には、それなりの雰囲気がないかしら。王女様に媚《こ》びているようには見えなかった。

ひそかに崇拝している……という雰囲気でもないような。

なんだろう、よくわからないまま、でもすごくいやな予感がする。わたしの立てた仮説は間違っていた気がしてならない。

「マリエルさん？」

呼びかけられてわれに返った。一瞬迷い、このまま下りることにする。なんにせよ塔にいるのはまずい。落雷も怖いけど、もし襲われたら逃げ場がない。

「失礼しました。まいりましょう」

わたしはふたたび足を動かして階下をめざした。三階、二階と通りすぎ、あと少しと思った時に、騒々しい足音が近づいてきた。

ギクリとしてまた足を止めるのと、階段室に人が現れるのは同時だった。駆け上がろうとした人もまた、わたしたちに気づいて立ち止まった。

「ヒルベルト」

うわぁ、と言いたげに王女様が顔をしかめた。

息を乱しながら飛び込んできたのは、ヒルベルト様だった。

13

一瞬驚いた顔で止まったヒルベルト様だったが、すぐにまた階段を上り、こちらへ突進してきた。

「なに……なによ、さわらないで！」

ミラ王女につかみかかる。あわてて止めようと間に入ったわたしは、彼の肘《ひじ》に打たれてよろめいた。

「マリエルさん！」

「いった……あ、大丈夫、ちょっとぶつかっただけです」

殴られたのではなく、振り払おうとしてたまたま肘が当たっただけだ。わたしは痛むところをさする。眼鏡《めがね》に当たらなくてよかった。

ヒルベルト様はわたしになど目もくれず、王女様の腕をつかんでいた。

「いきなり乱暴な！　彼女に謝りなさい！」

「うるさい！　お前こそ、私を殺そうとしたくせに！」

「はあっ？」

とんでもないことを言われて王女様が声をひっくり返す。わたしも驚いた。なんですって？

「なにを言っているの？　とうとう本気で頭がおかしくなった？」

　王女様は呆《あき》れを隠さずに言ったが、ヒルベルト様は真剣な顔だった。怒りと恐怖をないまぜに、王女様にいっそう詰め寄る。

「あいつらはお前の配下だろう！　わかったぞ、テロを装って橋を落とし、邪魔の入らない場所で私を暗殺しようとたくらんだな！」

「あいつらって……ああもう、落ち着きなさい！　いったいなんの話をしているの⁉　たしかにあなたが死んだらわたくしには僥倖《ぎょうこう》だけど、暗殺なんてしないわよ」

「嘘《うそ》をつくな！　現に今、襲われたんだぞ！」

「え……」

　ヒルベルト様を追いかけてもう一人やってくる。唯一残った護衛兵だ。一瞬警戒したけれど、彼の存在をヒルベルト様は気にしなかった。ということは、襲ってきたのは別の人間なのね。

「武装した連中が現れて、いきなり襲いかかってきたんだ。はじめからこの島で待機していたとしか思えない。お前の差し金だろう！」

「……待って。今の話は本当？」

　腕をつかまれたまま、王女様は護衛兵に顔を向ける。問われた兵士はうなずいてヒルベルト様の話に補足した。

「はい、正体不明の集団が現れて、なにも言わず襲いかかってきました。シャノン大使が応戦されましたが、自分はヒルベルト様をお守りするのが精いっぱいで」

「セヴラン殿下は⁉」

「わかりません。われわれが脱出する際はまだご無事だったと思いますが……」

襲撃者——集団って、何人くらい？　いくらナイジェル卿でも相手が多すぎれば対処しきれない。

階段を駆け下りようとしたわたしを、兵士が両手を広げて遮った。

「いけません！　今戻るのは危険です！」

「でも殿下が……っ」

「あなたが行ってお助けできるのですか⁉」

もっともなことを言われて反論に詰まってしまう。わたしが行っても足手まといが増えるだけだ。そうだけど、なにかできることはないのだろうか。

「だったら、あなたは戻れない？　ヒルベルトはこうして逃げてきたのだから、もうそばにいなくてもよいでしょう？　セヴラン殿下たちの応援に行って」

「は……」

「冗談じゃない！　そう言って私から護衛を引き離し、また襲わせるつもりだろう！」

ミラ王女が提案するも、猛然とヒルベルト様が反対した。

「わたくしは関係ないわよ！　あなたを殺すために、どうしてセヴラン殿下やシャノン大使まで襲わなくてはならないの。殺すならあなた一人を殺すわよ！」

す、すごい反論だ。でもそうよね、どう考えても狙《ねら》われたのはセヴラン殿下だろう。襲撃者たちにとってヒルベルト様はどうでもよくて、だから逃げられたのかも。

ヒルベルト様の言ったことは一部正しい。あの爆発は殿下をこの島に閉じ込めて、シメオン様たちが来る前に殺してしまおうと狙ったものだ。暗殺者たちははじめから城の奥に隠れひそみ、機会を窺《うかが》っていたのだろう。

殿下……！

「申し訳ありませんが、自分一人が戻ってもとうてい対抗しきれません。自殺行為になるだけとわかっていてご命令には従えません」

兵士の言葉にミラ王女は言葉を失う。死んでこいなんて命じられるはずがない。そうしたところでセヴラン殿下たちを助けられないのなら、なおさら無理だった。

「その集団は、何人くらいいたのですか」

わたしの問いに兵士は首をひねった。

「十人くらいかな……見たかぎりは、ですが」

目の前が暗くなる。セヴラン殿下をかばいながら、ナイジェル卿一人で戦える数ではない。

ああ、せめてアーサー君とエヴァさんが一緒だったら！　あの二人も薔薇《ばら》の騎士だ。十分な戦力になって、きっとナイジェル卿を助けられたのに。どうして今日《きょう》にかぎってお留守番なのよ!?

どうしよう、どうしよう、どうしよう。

シメオン様、助けて。殿下とナイジェル卿を助けて。シメオン様！

「やめて、ヒルベルト！」

焦りと恐怖に混乱するわたしの耳に、悲鳴じみたミラ王女の声が届いた。見ればヒルベルト様が彼女を引きずって、無理やり階段を上ろうとしている。

「ヒルベルト様、いけません。塔は落雷しやすい場所ですし、襲われたら逃げ場がありません」

「雷なんてそうそう落ちるものか！　何百年この城があるんだよ。下手《へた》な場所に逃げるより立てこもった方がいい。ここなら窓からは入れないんだ、入り口さえ封じれば救助が来るまで持ちこたえられる」

「そ、そうですね。上へ行きましょう！」

護衛兵までが彼に賛成してわたしを引っ張る。抵抗もできなかった。男性の力でぐいぐい引かれては、足をもつれさせないようにするので精いっぱいだ。わたしもミラ王女も囚人のように引かれてふたたび階段を上った。

さきほどの部屋を通りすぎ、さらに上へとヒルベルト様は向かう。五階には頑丈そうな鉄製の扉があり、そこならばと思ったのだろう。彼は息を切らしながら扉を押し開いた。

「え……」

一歩踏み込むや、ぎょっと驚いて動きを止める。

こちらの部屋にはいろいろな道具が残されていた。小さな丸椅子《まるいす》に、なにかの台。縄や鎖、籠《かご》といったものも壁際に転がっている。何百年も昔のものではなく、比較的新しいものばかりだ。ごく最近まで使われていたとわかる風景だった。

それよりもわたしたちの目を引いたのは、部屋の中央に据えられた大きな器具だった。

木で作られた長方形の枠を、しっかりした台が支えて立たせている。下部が細長い板につながっていて、それも安定に一役買っている。そして上部には、斜めになった大きな刃がぶら下げられていた。

ミラ王女が小さな悲鳴を上げた。今の状況でいきなりこれを見せられたら怖い。ここにあると知っていたわたしも、じっさい目の当たりにすると震えが走った。

「な、なんだ……なんでこんなところにギロチンが」

ヒルベルト様がいちばん怖がっていた。ミラ王女から手を離してしまったのにも気づいていない。

「ここは処刑場でもありましたから……」

わたしは呼吸を整えながら言った。

「こ、ここか？　この部屋でやっていたのか⁉」

「そう聞いています」

「なんでこんなところでっ⁉　そういうのは地下とか、建物の端っことか」

「本館は生活空間や作業場として使われていましたから。やはりこういう部分とは離れたいものでしょう。だから塔が使われたと聞きましたよ」

どうやらヒルベルト様も処刑を楽しむ感性は持ち合わせていないようだ。それとも近くでギロチンだけ見るのは怖いのかな。腰を抜かしそうな顔になって壁際へ下がった。

わたしは扉をたしかめた。やはり鍵《かぎ》はついていない。中から鍵をかける必要なんてないものね。ここに立てこもるとしたら、なにかで扉の前をふさぐしかない。

使えるとしたらあのギロチンくらいだけど、動かせるのかな。かなり重いだろうし、下手に動かすと刃が落ちてきそうで怖い。もう何年も使われていないのに、まだ十分な切れ味がありそうだ。ぶら下げる縄の方があぶなかった。目に見えて劣化していて、振動を与えると切れそうだ。いっそ先に落としてしまえばよいだろうか。

でも……。

提案をためらって黙っていたら、男性陣もなにも言わなかった。今のところ追手が来る気配もないので、扉を閉めるだけにしておく。会話もなく、それぞれ床に腰を下ろして休んだ。

襲われる不安と、絶え間ない雨の音、激しく響く雷――そして目の前には処刑道具。誰《だれ》もがおびえた顔で黙り込んでいる。

そっとようすを窺いに行くくらいはできないかな。わたしはまだ殿下たちを諦《あきら》められなかった。あるいは、対岸へ合図を送ることはできないだろうか。

この雨の中では無理だろうともう一人のわたしが言う。でも逆に雨が音や姿を隠してくれないかとも考える。襲撃者たちに気づかれず動くことができるかもしれない。気配を殺し、存在に気づかせないのはわたしの特技よ。

やってみないで諦められない。わたしは一人で戻ろうと腰を浮かしかけた。

気づいた王女様がわたしを見る。と思ったら、美しい顔に緊張が走った。

わたしも気づいた。足音がする。誰かが階段を上がってくる。

ヒルベルト様も遅れて気づき、顔を引きつらせた。わたしはそっと立ち上がって扉に張りつく。集団ではない……一人だわ。誰？　殿下？　それとも……。

「……そこに、誰かいますか」

扉の向こうで抑えた声がした。

ぱっとミラ王女とヒルベルト様が明るい表情になった。反対にわたしは扉から離れ、あとずさった。

「マイヤーさん？」

王女様が立ち上がり、護衛兵も扉へ駆け寄った。

「待ってください」

わたしの制止を聞かず扉が開かれる。マイヤーさんの姿が見えた瞬間、わたしは緊張して身がまえたが、彼はただ静かに入ってきただけだった。後ろから仲間が現れるでもなく、落ち着いてわたしたちを見回す。

「皆様、おそろいですか。よかった」

「あなたこそ。襲われたと聞きましたが、どうなったのです。セヴラン殿下たちはご無事ですか」

期待を向ける王女様の陰に隠れ、わたしはそっと部屋の中を見回した。なにか武器になりそうなものはないかとさがす。相手が一人なら、わたしたちでもなんとかできるかも。

あの丸椅子で殴りかかったら効くかな。

「さて、確認はしていませんが、まあ死んでいるでしょう」

緊張もないあっさりした口調で答えられ、一瞬王女様はポカンとなった。

「え……？」

「もっと大勢残ることを予想して、けっこうな人数を用意していたんですがね。間抜けなラグランジュ人どもはさっさと先へ進んで、後ろをがら空きにしてくれました。島には誰もいないと思い込み、前ばかり気にしてね。こうも都合よくいくとは逆に驚きましたよ」

嘲笑《ちょうしょう》しながら語る彼に、王女様は面食らっている。彼女はマイヤーさんをまったく疑っていなかったから、とっさには理解できずにいた。

「なにを言っているの……？　マイヤーさん、あなたいったい……」

わたしは彼らの注意を引かないようソロソロと動き、丸椅子に手を伸ばした。まさかわたしが殴りかかるなんて思わないだろうから、不意を突けばなんとか……。

けれど手が届く寸前、後ろから衝撃が襲いかかった。一瞬息が詰まり、目の前が暗くなる。

なに……なにかがぶつかった……？

「マリエルさん⁉」

たしかめることもできず、わたしはその場に崩れ落ちた。

頬《ほお》に冷たい床を感じ、だんだん気が遠くなる。王女様の声が遠い。

「どうしてこんな——なにを……やめて！」

「ただ殺すだけではつまらんな。せっかくいいものがあるんだから、それを使おうか」

頭と首が痛かった。そう、痛いのだと気づく。多分首のあたりをひどく殴られたのだ。

完全に気絶するまでにはいたらなかった。まだぼんやりと周囲の音も聞こえている。そしてわたしの両腕がつかまれ、背中の方へ引っ張られるのも感じた。それが少しだけ意識を引き戻す。

うう、頭がガンガンする……手も痛い……って、動かせない。縛られてる？

わたしを後ろ手に縛った誰かは、その状態で担ぎ上げる。なんとか開いた目に、驚いてこちらを見るヒルベルト様の姿が映った。

ああ、彼ではない……なら、わたしを襲ったのは……。

わたしの身体《からだ》はすぐに下ろされた。硬い板の上にうつ伏せにされる。眼鏡が当たって痛い。でも腕を動かせなくて、ずれたのを直すこともできない。

ここは……これって……。

「伯爵家の若夫人が首を落とされた姿で発見されたら、さぞかし騒ぎになるだろうな。いいところへ飛び込んでくれたものだ」

「やめて！　やめなさい！」

王女様が絶叫している。わたしの肩が乱暴につかまれ、板の上を引きずられる。端までいったようで顔に当たる板がなくなった。

喉《のど》のところに硬い感触があり、それと同じものが上からも挟んでくる。がっちりと首の周りを固定されて腕だけでなく身体じたいが動かせなくなってしまった。下半身は自由だけど、暴れたところでこの枷《かせ》からは逃れられない。

すぐ近くに床が見えている。見えない頭上には刃があるのだろう。つなぎとめている縄がほどかれたら、わたしの首めがけて落ちてくる……。

「やめてぇっ!!　どうしてこんなことをするの!?」

どうにか少しだけ頭を傾けられて、人の姿が視界に入った。そばに立っているのは、さっきまで無害そうな顔をしていた兵士だ。王女様は見えないけれど、マイヤーさんに取り押さえられているらしい。そしてヒルベルト様は、わけがわからないと双方を見回していた。

「そんなにいやがることはないでしょう。あなたにとって邪魔でしかない女がいなくなるのに」

「馬鹿《ばか》を言わないで！　わたくしはそんなことっ」

「一人の男をめぐって女同士で醜い争いをする。よくある話ですよね。あなたは激情にかられてにくい恋敵を殺してしまうのです」

「いったいなにを……あなたはなにを言っているの？」

マイヤーさんはくつくつと笑う。

「しかし流れる血を見て、おそろしさに錯乱したあなたは窓から身を投げてしまう。泥沼劇は二人とも死ぬという結末で終わるのです」

「マイヤー……」

「いささか陳腐な脚本ですが、世間に衝撃は十分に与えられるでしょう。美しい物語にする必要はない。下世話で醜悪なほど、人の好奇心はかきたてられる」

「………」

わけがわからなくても、わたしたち二人ともを殺そうとしていることだけは理解できただろう。王女様は必死に叫んだ。

「なにしてるのヒルベルト！　マリエルさんを助けて！」

ヒルベルト様だけは誰にもとらえられていない。自由なままだ。なぜ動かないのかと王女様は訴えた。

けれどヒルベルト様はうろたえるばかりだった。

「えっ……いや、でも……」

「お願いよ、なんでも言うことを聞くから助けて！」

一瞬心を動かされそうになったヒルベルト様だったけれど、わたしをとらえた兵士を見るやたじろいでしまう。彼にはとても戦う勇気はなさそうだった。

「あなたも死にたくなければ、邪魔をしないでおとなしく見ていてください、ヒルベルト様。王女が死ねばあなたにも都合がよいでしょう？」

「えっ」

「王配などでなく、あなたが王になれるんですよ。黙って見ていればね」

マイヤーさんは猫なで声を出す。

「い、いや、だってユリウスがいるし……」

「しょっちゅう体調を崩して寝込んでいる虚弱な王子より、あなたの方が王にふさわしい。それに、身体の弱い子供が成人前に命を落とすなどめずらしくもない。彼が死んでも疑われないでしょう」

「…………」

言わんとするところを察し、ヒルベルト様はつばを呑《の》む。そこまで悪辣《あくらつ》にはなれないようで、真《ま》っ青《さお》になって首を振った。

「そ、そういうのは……別に、そんなことまでしようとは」

おびえる彼をマイヤーさんはせせら笑う。

「なんだ、情けない男だな。さんざんえらそうな口を利いておきながら、本気で王位を奪う覚悟もないのか。惰弱な――北の王族などこの程度か」

「あなたは……」

ようやく声が出せるようになった。見えないマイヤーさんに、わたしは言った。

「あなたの、本当の名前はなに？　議員の甥《おい》というのは、嘘ではないの？」

「………」

「本物になりすまして入れ替わった？　それとも、国を裏切った本物なの」

問いに答えはなかった。マイヤーさんの冷たい声が短く命じた。

「やれ」

兵士が動く。

「いやぁっ！　やめてやめていやあああぁーっ！」

王女様の絶叫だけが響く。兵士の動きは止まらない。わたしのすぐ上でなにかしている……きっと、縄に手をかけている。

嘘でしょう……本当にこのままわたしを殺すの……？

顔に汗が流れた。心臓がうるさいほど暴れている。やだ、どうしよう、どうすれば。怖い。誰か助けて。いやだ、いや……っ！

シメオン様の姿が脳裏に浮かぶ。シメオン様……助けて……。

もう彼と会えないの？　わたしがこんな形で死んでしまったら彼はどうなるの。ずっと一緒にいるって約束したのに。いやよ、死にたくない。シメオン様と離れたくない。

神様――

音がした。一瞬後に死がやってくると、思わずわたしは目をつぶる。頭のすぐそばでガキンと耳障りな音が響いた。

こ、こんな音がするのね……って、痛みを感じないような。もう死んでしまったからわからないの？

斬首《ざんしゅ》は一瞬で終わるはず。わたしの頭はもう身体から離れてしまったのか。

そのわりに五感がはっきりしていた。乱れる呼吸をくり返し、板の上で全身を緊張させてこわばっている。顔の下に支えてくれる台がないから、頭の重みで喉に枷が食い込んで痛い。そう、頭の……。

「あれ？」

もしかして死んでいないのでは？　と気づいてわたしは目を開けた。

さきほどと変わらず床が見えていた。頭は落ちていない。ちゃんと身体にくっついている。

おそるおそる視線を動かせば、すぐそばに白い制服があった。これ以上見上げることができない。

でもこの身体は知っている。同じ服を着ていても、同じように鍛えていても、彼のことはすぐわかる。

「シ、シメ……オ……」

「………………」

ふう、と吐息が聞こえた。

安堵《あんど》に弛緩《しかん》したのは一瞬で、彼は跳ねる勢いで身をひるがえす。攻撃をかわし、兵士の身体を蹴《け》り飛ばした。

「逃がすな！」

鋭い声が響く。ドヤドヤと足音も入り乱れる。なにがどうなっているのか、見たいけれど動けない。そもそも落ちてきた刃はどうなったの。

「マリエルさん！」

王女様がきた。解放されたのね。彼女はわたしをとらえる枷に手をかけようとしてシメオン様に止められた。

「あぶないのでさわらないように」

「早く彼女を助けてあげて！」

「もちろんです。落ち着いて」

近衛《このえ》の誰かがやってきてシメオン様を手伝う。多分刃が引き上げられ、それからわたしを固定する枷がはずされた。

自由になった身体をシメオン様が抱き起こしてくれる。後ろで縛る縄もほどかれた。

「大丈夫ですか、マリエル」

ああ……。

もう二度と会えないのかと思った人が、目の前にいる。すっかり見慣れた、でも見飽きることのない美しいお顔が、心配そうにわたしを覗《のぞ》き込んでいる。眼鏡の中の水色の瞳《ひとみ》がいとおしくてたまらなく、わたしは彼の首に抱きついた。

「シメオン様……！」

「もう大丈夫、大丈夫ですよ」

シメオン様もわたしを抱きしめて、優しくなぐさめてくれる。頭をなでる大きな手の感触に今さら泣きたくなった。

「うっ……うぇっ……」

「怖い思いをさせてすみません。もう大丈夫ですよ」

「シメオン様ぁ……なんだか冷たい」

いつものように頬をすり寄せたわたしは、彼の肩がひどく冷たいことに驚いた。

「あっ……と、濡《ぬ》らしてしまいましたね」

シメオン様がわたしから手を離す。え、そんな、と残念に思いながら顔を上げ、あらためて見た彼は全身ずぶ濡れだった。

上から下まで、濡れていないところがない。金色の髪もぺったりとうなじに張りついていた。

「……もしかして、泳いで渡っていらしたのですか」

これは雨のせいではない。海の匂いがする。彼を濡らしているのは海水だ。

「船で近づくと目立ちますからね」

シメオン様はわたしを置いて立ち上がり、ギロチンからなにかを取り上げた。

サーベルだ。鞘《さや》に入ったままのサーベルが置いてあった。

そうか、あれで落ちてくる刃を止めたのか。

また冷や汗が流れる。でももう死の恐怖は通りすぎていた。見れば室内には近衛が何人もいて、すでにマイヤーさんと兵士をとらえていた。

「濡れてない？」

みんな普通の姿だ。濡れているのはシメオン様だけで、他《ほか》の人は無事である。どういうことだろう。

新たな足音が上がってきて、入り口からアランさんが現れた。

「制圧、完了しました」

「負傷者は？」

「かすり傷が数名。問題ありません」

シメオン様はうなずいてサーベルを腰に戻した。

ぼんやり見ていたわたしは、大事なことを思い出して立ち上がった。

「殿下は⁉　殿下とナイジェル卿はご無事ですか⁉」

アランさんはわたしを見て、いつもの明るい笑顔を浮かべてくれた。

「大丈夫ですよ、お二人ともピンピンしてらっしゃいます」

……よ、よかったああああぁ。

腰が抜けそうだった。息と一緒に魂まで出ていきそうだ。わたしは同じように安堵しているミラ王女と顔を見合せ、泣きたいほどの笑いを交わした。

「こいつら、どこに……くそ、まさか最初から気づいて」

拘束されながらマイヤーさんがうめく。シメオン様はひややかなまなざしを彼へ向けた。

「部下を島に隠れさせていたのか」

「あなたと同じことを考えただけですよ」

勝ち誇るでもなく淡々と言う。

「驚くような奇策でもないでしょう」

「……俺《おれ》たちの計画を読んでいたのか」

「出発前からあなたの行動を監視していましたので。護衛兵にまぎれ込んだ仲間も全員把握しています」

「出発前って、サン＝テールにいた時からですか？　どうして……」

思わず口を挟んでしまったわたしには、少し声をやわらげて説明してくれた。

「きっかけは馬車の暴走事故ですよ。あの時、彼はあとから駆けつけましたね」

「え、はい……」

そんなに前から気づいていたの？　たしかにマイヤーさんはひそかに王女様を見守っていたと説明したけど、なにか不審だったろうか。わたしはなんとも思わず普通に納得してしまったわ。

王女様も同じ疑問を抱いたようだ。聞かれて、そうではないとシメオン様は言った。

「駆けつけたタイミングですよ。馬車が暴走して止まれず、無理に左折したところまで彼は知っていた。坂の上から見ていたことになりますが、それで追いかけてきたにしては遅すぎる。もっと早く到着しているはずです」

そ、そうだっけ？

あの時のことを思い出してみても、わたしにはよくわからなかった。うーん……そうね、シメオン様が横転を防いでくれて、どうにか馬車が止まって、中にいたのがわたしたちだと知って驚いて。

振り落とされたメースさんが近衛に助けられて、王女様の無事を確認して……あと馬の無事も確認した。

うん、すぐ道に戻ったわけではない。少しその場でとどまっていた。

マイヤーさんが現れたのは道へ戻ろうとした時で、たしかに遅すぎたかも。彼らは馬に乗っていたから、急げばもっと早く来られたはずだ。あの状況で急がない人はいないだろう。

……と、言われて振り返ればわかるけど、あの時は気づかなかった。そこまで余裕がなかった。騒ぎの中で、シメオン様は不自然さを見落とさなかったのね。

「大使館の前で待っていて、いっこうに王女殿下の馬車が出てこないため確認に行ったという話でしたね。そこから急いで追いかけてきて、あの坂で暴走しているのを目撃した。私がその状況なら全力で追います。あなたはなぜあんなにゆっくり来たのです？」

マイヤーさんはものすごくくやしそうな顔をしていた。まさかあれで見抜かれたとは思わなかっただろう。

その時からシメオン様は彼を疑っていたのか。よくもまあ、知らん顔をして。

あー、思い出した。ホテルに着いてすぐのこと、庭に出た時。あの時のシメオン様が妙にらしくなかったのよね。すれ違ったマイヤーさんに聞こえてしまうくらい、不用意にメースさんを疑っているような話をして。そうですか、わざとでしたか。マイヤーさんを油断させるため、見当違いなことを考えていると思わせたのね。

これだからこの人は！　やっぱり腹黒参謀よ、にくたらしくもかっこいい！

「では、あの事故も彼のしわざで……わたしではなく、王女様が狙われたものだったのですか？」

「そこはまだ断定できませんが、いちばんの狙いはやはりあなたでしょう。王女殿下に関しては予想外で、しかし悪くない展開だと放置していたのではないかと」

わたしと王女様は、また顔を見合わせた。

「どうしてそんなにわたしを……」

わたしたちの視線を受けてもマイヤーさんは答えない。顔をそらし、フンと鼻を鳴らしただけだった。

とにかく下へ戻ろうとシメオン様がうながし、わたしたちは部屋を出た。ヒルベルト様も近衛につき添われて歩いている。さすがにいつもの威勢はなかった。おびえていたところを見られたのが不本意なのか、ふてくされたようにわたしや王女様から顔をそむけていた。

塔を出て休憩所へ戻るべく廊下を歩く。人気《ひとけ》がないと思っていた城内がざわめいていた。前方で近衛たちが動いている。とらえられているのがヒルベルト様の言っていた武装集団だろう。

これほどの人がいったいどこに隠れていたのだか。

「ああ、戻ってきたね。無事でよかった」

男たちの中にナイジェル卿の姿もあった。彼に気づいたわたしたちは、うっとたじろいだ。

ナイジェル卿は誰よりも壮絶な状態だった。おしゃれな紳士服が真っ赤《まっか》に染まっている。顔や髪にまで血がついていた。

「え、あああの、大丈夫なのですか」

血まみれになりながらけろりと笑っているのが怖い。一人でいる時に出くわしたら泣きそうだ。

「見苦しい姿で申し訳ないね。ご心配なく、全部返り血だよ」

「そそ、それは……ようございました」

わたしはそう言うのがやっとだった。

こ、怖いぃ。

どれだけ戦ったのだろう。何人斬《き》ったのだろう。これが薔薇の騎士。その団長。聞きしにまさる最強無敵ぶり……。

シメオン様がわたしの前に立って視界を遮り、ナイジェル卿の後ろからも人がやってきた。

「せめて上着を脱ぎなさいって。こんな場所で血みどろって、まるきり怪談じゃないですか。これでも羽織っててくださいよ」

エヴァさんだ。いつもの調子でナイジェル卿を叱《しか》りつけ、自分の上着を蜂蜜《はちみつ》色の頭にバサリとかぶせた。

小柄な少年の姿もあった。アーサー君は黙々とナイジェル卿から上着をはぎ取り、かわりに手ぬぐいを渡す。顔についた血がようやく拭《ふ》き取られ、少しは冷静に見られる姿になった。

「お二人もいらしたのですね」

シメオン様の陰から覗くわたしを、エヴァさんが振り向く。彼女の手にも剣があった。腰に拳銃《けんじゅう》も下げている。袖口《そでぐち》に赤い汚れがあったのは、見なかったことにする。

「ナイジェル様の指示で潜伏していました。夜中の潮が引いている間に徒歩で渡りまして」

そっか……お留守番ではなく、先に来ていたのか。

この場にいる近衛たちも、事前に島へ渡って隠れていたのだろう。襲撃を見越してひそかに配備されていた。マイヤーさんはがら空きだと笑っていたけれど、そう思わされていただけでシメオン様の方が一枚上手だった。

ええ、ええ、そういう人ですよ。本当にもう。

シメオン様もセヴラン殿下もさすがの有能ぶりだし、同じ城内にいながら気づかれないよう隠れていた近衛たちもすごい。さすがラグランジュが誇る精鋭近衛騎士団、ではありますが。

でもねえええぇ！

一人作戦を知らされずにいたわたしはむくれるしかない。頬をパンパンにしてナイジェル卿に笑われ、近衛たちからも子供を見るような目を向けられてしまった。

もー、どうやって埋め合わせしてもらおうか。めいっぱいわがまま言ってやる。

シメオン様に連れられてわたしたちはもとの部屋へ戻る。外は変わらず大雨で昼とは思えない暗さだったけれど、心には明るい光が差している。不安の雲は遠いかなたへと消え去っていた。

14

当然ながらと言うべきか、セヴラン殿下もいたってお元気で、最後に見た時とまったく変わりないお姿だった。

「三人とも無事だな」

戻ってきたわたしたちを見て、軽くうなずくだけで済ませてしまう。この場から動かないまま、一部始終を把握されていた。

「殿下もご無事でようございました。結婚寸前に亡くなられたのでは、ジュリエンヌになにも残らないところでした。今後の不安もございますから、帰ったらすぐに遺言書を作成してくださいませ」

「あと少しというところまで漕《こ》ぎ着けたのに、ここで死ねるか！　私は絶対に結婚する！」

「ま、いちばん言ってはならぬ台詞《せりふ》を。伏線を引いてしまいましたね」

「ないよ伏線なんて。ないから！」

もちろんわたしはご無事を喜んでおりますとも。ジュリエンヌのためにもね。ふん。

問題の武装集団を数えてみれば、全部で三十六人もいた。ただし、うち九人はすでに死亡し、残りも負傷している。まさかとは思うけれど、全部ナイジェル卿一人でやったのではありませんよね。

「あ、ごめん、死んだのは私がやった。さすがに手加減していられる状況ではなかったからさ」

あっさり認められてしまった。

「戦いながら頭を使うのは苦手なんだよね。でもあれは傭兵《ようへい》だよ。雇い主の指示で動いていただけでなにも聞き出せやしないだろうから、許してくれるよね、副団長？」

「………………」

シメオン様はため息一つで終わらせていた。

亡骸《なきがら》は一室にまとめて安置され、別の部屋に生きている人たちを縛って放り込む。まだ雨もやまないし、潮も完全には引いていない。すぐには出られず、もうしばらく城内で待機しなければならなかった。

周囲に味方がたくさんいて、なによりシメオン様がそばにいる。だから怖くはない。気持ちは落ち着いている。ただ、おなかがそろそろ切なくなっていた。

「濡《ぬ》れてしまうので食料は持ってこられなくて……」

クウと鳴ったおなかを隠していると、シメオン様に気づかれた。小さな背嚢《はいのう》を取り上げて中をさぐるが、出てきたのは水筒だけだった。喉《のど》も渇いていたのでありがたい。先にミラ王女に飲ませてあげて、次に飲もうとしたらヒルベルト様がにらんでいる。しかたなく渡したら全部飲み干されてしまった。

そうなる気はしました……と思っていたら、シメオン様がもう一つ水筒を取り出す。アランさんも携帯食の残りを出してくれて、王女様と分けていただいた。今度はヒルベルト様にはあげなかった。

「こんなに荒れている最中によく泳げましたね。あぶなかったのでは」

「靴は脱いで、サーベルと一緒に身体《からだ》に縛りつけたのですよ」

「それ、答えになっています？」

アランさんが苦笑している。

「あぶないに決まってますよ。こっちのことはまかせてくだされればよかったのに」

「信用していなかったわけではない。行けるなら行くべきと思っただけだ」

救助のために出された船で途中までは近づき、そこから泳いだとのことだった。ついてこようとした部下たちもいたらしいが、ただでさえ潮の流れが速い上に波が高い。自信のある者以外は待機しろと命じ、結局一緒に泳いだのは一人だけだった。

「自分は海辺の出身ですので」

そう言った近衛は、荒波をものともせず泳いでいく上官に置いていかれそうだったと話した。

「もうここまできたらなにを聞いても驚きません。どうせ橋が爆破されることもわかっていらしたのでしょう？」

じろりとにらめば、シメオン様もセヴラン殿下もわざとらしく目をそらした。

「あの時駆け戻っていらしたのは、爆薬の近くに人がいたからですか」

「ええ。なるべく前へ進ませるよう誘導していたのですが、しんがりが微妙な位置にいたもので」

「わたしがギロチンにかけられた時も、隠れて見ていたのですか。本気で死ぬかと怖かったのに」

「いや、そういうわけでは……」

「あっ、それは違います！」

アランさんが横から急いで言った。

「マイヤーが行ったあとすぐに追いかけて、突入するつもりだったんですよ。こっちの処理がちょっと手間取ってしまって、遅れたのは自分たちのせいです。すみません！」

「…………」

わたしはまだ少し痛む後頭部をさする。では殴られたところは見ていないのね。シメオン様が激怒しそうだから言わないでおこうか。

「……中佐、お聞きしたいのだけど」

それまで黙っていたミラ王女が口を開いた。

「あなたはマイヤーがあやしいと気づいて、ずっと監視していたと言ったわね。なら……メースがどうなったのかも、ご存じだったのではないの」

わたしはあっと声を出しそうになった。もう驚かないと言ったそばからまた驚いてしまった。

そうだ、監視がついていたならメースさんの行動も確認されていたはずだ。

シメオン様が表情をあらためる。王女様を見返して、素直に認めた。

「はい。彼が橋へ向かい、傭兵たちに襲われたところを部下が目撃しています」

「そんな……！」

王女様は唇を震わせた。

「知っていながら見殺しにしたの⁉」

噴き上げた怒りがぶつけられる。それにシメオン様がなにか答えようとした時、突然甲高い音が鳴り響いた。

「えっ？」

わたしはビクリと身をすくめる。音は二度三度とくり返し鳴った。近衛たちが一斉に廊下へ飛び出す。シメオン様もわたしたちを置いて走った。

「どうした⁉」

「なにがあった⁉」

緊急連絡用の笛に呼ばれ、他《ほか》の場所からも近衛たちが戻ってくる。わたしはそっと頭だけ出して彼らの見ている先を窺《うかが》った。

「副長、申し訳ありません……っ」

支えられてやってきた近衛がシメオン様に謝る。頭から血が流れていた。

「やつらが、逃げ出しました」

「全員か」

「重傷者は置いていかれてます。動ける者だけが」

逃げたって、マイヤーさんたちのこと？　ナイジェル卿が傭兵と言った仲間も逃げたのか。

「靴の中まで調べたんですが、まだどこかに刃物を隠していたみたいで。気がついた時には何人も縄を切ってしまっていて」

「無理をするな。寝かせろ」

シメオン様の指示でけが人を横にさせようと場所が作られる。彼はそれを断った。

「少し切っただけです。大丈夫ですから。それより、連中はあっちへ向かいました。今テリエたちが追っています」

彼が示したのは出口ではなく、奥へ向かう通路だった。なぜわざわざ追い込まれそうな場所へ。別の出口があるのだろうか。昨夜から潜伏していたから、城の構造は把握しているのだろう。

「奥になにか隠しているのかもしれない。不用意に突入するなとテリエ少尉たちに知らせろ」

シメオン様の指示を受けて数名が走っていく。

「三班は殿下たちの警護を。残りは外から回り込む」

「はっ」

わたしたちのそばに一部を残してシメオン様たちは走りだす。雨の降り続く外へ飛び出そうとした。その背後から激しい銃撃が襲いかかった。

「きゃああ！」

わたしは頭を抱えてその場にしゃがみ込んだ。反対側の廊下からだ。小銃を持つ集団が現れていた。さっきとらえられた傭兵たちではない。無傷の男たちだった。でも姿は似たようなもので、仲間だと一目でわかった。

「伏兵か！」

何人か撃たれて倒れている。シメオン様は!?　見ている前でまた銃弾が放たれる。

「シメオン様！」

「出るな！」

シメオン様の声が響くのと、後ろから引っ張られるのが同時だった。ナイジェル卿がわたしを室内へ戻し、その横をエヴァさんが走る。入り口のそばに張りついた彼女は、攻撃の隙《すき》を縫って撃ち返した。

どうしよう、この攻撃をなんとかしないと、けが人を助けにいくこともできない。

わたしは室内を見回した。さっきシメオン様が水筒を取り出した背嚢に飛びつく。彼のことだからなにか持ち込んでいないかしら。拳銃《けんじゅう》くらいありそうな……。

どこかで見たような丸いものがあった。取り出せばちょっと重い。そしてわたしの手には大きい。でも投げられなくはなさそうな。

「待てマリエル！　ピンにさわるな！」

セヴラン殿下が青ざめる。横から伸びてきた手がわたしから手榴弾《しゅりゅうだん》を取り上げた。

「マスター、エヴァさん、下がってください」

「城が崩れないかな」

「そこまでの威力はありません」

こんな時でも淡々とした調子で、アーサー君は無造作に先端のピンを引き抜く。そのままなんでもない顔で廊下の奥へ向かって投げつけた。

一瞬置いて、ドンと爆発音が響いてくる。

銃撃がやんだ。前の廊下をシメオン様たちが駆け抜けていった。よ、よかった、シメオン様は無事だ。

室内に残っていた近衛がけが人を助けに出口へ向かう。

「セヴラン殿下、すぐに出てください。ミラ殿下とヒルベルト様も」

「今出るのは危険だろう」

「そちらを」

ナイジェル卿が指差す方へ殿下は目を向ける。窓の向こうに駆け寄ってくる傭兵たちの姿があった。

「退避！」

ミラ王女を引っ張りながら殿下が叫ぶ。ナイジェル卿がわたしを小脇《こわき》に抱えた。わたしたちが飛び出した直後、窓硝子《ガラス》を割って銃弾が飛び込んでくる。

「ぎゃあああああっ」

ヒルベルト様が元気に悲鳴を上げていた。

「出口の方はだめですね、連中と鉢合わせになる。副団長の方へ行くのがいちばん安全かな」

「それしかないなっ」

手榴弾とシメオン様たちのおかげで奥からの銃撃はやんでいる。まだ戦う音が聞こえているが、合流する方がよいと判断された。

「なぜこんなにいっぱいいるんだ!?　みんなつかまえたんじゃなかったのか!?」

「落ち着いてください、ヒルベルト様。多分別動隊がいたのですよ」

頭を抱えてわめくヒルベルト様をわたしはなだめる。

「予定ではすでに作戦終了している頃《ころ》ですから、潮が引く前に迎えの船が来て、島を去るつもりだったのでしょう」

「ああ、こちらの異変に気づいて上陸してきたんだろうね。向こうもなかなかやる」

「そんな話で落ち着けるかーっ！」

ナイジェル卿は借りていた上着をわたしへさし出した。

「また汚すといけないから、あずかってくれるかな」

「……はい」

杖《ステッキ》に戻されていた剣がふたたび抜かれる。出口の方からけが人を抱えた近衛たちが走ってくる。その後ろから傭兵が現れて小銃をかまえた。

ナイジェル卿が床を蹴《け》った。飛んでくる銃弾もおそれず傭兵たちへ一気に距離を詰める。血飛沫《ちしぶき》が上がった。

一瞬で数人が倒れた。斬《き》られた喉から血を噴き出し、床で痙攣《けいれん》して動かなくなる。

エヴァさんとアーサー君も走った。二人の手にも剣やナイフが握られている。上がる悲鳴と血飛沫が増えた。

わたしはなんとか彼らから視線をはずした。う、うん、向こうは大丈夫。あの三人にまかせよう。

じっくり見ていたい光景ではない。耳もふさいで走ったが、逃げた先でも血が飛び散っていた。

シメオン様のサーベルがつけ根近くから腕を斬り飛ばしている。後ろから襲いかかる敵に振り向きもせず、瞬時に持ち替えたサーベルを突き出す。貫通した刃先が敵の背中から飛び出した。

動きが止まった瞬間別の敵が襲いかかる。サーベルから手を離し、きわどいところでナイフをかわしたシメオン様は、あごを狙《ねら》って下から拳《こぶし》を突き上げた。のけぞる敵に蹴りを叩《たた》き込んで吹っ飛ばし、先に倒した身体からサーベルを引き抜く。蹴った男を追って走り、脚の腱《けん》を狙って斬りつけた。

近接戦になれば小銃は役に立たなかった。かまえているうちにサーベルになぎ払われてしまう。傭兵たちもナイフに持ち替えて戦っていたが、近衛たちの方が強かった。一人、また一人と斬られて倒れていく。

「マリエル、見るな」

セヴラン殿下はミラ王女をかばっていた。ヒルベルト様は床に伸びている。わたしも気絶したかったが、悠長に寝ていられる状況ではない。

「みみ、見たくはありませんが、状況を把握してすぐ動けるようにしていなくては……っ」

「うむ、よい心がまえだがもう大丈夫だ。ほぼ制圧されている」

まだ戦闘は続いているが、情勢ははっきりしていた。傭兵たちは襲撃から逃走へと行動を変えている。けれど奥から別の近衛が現れて彼らの退路をふさいだ。最初に飛び出していった人たちだ。濡れているところを見ると、中庭を抜けてきたらしい。

全員を戦闘不能にした頃、ナイジェル卿たちも戻ってきた。いっそう汚れが増えていたが、三人とも無傷らしい。手ぶらということは、向こうの敵はとらえる必要もない状態なのだろうな。み、見ない、見ない。

「逃げたやつらはどうなった」

シメオン様が部下に尋ねる。

「マイヤーは逃走中です。隠してあった手榴弾で傭兵ごと吹き飛ばそうとしてきました。こちらの損害は軽微ですが、マイヤーを見失ってしまいました。申し訳ありません」

「そうか。そちらは？」

シメオン様はけが人の容体も確認する。腕や脚に被弾した人たちは、それほど重傷ではなさそうだ。かすっただけだと言って元気に動いている。でも一人だけ、背中に被弾してしまった人がいた。

「この位置なら心臓も肺も傷ついてないと思います。すぐに治療すれば助かるでしょうが……」

意識のない彼を見ながら答える人の表情は暗い。陸に通じる橋は落ちていて渡れない。迎えの船は天候が収まってからという約束なので、すぐには来ない。

わたしは窓に飛びついた。

「マリエル」

「傭兵たちの船があるはずです！　ぶんどっちゃいましょう！」

「またそういう言葉を……」

言いながらシメオン様もやってきて、一緒に外を見た。

暗い波と雨ばかりで視界が悪い。わたしは場所を変えながら懸命に目をこらした。

「――あった！」

岩場の近くに小型の船を見つけ、わたしは歓声を上げた。指を差しながらシメオン様を呼ぶ。

「あそこです、あそこに……」

「あっ」

誰かが声を上げた。一斉に窓に張りついて海を見下ろしている。わたしも目を戻して、岩場を動く影に気づいた。人がいる。船に向かっている——あれは。

「マイヤーだ！　くそ、逃げられる！」

「船も出てしまうぞ、止めないと！」

あんなところにいたあぁ！

追いかけようと何人も走りだした。間に合う？　この下は崖《がけ》だ。まっすぐは下りられない。道へ回っている間に逃げられてしまいそうだ。

どうしよう。いっそ船を出して海上で包囲した方が——って、そんな手配をしている暇もない！

雨の中をマイヤーさんは逃げる。波を蹴散らし、全身ずぶ濡れになりながら船をめざす。わたしはただ焦って上から見るしかできなかった。とても追いつけそうにない。無理だと、無念に歯噛《はが》みする。

たとえ今は逃げられても、どうにかしてとらえる方法はないのか——そう、考えようとした時。

突然轟音《ごうおん》とともに目の前がまぶしく光った。これまでの比ではなかった。至近距離に落ちてきた光の矢は、白だけでなく焔《ほのお》の色もまとっていた。

思わず悲鳴を上げてしまう。まばたきを一度か二度する間に光は消えたが、どこでなにが起きたか、はっきり見てしまった。

窓から目をそらして震えていたら、シメオン様が抱きしめてくださった。

「落ちたな」

「ええ、さすがに驚いた。ここまで近いのははじめてです」

セヴラン殿下とナイジェル卿もやってくる。シメオン様はわたしをなでて落ち着かせながら、黙って窓の外を見下ろしていた。

たのもしい胸にすがったまま、わたしはすべてが終わったことを悟っていた。

まるで天の裁きのように、光の矢は逃げを許さなかった。船まであと少し、わたしたちが追いつけないところまで来ていたのに。追手を振り切り、見事に逃げおおせるはずだったのに。

岩場に倒れた身体に、荒い波が何度も打ち寄せる。

彼は永遠にたどり着くことができなかった。


頭上に響く音におびえながらも、重傷者を搬送するため決死の覚悟で近衛たちが船を調べにいった。するど船内でも二人倒れていて、すでに息をしていないとのことだった。

「船にも落ちたのでしょうか」

「うむ、同時に複数落ちることもあるからな。あるいは巻き添えをくらったか」

首をひねるわたしに、セヴラン殿下が説明してくださった。

「直撃でなくとも至近距離にいるとあぶない。特に濡れていると衝撃が伝わりやすいらしい」

「濡れるどころか水の中だものね。こちらは出遅れて、逆によかったたね」

近くまで追っていたら一緒に死んでしまうところだった。ナイジェル卿の言葉に、みんながなんとも言えない顔になった。

そんなおそろしい状況で船を出してもよいのかためらわれたが、落ち着くまで待つ余裕はない。最小限の人数で船が出され、わたしたちは城内に残ることになった。

もう落ちませんように――祈りながら陸へ向かう船を見守る。幸いあのおそろしい光がまた襲ってくることはなく、無事にたどり着いた瞬間には歓声が上がった。

それからしばらくして、徐々に雨足が弱まり雷鳴も遠のいていった。真っ暗だった空が明るくなってくる。雲が薄く、白くなり、まだ昼間だったと思い出させる景色になっていった。

雨が完全にやまないうちに、島へ向かってくる一団があった。船ではなく馬で駆けてくる。気づけば潮が引いて、もう船で渡れる深さではなくなっていた。残る水を蹴散らしながら、留守番していた随行員や護衛兵、テラザントの警官たちがやってくる。

わたしたちも城の外へ出て、手を振って彼らを迎えた。やっと終わったのだと、心に安堵《あんど》が広がっていく。城を離れ、細い道を下りている途中、ミラ王女が急に立ち止まった。

どうしたのかと振り向く周囲にかまわず、彼女は迎えの集団をじっと見つめている。怖いほどに緊張する表情が、ふとゆるんだ。青い瞳《ひとみ》に涙が盛り上がってくる。

先頭を走ってくるのは、若い男性を乗せた馬だった。肩近くまで伸ばされた濃い灰色の髪がなびいている。

王女様が動いた。近衛たちを押しのけて先へ進み、階段に飛び込んだ。

「あぶない！」

「滑ります、気をつけて！」

スカートをつかみ、注意の声も聞かず濡れた階段を駆け下りる。ヒヤヒヤしながら見守るなか、どうにか足を滑らせることなく下までたどり着き、ためらいなく水の中へ踏み込んだ。バシャバシャと飛沫を上げながら走る彼女へ、馬から飛び下りた人も駆け寄ってくる。

「メース！」

王女様の手が彼に届き、夢中で抱きつく。

メースさんも力強く彼女を抱きしめた。

それは、王太子とその秘書官などではなく、ただの親しい二人でしかなくて。

安堵と喜びをたしかめ合う、互いへの想《おも》いがはっきりと伝わってくる。

引いては打ち寄せる波に足を濡らしながら、二人は固く抱き合っていた。

15

事件の主犯が死亡してしまったため、結局狙《ねら》いはなんだったのかはっきりしないまま終わってしまった。生き残った仲間が逮捕されたものの、誰《だれ》かさんの言ったとおり雇われただけで、詳しい事情は知らないと主張しているらしい。

撃たれた近衛《このえ》は無事に治療を受けて、深刻な事態にはならずに済んだ。意識も回復して会話ができている。もう大丈夫と、みんな胸をなで下ろしていた。

ミラ王女の帰国は一日延期されることになった。

「ご心配をおかけして申し訳ありませんでした」

そう謝るのはメースさんだ。

いったんは彼の無事を喜んだものの、さんざん心配し一時は絶望していた王女様だ。猛烈に拗《す》ねて怒って、ひたすら平謝りさせていた。

「一人で出てしまったことを反省しています。さほど危険とは思わず軽率でした。ラグランジュの方たちに助けていただかなければ、あのまま溺《おぼ》れていたでしょう」

元軍人で腕に覚えのあったメースさんは、不審者がいても対処できるつもりで橋へ向かったらしい。

でも相手は一人や二人ではなかったし、一般市民でもなく傭兵《ようへい》だった。殴られて意識を失ったメースさんは海に投げ込まれ、誰も気づかなければそのまま死んでしまうところだった。

ひそかに監視していた近衛たちによって助けられ、意識を取り戻した彼だったけれど、そのましばらく身を隠すことになった。もちろん、マイヤーさんたちに死んだと思わせておくために。

「お伝えできなかったことは、こちらからもお詫《わ》びします。犯人の目的がはっきりせず証拠も弱かったため、現行犯で逮捕したかったのです。ミラ殿下にお知らせするとやつにも気取られると判断し、伏せておくよう私が命じました」

セヴラン殿下からも謝られて、渋々王女様は納得される。心配した分腹が立つものだけど、結局喜びが大きいわけだから、メースさんと再会できて幸せそうだった。

「それにしても、マイヤーはいったいなぜこんな大それたことを計画したのでしょう」

解明されないまま残った謎《なぞ》に、王女様もメースさんも首をかしげていた。セヴラン殿下はちらりとシメオン様と目を見交わし、「わかりません」と言った。

「もう少し調べればなにか判明するかもしれません。後日あらためてお知らせいたします」

「ありがとうございます。こちらでも調査させましょう」

主犯はフィッセルの人間ということで、ラグランジュ側へ非難の目を向けてくる人はいない。むしろ自分が疑われないかと、役人も兵士も心配しているようだった。

クタクタに疲れたその日はぐっすり休み、翌日出発準備を整えた王女様たちとお別れする。セヴラン殿下と挨拶《あいさつ》を交わされたあと、王女様はわたしにもお声をかけてくださった。

「あなたにはたくさんご迷惑をおかけしてしまいましたね」

「いいえ、とても貴重な出会いと経験をいただきました。どうぞお気をつけてお帰りくださいませ。お元気で」

「ありがとう……中佐も本当にごめんなさい。説明もせずに振り回してしまったのに、助けてくださって。お世話になりました」

「おそれいります。こうして無事にお見送りできて、安堵《あんど》しております」

もうシメオン様に迫る演技は必要はない。あれだけうるさかったヒルベルト様も、さっさと先へ行って顔も見せなかった。

さんざん王女様を馬鹿《ばか》にしてこき下ろしていたのに、いざという時は悲鳴を上げるしかできなかった彼を、わたしたちはちゃんと見ている。目の前でわたしが殺されそうになった時も、彼は自由に動けたのになにもせずただ見ていただけだった。

少しは気まずい気持ちがあるのかしらね。あのあと、嘘《うそ》みたいにおとなしくなっていた。

じきに復活してきそうだけど。でももう彼の嘘は通用しない。王女様がわざと広めた噂《うわさ》もあるし、真実愛し合う人がそばにいるのだから。

メースさんは穏やかな顔で王女様の隣に寄り添っていた。

この人の笑顔って、はじめて見たかも。これまではずっと暗い表情ばかりだった。今ならわかる。王女様を心配していたのよね。いくら効果がありそうでも、ご自身の評判を落とすような作戦に賛成できなかったのだろう。

あとまあ……単純に、見ていてつらかったのではないかな。わたしがモヤモヤしちゃったように、彼も演技とわかっていても見たくなかっただろう。

悲しそうなまなざしの理由は、隠した複雑な気持ちだったのだ。

わたしは王女様に手招きして、シメオン様やメースさんから少し離れた。

「ヤキモチを妬《や》かせる作戦は成功しました？」

こそっとささやけば、妖精《ようせい》の美貌《びぼう》にぱっと赤い花が咲く。彼女ははずかしそうに眉《まゆ》を下げた。

「それも見抜かれていたのね……」

うふふとわたしは笑った。

「少しくらいのヤキモチは、想《おも》いを盛り上げる調味料になるみたいですね。でもやりすぎは逆効果ですから、くれぐれもほどほどに」

「はい、ごめんなさい」

年上の人なのにとても可愛《かわい》いと思ってしまう。素直に謝った王女様は、でも、と不思議そうに尋ねてきた。

「あなたはヤキモチを妬かなかったの？　ずっと平然としていてわたくしに腹を立てるようすもないのがわからなかったの。なぜあんなに冷静でいられるのかしらって。中佐とはとても仲がよさそうで義務的な関係にも見えないし、疑問だったのよ」

わたしはそっとシメオン様を窺《うかが》う。こちらの会話が気になるのか、心配そうに見守っている。

「じつは、ちょっとだけモヤモヤしました」

「ちょっとなの？」

「舞踏会で踊っていらした時にね。でも夫にその気がないのは丸わかりでしたし、きっとなにか事情があるのだろうなと思いまして。あとで夫にも、平然としすぎるって拗ねられましたが」

シメオン様が拗ねるなんて想像できないのか、王女様は目を丸くして彼を振り返った。見られたシメオン様が、ますます落ち着かない顔になる。

「わたしとしては、いちいちうるさく言うまいとこらえていたつもりなのですけどね。恋愛って難しいですね。結婚して一年すぎたのに、いまだにこんなありさまですわ」

「中佐の気持ちがわかるわ。全然気にしてもらえないのかしらって、すごく悲しくなるもの」

今度は共感と同情のこもるまなざしを向けられて、シメオン様はいよいよ混乱していそうだ。

「メースさんは、王女様をとても大切に想っていらっしゃいますわ。友人とか、王族への敬意とかではなく、ただ一人の特別な存在として」

再会した時の二人を見れば、なにも聞かなくてもわかってしまう。彼も王女様と気持ちは同じだ。嫉妬《しっと》を煽《あお》らなくたってちゃんと通じ合えるだろう。

ただ、二人が結ばれるには乗り越えなくてはならない壁がある。気持ちだけでは解決できない。

この先どうなさるのだろうと心配するわたしに、王女様は明るく宣言された。

「わたくしにとっていちばんの障害は彼の気持ちだったわ。片想いではなかったと、それさえたしかめられたならなんでもできる。自分の結婚相手くらい自分で決めさせてもらいます」

「メースさんと結婚なさるのですか」

　圧倒されるわたしにくすりと笑われる。

「できないと思う？　でも男女が逆の場合は一般人と結婚することもあるじゃない。どうして女王には許されないの。おかしくない？」

「……ですね」

「補佐役というなら、ヒルベルトよりメースの方がだんぜん有能だし！　だいたい王室に政権はないのよ。なのに後ろ楯《だて》とか関係ある？　一般家庭出身だってなんの問題もないわ」

　わたしは拳《こぶし》を作ってうんうんとうなずいた。そうよね、フィッセルの王族は政治に関わらない。だったら結婚相手は自由に選んでよいはずだ。

　家柄とか血筋とか、古い価値観はまだ根強い。でも多くの国民は応援するのではないかしら。王室により親近感を抱いて、きっと祝福してくれるはず。

「頑張ってくださいませ。応援いたします！　もし協力を望まれることがございましたら、ぜひお声がけくださいませ。微力ながらお手伝いさせていただきたく存じます」

「ありがとう。あなたたちには心から感謝しています。今度はこちらが招待させていただくわね。結婚式に、中佐と一緒に来てくださるかしら？」

「まあ、身に余る光栄です。ありがとうございます」

「すぐにとはいかないでしょうけどね。でも絶対に実現してみせるから、よろしくね！」

　可憐《かれん》にしてたくましい女傑は、笑顔で約束して帰っていった。また素敵なお友達ができちゃったわ。お二人の結婚式はいつになるだろう。楽しみだけど……その前に、うんと素敵な物語を書いちゃおう。

たいていの物語では、男性の方が身分が高かったりお金持ちだったりするのよね。そういう夫を得ることが女の幸せ、手柄みたいな風潮がある。わたしなんて、その様式を現実にしてしまった人間だ。でも逆の展開があってもよくはない？　もちろんヒーローだって、ちゃんとたのもしくて素敵な人でないといけないけど、ヒロインの方が彼を見初《みそ》めるの。なかなか周囲に認めてもらえない恋、立場を考えて積極的になれないヒーロー。やきもきさせられそうよね！　障害を乗り越えて結ばれる結末は、きっと読者を萌《も》えさせるわ。

そんな物語を書いて、フィッセルにまで届けたい。うん、頑張ろう。今の原稿を全力で終わらせて、短編も書いたら、その次は女王様の恋物語よ。魔法や妖精も出てくるような物語だとなお楽しそうね！　短編と同じ世界観にしようかしら。

「二人でなにを話していたのです？」

王女様の一行を見送ったあと、なにげないふりを装ってシメオン様が尋ねてきた。気にしてる、気にしてる。彼をめぐる女の戦いだったはずなのに、恋敵同士で仲よくしちゃっていたものね。

「今回のシメオン様は当て馬役でしたね。めずらしいような気もしますが、腹黒参謀はたいがい脇役《わきやく》ですから、そういう役どころこそお似合いなのかしら？」

「なんの話です」

「でもわたしにとっては世界でただ一人のヒーローですから！」

「はあ……ありがとう。あなたも私のヒロインですよ」

わけがわからないと首を振りながら、最後にはそう言って笑ってくださる。浮気なんて疑う気にもなれないまっすぐな人。やっぱり、ヒーローの中のヒーローよね。

「でも美しくてかっこいい王子様が振られる展開も面白そうですね。たまにはそれもあり……って、なにか身近にそういう人がいたような」

「なぜ私を見る。私は愛する人との結婚を控えた最高に幸せな男だぞ。断じて当て馬でもなければ、途中退場の被害者その一でもないからな！」

雲が切れて夏の青空が戻ってきている。波も穏やかになり、陽差《ひざ》しを受けてキラキラと輝いている。橋は一部が落ちたままだし、お城も大がかりな修復工事が必要だけど、すべてが終わった今、北の海は静かで美しい。

時に荒れて、時に輝いて。海は世界中、どこへでもつながっているという。ぐるりとめぐって南の蒼《あお》ともまざり合う。

潮風に蜂蜜《はちみつ》色の巻き毛を揺らしながら、遠い水平線を眺める人へわたしは後ろから近づいていった。

「マッシャラー」

背の高い後ろ姿に声をかければ、眉を上げた顔が振り返る。

「マッシャーラ、でしたかしら？　どういう意味ですの」

軽い驚きを浮かべていた顔が、ふっといつもの微笑《ほほえ》みに変わる。

「さすが語学の達人だ。よく聞き取れたね」

「やはりあれは、シュルク語なのですか？」

ナイジェル卿は答えず、また海へ目を戻す。いつも叱《しか》りつけてくるエヴァさんも、今はアーサー君と一緒に少し離れて見守っていた。

「別に深い意味はないよ。『とてもよい』とか『素晴らしい』っていう、ただの誉め言葉だ」

「誉めるような状況でしたかしら」

彼が異国の言葉をつぶやいたのは二回、いずれもマイヤーさんの前でだ。メースさんが馬車に細工をした犯人だと主張していた時と、橋を落としたのはテロリストだと言い、城の奥へ隠れようと訴えていた時に。

あそこで誉めるって、なんだか妙でない？

「皮肉ですか？　よくそんな嘘を次々思いつくね、みたいな？」

「まあそうだね。本当に、深い意味を込めたわけじゃない。役者だなと思っただけだし、やつの反応を見たかったんだ」

「シュルク語がわかるか、ですか」

シメオン様と殿下もこちらへやってくる。二人の顔に驚きはなかった。どうやらみんなとうに気づいていたようだ。

「マイヤーさんは、じつはつい最近王宮で勤めだしたばかりの新人だったと、ミラ殿下から伺いました。子供の頃《ころ》に家庭の事情で首都を離れ、地方で働いていたと。最近戻ってきて、伯父の権力を利用して役職を得たと……どこまでが本当の話なのでしょうね」

誰からも明確な答えは返ってこない。みんな、なんとなく察しながら、断定できる証拠はつかめていなかった。

わたしはシメオン様を見た。彼はもうごまかさず、わかる範囲で教えてくれた。

「フィッセル側の調査を待つしかありませんが、おそらく別人が入れ替わっていたのでしょう。本物はまだ地方にいる……という可能性は、残念ながら低いでしょうね」

本物を残していたら、どこで正体がばれてしまうかわからない。もう一人のマイヤーさんが現れないよう、ひそかにその存在を消してしまったのだろう。

「口利きをしてやった伯父は、だまされていたのだろうな。子供の頃に会ったきりでは記憶も曖昧《あいまい》だ。風貌《ふうぼう》が変わっていようとさして疑問を持つまい。家族のことなど事前に調べておけば、それらしく話も合わせられるだろう。……ああいう者たちは、そうやってもぐり込んでくるのだ」

セヴラン殿下も言った。

本物のマイヤーさんは、誰にも知られず消えてしまった。どこで眠っているのかもわからない。せめて遺骨なりともご家族のもとへ返してあげたいけれど、唯一知っている人が死んでしまった。

「お気の毒ですね……」

どうにか調べられないものだろうか。

「彼は、わたしと王女様がドロドロの争いをしたという方向に持っていきたがっていました。わたしが狙《ねら》われた事件も、王女様のさし金だとするつもりだったのでしょうね」

思えば旅の途中でも、やけにつっかかってこちらの反感を買おうとしていた。わたしとミラ王女の……ラグランジュとフィッセルの対立という構図を作りたかったのだろう。

「争いのはてに王太子が客死したら、フィッセルはラグランジュのせいだと非難してくるでしょうね。

ラグランジュはこちらこそが被害者だと言う。どちらも怒って収まらないでしょうね」

「そうだな。そなたが殺されようものなら、妹たちは間違いなく嘆く。両陛下もそなたのことはけっこう気に入っていらっしゃるし、私とて黙ってはいられぬ。そしてわが婚約者はそなたの親友だ」

国の対面だけでなく、個人的にも許せないと殿下は言ってくださる。

「議会にもそなたに好意を持つ者がいる。日頃は反発ばかりしてくるラファール侯爵も、復讐《ふくしゅう》のために協力するだろうな。なにより……」

からかう笑みがシメオン様に向けられる。

「シメオンが怒り狂って、誰にも止められぬ。フィッセルへ殴り込みをかけるぞ」

わたしも笑った。シメオン様は「短絡的な行動はしません」と言うけれど、ならばしっかり計画を立てて攻め込むのですか？　それってもう戦争ですよね。

そうやって、ラグランジュとフィッセルの関係を悪化させるのが、彼の狙いだったのだ。

――いや、彼を動かしていた者の。

「いつもシメオン様が言ってらっしゃるように、二国間だけの争いでは済まなくなり、他《ほか》の国まで巻き込んだ大戦に発展してしまうかもしれない。そうなれば、遠い南の国に手出しなんてしていられませんよね。北方諸国が戦争でボロボロになれば、植民地の人たちには独立の好機となる……はじまりはまるで恋愛小説みたいな展開でしたのに、まさかそんな思惑が隠されていたなんてね」

下世話で醜悪なほどよい――そう言った彼は、ラグランジュが見苦しい泥沼の争いで傷つけばよいと考えていたのだろうか。ただ退けるだけでなく、貶《おとし》めてやりたいと。

「戦争になれば植民地も巻き込まれるのだがな」

殿下は苦笑まじりに言った。

「周りの国で戦いが起きても自分たちは血を流さないからよいと考えたなら、悪辣《あくらつ》だな。今回のことでも傭兵を使って黒幕にたどり着かせないようにした。報酬のためと割り切って引き受けている連中ではあるが、使い捨てにされて気の毒な話だ」

「……でも、そもそも植民地なんてものがなければ」

「マリエル」

反論しかけたわたしをシメオン様の鋭い声が止める。それ以上は僭越《せんえつ》だと、たしなめられてわたしは口を閉じた。

少しうつむいた頭に、大きな手が載せられる。

「言う気持ちはわかる。間違っているとは思わぬぞ」

優しいお声がなぐさめると同時に諭してくる。

「どう理屈をつけようと、他者を犠牲にして得た利益だ。本来の持ち主へ返すのが正しいのだろう。しかし倫理的に正しいことが、政治として正しいとはかぎらぬ。長い間得てきた莫大な利益をいきなり手放すことはできぬ。そなたとて無関係ではないのだぞ。暮らしの中で、たくさんの恩恵を受けている。今突然植民地を失えば、ラグランジュの経済は大きく混乱する」

「……はい」

「国力への影響は避けられず、そうなると他国との均衡も崩れる。簡単な話ではないのだ」

「はい」

そうよね。単純な正義感で解決できる話ではないと、わたしにもわかる。それでもと望むなら、今の生活が変わってしまうことを覚悟しなければならない。でもわたし一人が覚悟できたって、国民全員に同じ意識を持てとはとうてい言えない……。

「だが考えていくことは必要だな。見ぬふりをして忘れていればよいとも思わぬ」

殿下は明るく続けた。

「こちらが忘れたくとも、いずれ変化の時は来るだろうからな。避けようのない事態に直面して、ただうろたえるだけにならぬよう、今から準備をしていかねばならぬ。もっとよい形で繁栄できる道を作っていくのが、これからの時代を生きる者たちの義務だ」

王家の黒い瞳《ひとみ》が虚勢も後ろめたさもなく、まっすぐに現実と未来を見据えている。心正しくたのもしい王子様に、わたしは心からの敬意を込めて礼をした。

えらぶって他人を踏みつけなくても、自身を認めさせようと躍起にならなくても、己のすべきことに真摯《しんし》に向き合う人には自然と心が寄せられる。この方がわが国の王太子殿下だと、誇れるのがうれしかった。

「今回のことを、お国には伝えられるのか」

殿下はナイジェル卿に聞かれる。黙ってわたしたちの話を聞いていた大使は、いつもの軽い表情で答えた。

「ええ、ひととおりは。よその国の話と知らん顔していられる問題ではありませんからね」

「できれば一度、そちらの陛下と直接話させていただきたいものだな」

「その予定を組んでくださっていると思っていましたよ。殿下の結婚式にはわが主君が参列しますので、ぜひお願いいたします」

「ああ。よろしくとお伝えいただきたい」

「承りました」

二人のやりとりをじっと見つめていたら、ナイジェル卿が気づいてわたしを見た。

言いかけて、続けられなくてわたしは口ごもる。なにを、どう言えばよいのだろう。

「ナイジェル卿は……」

見透かした顔でナイジェル卿は笑った。

「私はイーズデイル人だよ。イーズデイルで生まれ、育ち、生きてきた。かの国は母の出身地というだけで、私自身には思い入れもない」

「………」

「でもまあ、母を泣かせないためにも、戦争は回避したいね。私は頭を使うことは苦手なんで、女王陛下や議会や、こちらの皆さんをたよりにしているよ」

そう言って部下たちのもとへ歩いていく。シメオン様の腕がわたしの肩を抱いた。

たくましい身体《からだ》にわたしも頬《ほお》を寄せる。彼とともに、蒼い海を眺める。美しい景色を、こうして静かに楽しめる時間がずっと続きますように。この世に生きるすべての人が、穏やかな日々を変わりなく続けていけますように。

寄せては引き、引いては寄せて、尽きることのない波に祈る。あの波のように、平和がいつまでも続きますように。

そうしてサン＝テールの自宅に戻ってからは、ふたたび書斎に閉じこもる生活だ。原稿を一気に仕上げるべくわたしは気合を入れ直した。

……と、言いたいところなのに、初日からまた邪魔が入る。

「んもー、今度は誰なのよぉ。あと少しで完成なんだから、執筆に集中させてよぉ！」

来客を侍女《ジョアンナ》が知らせにきて、わたしは癇癪《かんしゃく》を起こしそうになった。

「ジュリエンヌ？　殿下のお遣い？　それともまた公爵様？　わたしは伝染病にかかって面会禁止だとでも言ってよ」

「いえ、あの……」

猫がうるさそうな顔をして部屋を出ていく。

「クララック子爵ご夫妻がお越しなのです」

「……はぁ？　お父様とお母様がそろって？　なにごとよ」

お母様だけならまだしも、お父様まで一緒なんてただごとではない。わたしはしかたなく応接間へ向かった。

また面倒な話ではないといいなあ。

「ごきげんよう、お父様、お母様。突然こちらへいらっしゃるとはなにごとですの」

「マリエル！」

扉を開くなりお母様が飛びついてくる。追い詰められた表情に、わたしはげっそりと肩を落とした。

原稿、間に合うかなあ……。

「どうし……」

「ジェラールの結婚が決まったの！」

「――はい？」

今度はどんなもめごとかと聞きかけたら、予想外の言葉が飛び出してくる。一瞬頭がついていけなかった。

「え、結婚？　ええっ、ついにお相手が見つかったのですか？」

「そうなのよ！　あれだけ苦労していたのに、あっさりと――でもどうしましょう」

喜ばしい報告のはずなのに、お母様はまったくうれしそうでなかった。どうしよう、どうしようとひたすらうろたえている。説明を求めてお父様を見れば、フラフラと力なく立ち上がるところだった。

「マリエル……これはなにかの間違いだと言ってくれ……」

お父様も卒倒しそうな顔色だ。大きく張り出したおなかを痛そうに抱えている。

「なにも聞かずに言えませんよ。どうなさったのですか、お二人とも。お兄様のお相手って、なにか問題のある方なのですか」

貴族の令嬢ではなく庶民階級の人だとか？　うちならそれもありだけど。別にここまで動揺する話にはならない。となると、よからぬ職業の人なのだろうか。

でも、あのお兄様が自力で相手を見つけてくれた時点で喜ばしいのでは。

「大問題よ……あんな方を、どうやってわが家にお迎えすればよいの。格が違いすぎて無理よ。釣り合わない。受け入れられる自信がないわ」

「だから、どういう方なのですか」

「カヴェニャック侯爵家の令嬢だ。お前もよく知っているだろう」

——はい？

「……え、オ、オレリア様？」

「いったいどうして、なにがあってどうなって、あの二人が結婚なんてするのよ⁉　理解できないわーっ！」

お母様の叫びは全員の気持ちを代弁していた。

「お兄様とオレリア様が結婚……？　嘘でしょう。なにかの間違いでは」

「そうだろう、そうだよな？　間違いだと言ってくれ」

「どうしてうちの子たちは身の丈に合わない相手とばかりくっつくの！　おめでたいけど素直に喜べない！　せめて婿入りなら送り出すだけで済むのに！」

「婿入りされたらうちの跡取りがいなくなるよ！　しかしあの令嬢を義娘《むすめ》と呼ぶなど考えられん……ああ誰か嘘だと言ってくれ……」

阿鼻叫喚《あびきょうかん》の応接間へ、フロベール家の人たちがなにごとかと窺いにくる。驚くお義母様《かあ》や執事に説

明する余裕もなく、わたしはただあっけにとられて立ち尽くしていた。

息つく暇もなく、また騒動の予感がする。いいえ、これは確定だ。騒動なしに収まるはずがない。

いったいどうなってしまうのやら。

今日《きょう》もまた事件の足音が聞こえる。わたしの毎日は少しも退屈する暇がない。

きっと大騒ぎで走り回ることになるから……なんとか原稿だけ、大至急仕上げてしまおう。

お義母様にあとをお願いしてわたしは書斎へ引き返した。背後で両親の声が響いている。終わったら全面的に協力しますと言ってわたしは逃げる。

まだまだ夏は終わらない。恋人たちの季節は輝いている。

情熱の輝きに後押しされて、結婚を決意した男女がまた一組増えたのよね。

多分そう。きっとそう。それだけのこと。

そういうことにしておこう。

輝ける薔薇の憂鬱

ラグランジュ宮廷随一の美女？　――まあそうね。

社交界の金の薔薇《ばら》？　――わたくしが名乗ったわけではない。

でも中身はきつい、意地悪令嬢。――どういたしまして。そうやって陰口を叩《たた》く方も、同じだけろくでもない。


名家と知られた家に生まれ、幼い頃《ころ》から美貌《びぼう》を称賛されていた娘がデビューすると聞いて、多くの人が関心を寄せていたらしい。単純な好奇心や女への関心を抱いたり、真面目《まじめ》に結婚相手として検討したい人ばかりではない。己の立場をおびやかす存在として、敵意でもって迎える者もいた。

当時社交界でもてはやされていた女たちのほとんどが、はじめからわたくしを敵視していた。聞こえよがしな悪口は当たり前で、陰湿ないやがらせも数え切れないほど受けた。わたくしもあの頃はまだ十代のなかば、今ほど余裕でなんでもこなせたわけではない。やり返すこともできず、一人くやしさに震える時もあった。

「大丈夫、これならすぐに落ちますわ。あちらのお部屋を借りて休憩しましょう」

汚されたドレスを確認した女が親切ぶって言う。屋敷の使用人を呼んで道具の用意まで頼んでくれる。彼女にとってもわたくしは目障りな存在でしょうに。それとも、こんな小娘を気にするまでもないと思っているのかしら。

「つき添いの方はいらっしゃいませんの？　でしたら、誰《だれ》かについていてもらえるようお願いしましょうか」

「ご親切にどうも。おかまいなく、一人で大丈夫ですわ」

「一人で戻れば、またなにかされるかもしれませんよ」

「したいならすればよいわ。それでわたくしの価値が下がるわけではありません。みっともないのは向こうの方よ。必死にいやがらせをして仮にわたくしを遠ざけられたとしても、自分の評判が上がるわけではないのにね」

　この程度のことでわたくしは傷つかないし、泣いて逃げ帰ったりもしない。そんな必要はないと返せば、女は愉快そうに笑った。

「薔薇は気高く美しく、そして鋭いとげを持っている。そうね、彼女たちなどあなたの敵ではありませんね」

　などと、年上の余裕を見せて言う。微笑《ほほえ》ましく見下ろすようなまなざしは不愉快だったが、彼女に悪意がないことは感じていた。

　あのままつき合いが続いていれば、友人になっていたのかもしれない。けれど彼女はすぐに姿を消した。父親が亡くなって爵位も財産も叔父に奪われたのだと、流れてきた噂《うわさ》で知った。少し気の毒に思ったが、強い彼女が泣き暮らしているとも思えない。きっとどこかで上手《うま》くやっているだろう。わたくしの同情など求めていまいと忘れることにした。

そしてわたくしがいつまでもやられてばかりの、無力な小娘のはずがない。一年もたてば立場はすっかり逆転していた。かつて攻撃してきた女たちは、わたくしを見るなりそそくさと立ち去るか、もしくはお愛想を言って媚《こ》びてくるようになった。

そんな頃だった。あの子が社交界に乗り込んできたのは。

十五歳でデビューはかなり早い方だ。そんなに結婚願望が強かったのかと、子供の頃から知っているわたくしは意外に思ったものだ。いつだって自分のやりたいことばかりやっている、周りからずれた子だったのに。

――と、不思議に思ったとおりだった。やはりあの子は結婚相手をさがす気なんてかけらもなかった。

舞踏会に来ても、園遊会に来ても、誰とも話さない。いつも一人で会場内をうろついて、なにが楽しいのか目を輝かせている。軽食をつまみながら人々を眺めてばかりで、やけに自然に風景に溶け込んでいるものだから、そこにいると気づかれもしない。特別美人でも醜女でもなく、これといって特徴もないものだから、まったく目立たない。あまりに存在感がなさすぎて、空気のように意識されていなかった。

いったいなにをしに来ているのよ!?　自分の存在を周りに知らせないと、参加している意味がないでしょうに！

わけのわからない行動が気になって、苛々《いらいら》してしかたない。ただでさえ容姿も色気も年齢も足りないのに、あれでは縁談なんて見つけようもないでしょうが！

ある時たまたまわたくしと同じ色のドレスを着ていたから、取り巻きを使って呼び出してやった。もうこの際悪目立ちでもなんでもいいから、とにかく人の意識に残りなさい！

……と、思ったのに。

「どうしてみんなさっさと忘れているのよ!? 昨日《きのう》会ったばかりではないの！」

「無駄な真似《まね》はやめておけ。あいつ、君がいじめてくれたって喜んでたぞ」

珍獣の兄が呆《あき》れた目を向けてくる。そっちもおかしいわ！ なぜ喜ぶの!?

本当に、苛々する。誰もが努力して存在感を示し、注目されようと懸命になっているのに、逆の方向へ突っ走って一人で幸せそうにしているあの子が理解できない。どうしてあんなに楽しそうなの。どうしてあれで満足していられるの。誰にも相手にされなくて、どうして平気でいられるの。

誰よりも美しくあれ、誰よりも輝けと言われ続けてきた。容姿だけが取り柄と言われぬようセンスを磨き、話術や教養も身につけてきた。貴婦人として生まれたならそれは当然の努力で、なにより己に誇りを持っていたかった。

でもわたくしは、あの子のようには笑えない。なにもかもがそれなりで、自慢できることなんて一つもなさそうなのに、あの子は誰よりも日々を楽しんでいる。

時々、自信が揺らぎそうになる。

わたくしとあの子、本当に輝いているのは、どちらなのだろう……。

あとがき

少々お久しぶりとなりました。桃春花です、ごきげんよう。

マリエル・クララック13巻は、旦那様に浮気疑惑が!? 夫婦の危機!? 三年目どころか一年目の！ というお話でございます。

まあこのシリーズですからドロドロの愛憎劇なんてものはございません。そもそも作者がそっち系苦手なものですから、結局いつものドタバタに終始してしまいました。当社比アクション多めでお送りしております。

振り返って二〇二四年春のこと、某探偵アニメ映画を鑑賞したあとの興奮のままに「次はアクション書く！」と宣言したものでした。もっとハードなバトルを書きたかったのですが、女性向け恋愛レーベルですし、ストーリー上の都合もあり、ずいぶんソフトな仕上がりになりました。初期プロットでは焼け落ちる予定だったお城、部分的な損傷で済んでよかったですね。重要文化財ですからね。

背景の世界情勢はけっこう緊迫しているのに、語り手がアレなためいまいちシリアスになりきれない。いつものことですね。でもじつは戦争の足音が近づいています。

このシリーズは第一次世界大戦の直前あたりなイメージで書いています。戦車や飛行機がないので現実世界の戦争と同じにはなりませんが、マリエルの知らないところでいろんな人が必死に戦争回避しようとしていたり、逆に火をつけようとしていたりします。

そんななか登場したシュルクという国、これまでと違って特定のモデル国はありません。複数の国をミックスしたイメージです。この国、マリエルシリーズよりずっと前に書いた話に登場しています。物語世界の原点となる話で、このたび書籍化の運びとなりました。ナイジェルのご先祖様たちが活躍します。

双方の話に直接のつながりはありませんが、小ネタ的なエピソードやキャラ名などに気づいていただけると、ちょっと楽しいかもです。できましたら、そちらの話もよろしくです。

じつは緊迫の背景だとか、シリーズ最大の流血量だとかやりながら、最後は違う方向の大事件で終わりました。またドタバタしそうな次回をお目にかけられますよう、祈っております。

最後になりましたが、今回も素敵なイラストで飾ってくださったまろ先生、ご尽力いただいた各所に、心よりお礼を申し上げます。そしてここまでおつき合いくださいました読者様も、ありがとうございました。

マリエル・クララックの蒼海《そうかい》

2025年5月5日　初版発行

著者　桃 春花

イラスト　まろ

発行者　野内雅宏

発行所　株式会社一迅社
〒160-0022 東京都新宿区新宿3-1-13 京王新宿追分ビル5F
電話　03-5312-7432（編集）
電話　03-5312-6150（販売）
発売元：株式会社講談社（講談社・一迅社）

印刷所・製本　株式会社DNP出版プロダクツ
ＤＴＰ　株式会社三協美術

装幀　AFTERGLOW

ISBN978-4-7580-9723-9

Printed in JAPAN

IRIS NEO　ICHIJINSHA

おたよりの宛て先
〒160-0022 東京都新宿区新宿3-1-13 京王新宿追分ビル5F
株式会社一迅社　ノベル編集部
桃《もも》 春花《はるか》 先生・まろ 先生